Inhalt

AF272307

Michael Mary

Kann denn Single Zufall sein?

Band 1 - 5

Print-Ausgabe: ISBN 978-3-946370-02-4

Verlag: www.nordholtverlag.de

Autor: www.michaelmary.de

Dieses Buch ist auch als 5-teilige E-Book-Reihe erhältlich:

- Band 1 - Wie man dauerhaft ein Single bleibt!
- Band 2 - Wie man sicher einen Partner findet!
- Band 3 - Was tun, wenn jemand näher kommt!
- Band 4 - Sich einlassen und die entstehende Beziehung gestalten!
- Band 5 - Was tun, wenn ein Partner gefunden ist!

Über den Autor

Michael Mary ist einer der bekanntesten deutschen Paar-, Individual- und Singleberater. Er hat knapp 40 Bücher ge-  schrieben, darunter sind einige Best- und Longseller. Für die öffentlich-rechtlichen Sender NDR und SWR führte er etliche Paarberatungs-Sendungen durch. Er arbeitet in Hamburg, wo er neben Beratungen auch Fortbildungen in seiner Methode 'Erlebte Beratung' durchführt.

Viele seiner Bücher sind als Print und als E-Books erhältlich. Auf seiner Homepage (michaelmary.de) finden Sie den Zugang zum Shop (nordholtverlag.de), in dem er neben seinen Büchern und Instrumenten zur Selbsthilfe und Beratung anbietet.

Momentan überträgt er seine langjährig bewährten Seminare und Fortbildungen in E-Learning-Kurse. Diese Kurse bieten hervorragende Möglichkeiten der Wissens-Vermittlung, weil darin neben Vorträgen mit Video-Demonstrationen gearbeitet wird. Einen Überblick über diese Kurse finden Sie ebenfalls auf seiner Homepage (https://michaelmary.de). Dort können Sie sich kostenlose Video-Vorschauen zu den einzelnen Kursen ansehen. Sollten Sie einen Kurs buchen wollen, tun Sie das über die Homepage, dort erhalten Sie einen Autoren-Rabatt.

E-Learning-Kurs zum Thema Daten

Zu diesem Buch gibt es einen E-Learning-Kurs mit dem Titel "Single kann kein Zufall sein - richtig daten ". Dort vermittelt der Autor mit den anschaulichen Mittel des Online-Learnings – beispielsweise mit Videoeinspielungen – seine Thesen zum Thema daten. Er plädiert dafür, die strategischer Partnersuche einzustellen und statt dessen eine kommunikative Partnersuche zu praktizieren.

Übersicht über die 5 Bände

Diese Single-Reihe ist in fünf E-Books gegliedert. Dabei ist es nicht möglich, in jedem Band jedes wichtige Thema in Gänze zu erläutern, das würde zu zahlreichen Wiederholungen führen. Doch es immer wieder Hinweise darauf, in welchem Band das jeweilige Thema ausführlicher behandelt wird. Wer alles in einem Band haben möchte, für den empfiehlt sich die Print-Ausgabe, die alle fünf Teile enthält. Gelegentlich unvermeidbare kleine Wiederholungen, so kommentieren viele Testleser-/innen, stören kaum und führen sogar dazu, die Thesen besser nachzuvollziehen.

Band 1 Wie man dauerhaft ein Single bleibt!

Im ersten Band wird beschrieben, wie man es schafft, auf Dauer Single zu bleiben. Dazu werden Vorstellungen und Erwartungen identifiziert, die daran hindern, sich auf Begegnungen einzulassen. Die Vorstellung vom "richtigen Partner" wird reflektiert und infrage gestellt. Es wird erläutert, wie Beziehungen entstehen. Diese Erkenntnisse werden sich auf das Verhalten auswirken und dabei helfen, möglichen Partner offener zu begegnen. Der Focus des ersten Bandes liegt auf den Schwierigkeiten der Partnersuche. Viele Singles werden sich in den beschriebenen Situationen und Verhaltensweisen wiederkennen. Wer erkennt, wie er ein Problem schafft, kann auf dieser Grundlage nach einer adäquaten Lösung forschen. Das geschieht ab dem zweiten Band.

Band 2 - Wie man sicher einen Partner findet!

Im zweiten Band geht es um die kommunikative Suche, also um das große Thema "sich beziehen". Diese Fähigkeit ist Voraussetzung, um eine Beziehung einzuleiten. Wie ich in der Beratung erlebt habe, wissen viele Singles nicht, was mit "sich beziehen" gemeint ist und was dieses Verhalten von ihnen erfordert. Daher vermittle ich die nötigen Instrumente, die für eine kommunikative Suche unerlässlich sind.

Diese lauten: intelligente Dummheit, Bedeutungsforschung, Kontakthalten und Begegnungen suchen.

Band 3 - Was tun, wenn jemand näher kommt!

Im dritten Band beleuchte ich Fehler, die bei der Annäherung an einen Partner oft gemacht werden. Ein Schwerpunkt der Betrachtung liegt auf dem Umgang mit Enttäuschungen und Verletzungen. Viele Singles sind gebrannte Kinder, und es ist wichtig, dass sie sich schützen. Wer sich jedoch auf ungeschickte Weise schützt, hält die Tür zur emotionalen Intimität verschlossen. Das hat zur Folge, dass sich die Partner nicht näher kommen. Ich zeige zudem, wie man sich schützen und zugleich Nähe zum möglichen Partner zulassen kann.

Band 4 - Sich einlassen und die werdende Beziehung gestalten!

Im vierten Band geht es um die Bedingungen, unter denen Singles bereit sind, sich auf den anderen einzulassen. Besonderes Augenmerk liegt auf der Beziehungsgestaltung. Diese hängt weit weniger, als die meisten Singles glauben, vom Willen und den Absichten der potentiellen Partner ab. Ihre Beziehung ergibt sich aus dem, was die beiden Partner *beim besten Willen* miteinander hinbekommen. Die Beziehung gestalten bedeutet, ihr zu folgen, statt ihr Vorgaben zu machen oder ihr vorauszueilen.

Band 5 - Was tun, wenn ein Partner gefunden ist!

Im fünften Band geht es im Wesentlichen um die Gefährdungen, denen jede Beziehung ausgesetzt ist und um den Umgang mit Unterschieden. Zentral dabei ist die Form der partnerschaftlichen Kommunikation, die helfen kann, eine Liebesbeziehung zu erhalten. Man kann auf die Liebe und das Verhalten des Partners nicht zugreifen, Liebe lässt sich nur *auslösen*.

Einleitung

Kann denn Single Zufall sein? Nein. Wenn jemand *dauerhaft* Single bleibt, obwohl er intensiv eine Beziehung anstrebt und wiederholt mögliche Partner trifft, hat er seine Hände dabei im Spiel.

Wer in einer Paarbeziehung ist, geht ganz selbstverständlich davon aus, sich für seinen Partner *entschieden* zu haben. Das Gleiche trifft für dauerhaft suchende Singles zu, auch sie haben sich entschieden, nur eben fürs Alleinbleiben. Ob diese Entscheidung bewusst gefällt oder unbewusst getroffen wird, ist gleichgültig, es zieht die gleichen Folgen nach sich.

- Wenn ich zehn oder zwanzig oder dreißig mögliche Partner treffe und alle aussortiere, habe ich mich fürs Alleinbleiben entschieden: Bevor ich den/die nehme, bleibe ich lieber allein!

- Wenn ich glaube, die Guten wären alle vergeben und meine Suche einstelle, habe ich mich fürs Alleinbleiben entschieden: Es hat gar keinen Sinn, auf dem Markt befindet sich sowieso kein Guter.

- Wenn ich davon überzeugt bin, in meiner Gegend oder Altersgruppe gäbe es keine möglichen Partner und daher zu Hause bleibe, habe ich mich fürs Alleinbleiben entschieden: Der Markt ist ja doch leergefegt.

Die Behauptung, ein Single habe sein Alleinbleiben zu verantworten, mag für viele starker Tobak sein, aber etwas anderes ergibt keinen Sinn. Denn nur wenn man seine Hände im Spiel hat, kann man ein Spiel beeinflussen.

Hinweis: Verwechseln Sie diese Aussage bitte nicht mit einer Schuldzuweisung, im Sinne von: "Wer Single bleibt, ist selbst schuld!" Es geht nicht um Schuld, sondern um Verantwortung. Dazwischen besteht ein großer Unterschied.

Schuld ist eine moralische Kategorie. Verantwortung hingegen zielt auf die individuelle Beteiligung an einer Situation und auf die Möglichkeiten und Bereitschaft ab, diese zu verändern.

Wenn man dauerhaft alleine bleibt, ergibt sich das aus einer widersprüchlichen Motivlage. Einerseits will man einen Partner, andererseits scheint kein anderer zu passen, oder man scheint für niemand anderen passend zu sein. Man leugnet den eigenen Anteil an der unerwünschten Lage und erklärt sich diese mit fehlendem Glück oder meint, noch nicht die richtige Strategie gefunden zu haben.

Wer sich einredet, er hätte bisher nicht das nötige Glück gehabt, im Beziehungslotto zu gewinnen, der muss darauf hoffen, dass ihm der Zufall einen passenden Partner zuspielt. Wer im anderen Extrem glaubt, man könne einen Liebespartner anhand ausgeklügelter Suchkriterien und Suchtechniken gezielt finden, der redet sich ein, noch nicht die richtige Strategie angewendet zu haben.

Glück oder Strategie - beides lässt dem suchenden Single wenig Spielraum, *selbst* etwas zu tun, um seine Lage zu verändern. Auf Glück muss man warten, man kann es nicht herbeiführen. Und Strategien haben andere entworfen, man muss darauf zählen, dass sie funktionieren. Mit Glück, Zufall und Strategie ist man (fast immer) verlassen.

Wer allerdings die Möglichkeit in Betracht zieht, beim Alleinbleiben seine Hände im Spiel zu haben, der kann selbst eine Menge tun, um seine Lage zu ändern.

Er kann aufhören, Beziehungen zu suchen und stattdessen persönliche Begegnungen herbeiführen. Er kann sich auf sein jeweiliges Gegenüber beziehen, statt oberflächlich zu flirten. Er kann sein strategisches Suchen aufgeben und statt dessen kommunikativ suchen. Er kann den Frust und die Zweifel der Annäherung durchstehen. Er kann sich aktiv vor Verletzungen schützen. Er kann eine sich abzeichnende Beziehung so gestalten, dass er bereit ist, sich darauf einzulassen. Und er kann in einer begonnenen Beziehung dafür sorgen, er selbst zu bleiben und die Andersartigkeit seines Partners respektieren. Um diese Themen geht es in den fünf Bänden der vorliegenden Reihe.

Single-Sein ist kein Schicksal, sondern beruht auf Entscheidungen. Wer begreift, wie und warum er sich für das Single-Sein entscheidet - und ich möchte vorausschicken, dass es gute Gründe dafür gibt - dem bietet sich die Chance, seine Motive so zu berücksichtigen, dass sie ihn nicht an einer Beziehung hindern, sondern ihm erlauben, sich auf eine Liebesbeziehung zu einem Partner einzulassen.

Ein Hinweis: Wegen der leichteren Lesbarkeit verwende ich die männliche Form "der Partner", meine aber immer beide Geschlechter. Die Aufteilung in fünf E-Books kommt veränderten Lesegewohnheiten entgegen. Das Buch ist aber auch in einer gedruckter Ausgabe erhältlich, die alle fünf Teile enthält.

Dank an die Testleser-/innen

Für diese Buchreihe habe ich ein Experiment gewagt. Ich habe Singles als TestleserInnen angesprochen, damit sie Rückmeldung zu meinen Thesen geben, Kritik anbringen und eigene Erfahrungen beisteuern. Sie werden in den jeweiligen Kapiteln Einwände und Erfahrungen der TestleserInnen finden, und ich werde darauf eingehen. Einwände, auf die ich im Text nicht eingehen konnte, habe ich in einem eigenen Kapitel zusammengefasst. Diese interaktive Form der Bearbeitung des Themas hat das Buch inhaltlich sehr bereichert. Mein Dank gilt den 120 Singles, die sich an diesem spannenden Projekt beteiligt haben und die durchweg berichtet haben, ebenfalls von dieser Form des Austauschs profitiert zu haben.

Band 1

Wie man erfolgreich
Single bleibt

Die Hintergründe einer dauerhaft erfolglosen Partnersuche

Auf eines möchte ich vorweg hinweisen. In diesem 1. Band der Single-Reihe geht es nicht zentral um Lösungen, sondern in erster Linie um die Probleme mit der Partnersuche. Wer eine Lösung sucht, muss sich die Frage stellen, *für welches Problem* diese Lösung taugen soll. Dazu muss er möglichst präzise herausfinden, worin das Problem besteht. Anschließend drängen sich die richtigen Lösungen fast von selbst auf. Diese Lösungen werden ab dem 2. Band im Mittelpunkt der Betrachtung stehen.

Fangen wir an mit der Situation dauerhaft suchender Singles und betrachten wir deren spezifische Merkmale etwas näher.

Wen bezeichne ich als dauerhaft suchenden Single? Damit ist nicht jeder Single gemeint. Schließlich gibt es gute Gründe, Single sein zu wollen und viele Singles genießen ihren Status. Es ist auch nicht jeder Single gemeint, der aktuell einen Partner sucht. Ein dauerhaft suchender Single ist in meinen Augen jemand, der:

- sich nach einem Partner sehnt,
- sich aktiv oder passiv nach einem Partner umschaut,
- über einen längeren Zeitraum hinweg mögliche Partner trifft, ohne dass sich eine Beziehung ergibt,
- glaubt, die ihm zur Verfügung stehenden Mittel ausgeschöpft zu haben,
- allmählich zu der Überzeugung gelangt, dass all seine Anstrengungen vergebens sind,
- und daher zu der Überzeugung gelangt, es gäbe niemanden, der zu ihm passt.

Ich meine, mit dieser Definition einen großen Teil der Singles zu erfassen. Vieles von dem, was auf Singles zutrifft,

trifft allerdings auch auf Partner zu, die kurze Beziehungen eingehen, ohne eine längerfristige Beziehung aufzubauen.

Angesichts der Tatsache, dass es in Deutschland etliche Millionen und in Städten Tausende bis Hunderttausende Singles gibt, erscheint es rätselhaft, warum so viele keinen Partner finden. Am fehlenden Angebot kann es nicht liegen, schließlich gibt es Singles im Überfluss. In Deutschland leben etwa 35 % der Menschen allein, ein Großteil davon sind Singles. Diese Tatsache bringt viele auf die Idee, gerade im Überangebot die Ursache fürs Alleinbleiben zu vermuten. Es wäre wie am Wühltisch, wird gesagt. Singles wollten sich nicht festlegen, weil sie stets hoffen, noch jemand Besseren zu finden.

Diese Erklärung mag oberflächlich betrachtet einleuchten. Eine Not, eine Knappheit an möglichen Partnern, ist mit Blick auf die üppige Marktlage in der Tat nicht zu erkennen. Warum also sollte ein Single „Fliegen fressen", sprich: den Erstbesten nehmen?

Die Not zeigt sich allerdings mit Blick auf den Einzelnen. Jahrelang einen Partner zu suchen und sich dabei erfolglos anzustrengen, schafft zweifelsfrei eine individuelle Notlage. Statt wie am Wühltisch, fühlen sich die meisten wie in der Wüste - weit und breit ist kein Passender zu sehen. Dennoch entsteht aus diesem Druck offensichtlich wenig Bereitschaft, sich auf einen der vielen kontaktierten Partner einzulassen. Wie kommt das?

Ein Partner muss *zu mir* passen

Meine Erfahrung in der Singleberatung hat mich bezüglich der Gründe für das Alleinbleiben so vieler Singles zu einer These geführt. Diese These lautet: Singles sind nicht deshalb allein, weil zu viele oder zu wenige Partner im Angebot sind, sondern weil sie eine ganz klare Bedingung an potentielle Partner stellen. Diese Bedingung lautet: „Der Partner muss *zu mir* passen!"

Bezüglich dieser Bedingung verfügen dauerhaft suchende Singles über wenig Spielraum und kaum Kompromissbereitschaft. Sie sagen nicht etwa: „Ein Partner muss einigermaßen passen" oder „Er muss zu 80 % passen". Nein, er soll zu 100 % passen.

Hinweis: Ich sage nicht, Singles sollten kompromissbereiter sein und jemanden nehmen, der ihnen nicht gefällt. Ich halte hier die Tatsache fest, dass dauerhaft suchende Singles streng nach der Maxime handeln: „Wenn ein potentieller Partner nicht zu mir passt, wird er aussortiert!"

Die so locker hingeworfene Formulierung: „Ich will einen Partner, der *zu mir* passt!" muss man unter die Lupe nehmen, um zu erkennen, dass sie es in sich hat. Wer einen zu sich passenden Partner sucht, wähnt sich offenbar in einem gigantischen Puzzle aus Millionen unterschiedlichen Teilen. Er ist der festen Überzeugung, irgendwo da draußen gäbe es das eine Teil, das genau zu ihm passt, es käme lediglich darauf an, dieses seltene Einzelstück zu finden.

Man kann sich leicht vorstellen, wie lange es bräuchte, in einem aus Millionen Teilen bestehenden Puzzle zwei Teile zu finden, die genau - und nicht bloß gut - zueinander passen. Die unbescheidene Formulierung umzudrehen und zu sagen: „Okay, dann suche ich halt jemanden, zu *dem ich* passe", macht auch keinen Sinn, weil das passende Gegenstück in diesem Fall ebenso schwer zu finden ist.

Der Haken liegt woanders. In beiden Fällen stellt sich der Suchende ins Zentrum des Geschehens. Das Puzzle wird von einem „Ich" gelegt, das sich selbst zum Maßstab der Beziehung macht. Ob die ersehnte Passung durch Dominanz - der andere soll *zu mir* passen - oder durch Anpassung - ich will *zum anderen* passen - erreicht werden soll, ist dabei unerheblich. Es geht stets um das Ego! Es geht um die eigenen Motive, Absichten und Bedürfnisse. Und genau darin liegt das Problem.

Hinweis: Ich sage nicht, das Ego sollte keine Rolle spielen und suchende Singles sollten ihr Ego zurückstellen. Natürlich ist das Ego in einer Beziehung wichtig, und heute will niemand mehr sein Ego aufgeben, nur um geliebt zu werden.

Allerdings kann ein Ego nicht die Maßstäbe *für eine Beziehung* setzen. Schließlich ist man in einer Beziehung nicht allein. In einer Beziehung spielt der andere mit. Der hat auch ein Ego, das er für genauso bedeutend hält: also für bedeutender als das des Anderen.

Eine Beziehung, in der zwei Egos die erste Geige spielen, indem jedes die Maßstäbe setzen will, ist allerdings schwer vorstellbar.

Bestenfalls könnte eine Kampfbeziehung daraus werden.

Hinweis: Ich sage nicht, dass man sich für eine Beziehung zurücknehmen sollte. Natürlich muss man zu sich stehen. Ich sage allerdings klipp und klar, dass in einer modernen Beziehung kein Einzelner den Ton und die Melodie angeben kann.

Was eine moderne Beziehung ermöglicht, in der jeder Partner respektiert wird, steckt in dem Wort Beziehung: Es ist der Bezug, den zwei Menschen aufeinander nehmen. Es ist die Art und Weise, in der sich zwei Egos aufeinander *beziehen*. Bezug meint in Kurzform: Die Motive, Bedürfnisse, Sehnsüchte, Ängste und Besonderheiten die Innenwelt des Anderen zu erfassen. Wer sich bezieht, der kann nicht mehr allein die eigenen Motive und Bedürfnisse zum Maßstab nehmen, dessen Wahrnehmung und Verhalten und vor allem: dessen Gefühle verändern sich. (Was Bezug nehmen genau bedeutet und wie man Bezug aufeinander nimmt, ohne sein Ich zu verleugnen, dazu im zweiten Band mehr).

Gerade das zentrale Merkmal einer Beziehung, der Bezug auf den Partner, ist in der Bedingung: „Suche Partner, der *zu mir* passt", nicht enthalten. Sonst würde man sagen: „Suche Partner, auf den ich mich beziehen kann und der sich auf mich bezieht", und dann sähe die Angelegenheit schon anders aus. So etwas habe ich noch keinen dauerhaft suchenden Single sagen hören, und erst recht habe ich noch keinen Single getroffen, der so etwas meint.

Aus der Bedingung: „Der Partner muss *zu mir* passen" und der Tatsache, dass ein aktiv suchender Single dauerhaft allein bleibt, ergibt sich ein logischer Schluss: Keiner hat bisher gepasst! Keiner schien gut genug! Keiner von zehn oder dreißig oder sogar hundert möglichen Partnern, die ein Single getroffen hat, konnte die vom Ich aufgestellte Bedingung der Passung erfüllen. Sie alle wurden aussortiert.

Die oben zitierten Erklärungen: „Die Guten sind schon vergeben" oder: „In meinem Alter ist der Markt leergefegt" mögen der Selbstberuhigung oder dem Trost dienen. Aber sie helfen bestimmt nicht dabei, einen Partner zu finden.

Gute Gründe fürs Alleinbleiben

Nun geht es nicht um die Verurteilung egozentrischen Verhaltens. Es geht darum, es zu verstehen. Dauerhaft suchende Singles betonen ihr „Ich" nicht grundlos derart stark, wie sie es in der Bedingung: „Der Partner muss *zu mir* passen" tun. Sie haben gute Gründe dafür. Um diese Gründe zu verstehen, lohnt ein Blick in die individuellen Beziehungsgeschichten.

Wer dauerhaft einen Partner sucht, ist nicht freiwillig allein. Die meisten Singles haben bereits eine oder mehrere Trennungen durchlebt. Trennungen verlaufen selten reibungslos, meist geht ihnen ein langer oder heftiger emotionaler Kampf voraus. Weil „Auseinandergehen" ebenso schwer ist wie „Zusammenkommen", trennen sich viele Partner erst, nachdem sie sich gegenseitig seelische Verletzungen zugefügt haben.

Trennungen stellen schmerzhafte Prozesse dar, unabhängig davon, wer sie vollzieht. Entweder wird damit ein Schmerz beendet - dann trennt man sich vom Partner, oder man wird vom Partner verlassen, was ebenso schmerzhaft ist. Was sich in jedem Fall einprägt, ist der Schmerz, den ein vorausgegangener Kampf um die Beziehung oder der Verlust des Partners mit sich bringen. In dieser Entwicklung geht viel Vertrauen in die Liebe und in Beziehungen verloren.

Insofern sind viele Singles gebrannte Kinder. Die schmerzliche Erfahrung, dass und vor allem, **wie** ihre Liebe, die oft eine große Liebe war, endete, hat sich tief in ihr Beziehungsgedächtnis eingebrannt.

Ich bin mir bewusst, dass das Wort „Schmerz" nicht von allen Betroffenen bereitwillig angenommen wird. Singles betonen meist ihre Unabhängigkeit, nicht nur vor anderen, sondern auch vor sich selbst. Auch ist ein Verlustschmerz nicht ständig präsent, möglicherweise scheint er sogar vergessen zu sein und spielt im Alltagsgeschehen keine Rolle. Doch selbst wenn eine Trennung verarbeitet scheint oder auch ist, lösen sich einst gemachte, negative Erfahrungen nicht auf. Sobald es zu Begegnungen mit potentiellen Partnern kommt, sobald ein Date stattfindet, wird aus dem reichen Repertoire des Beziehungsgedächtnisses geschöpft.

Gerade dann, wenn sie jemanden interessant finden, kann man am Verhalten suchender Singles ablesen, dass sie sich sehr genau gemerkt haben, worauf sie sich *nicht mehr* einlassen wollen. Denn dann fahren sie feine Antennen aus, mit denen sie einen potentiellen Partner auf Warnsignale hin abscannen.

Dauerhaft suchende Singles unterscheiden sich von Liebesanfängern. Sie sind vorsichtig. Sie denken nicht daran, dem potentiellen Partner blindes Vertrauen zu schenken. Anders gesagt: Dauerhaft suchende Singles haben ihre Unschuld verloren.

Dies trifft sogar für Singles zu, die noch keine längere Beziehung im Erwachsenenleben hatten, die ihre Ängste aus der ersten Liebesbeziehung - der zum andersgeschlechtlichen Elternteil[1] - mitbringen.

Wie man erfolgreich Single bleibt

Was bedeutet es, seine Unschuld in Bezug auf Liebesbeziehungen verloren zu haben? Das lässt sich leicht an Liebesanfängern erläutern.

Wenn sich junge Menschen das erste Mal verlieben, haben sie noch keine schmerzlichen Erfahrungen mit der Liebe gemacht, zumindest nicht in ihrem erwachsenen Leben. Sie verlieben sich, und damit das möglich ist, schenken sie einander Vertrauen. Dieses Vertrauen ist im Wortsinn geschenktes, also *blindes* Vertrauen. Es wird geschenkt, obwohl es keine Garantie dafür gibt, dass sich der Andere als vertrauenswürdig erweist. Das geschenkte Vertrauen ist eine Art Vorschuss auf eine Beziehung.

Hinweis: Ich sage nicht, Singles sollten einander blindes Vertrauen schenken. Ich beschreibe, wodurch Verliebtheit ermöglicht wird.

Was bilden sich frisch Verliebte aufgrund von geschenktem Vertrauen nicht alles ein? - Dass sie sich schon ewig kennen, weil es sich so anfühlt. - Dass sie perfekt zueinander passen, weil sie einander nur die guten Seiten zeigen. - Dass sie sich ewig lieben werden, weil ihre Gefühle so intensiv sind. Außenstehende mögen diesem Treiben lächelnd und wissend zusehen, aber die Verliebten interessiert keine Skepsis, sie stürzen sich blind in ein Abenteuer.

Liebesanfänger können das, sie sind noch im Besitz ihrer Unschuld. Sie können und wollen sich nicht vorstellen, was aus ihrer Liebe werden kann. Sie lassen sich rückhaltlos aufeinander ein und schwelgen in einem scheinbar vollkommenen Einssein.

Hinweis: Ich sage nicht, dauerhaft suchende Singles sollten das Gleiche tun. Ich beschreibe lediglich, wie Paarbeziehungen in vielen, vielleicht sogar den meisten Fällen, anfangen.

Die Gnade der Blindheit

Ich bezeichne die Fähigkeit, ein derartiges Vertrauen vorzuschießen oder zu schenken, als „Gnade der Blindheit". Verliebte sind auf einem Auge blind, das sagt schon der Volksmund. Auf einem Auge blind zu sein bedeutet, das Auge für Trennendes fest zu schließen, während das Auge für Verbindendes weit geöffnet wird.

Kein frisch Verliebter könnte je die Bedingung formulieren: „Ein Partner muss *zu mir* passen." Er würde augenblicklich aus der Verliebtheit fallen, und er würde ein schlechtes Gewissen dem Anderen gegenüber haben. Der jeweilige Partner passt, weil mit dem einen offenen Auge nichts entdeckt werden kann, was an ihm auszusetzen wäre. Versuchen Sie einmal, einen frisch Verliebten auf problematische Seiten seines Partners hinzuweisen, versuchen Sie, ihm die Augen zu öffnen, Sie werden mit allen Warnungen kläglich scheitern und womöglich einen Freund verlieren.

Die Fachwelt bezeichnet die Gnade der Blindheit als selektive Wahrnehmung. Diese eingeschränkte Wahrnehmung hat ihren Sinn, denn ohne diese Fähigkeit würden keine Liebesbeziehungen entstehen. Verliebte verlieben sich, *weil* sie sich auf Verbindendes fokussieren, und sie bleiben verliebt, *solange* sie Trennendes außer Acht lassen.

Liebesalarm durch schlechte Gefühle

Wie verhält es sich nun bei dauerhaft suchenden Singles? Diese sind keine Liebesanfänger, sondern haben schon Erfahrungen mit Liebe gemacht und können auf ein ausgeprägtes Beziehungsgedächtnis zurückgreifen. Sie wissen, was in einer Beziehung passieren kann. Vor allem wissen sie genau, was ihnen *nicht mehr* passieren soll. Wenn sie auf einen potentiellen Partner treffen, verhalten sie sich daher genau umgekehrt zu Liebesanfängern. Sie kneifen das Auge für Verbindendes zu und öffnen das Auge für Trennendes weit, darüber hinaus bewerten sie Unterschiede höher als Gemeinsamkeiten. Das bedeutet:

> Dauerhaft suchende Singles fokussieren im Kontakt zu potentiellen Partnern auf Unterschiede in Verhaltens-, Denk- und Fühlweisen. Jeder entdeckte Unterschied löst augenblicklich einen Liebesalarm aus. Dieser warnt: „Achtung, der passt nicht *zu dir*!"

Eine solche Alarmmeldung soll negative Erfahrungen vermeiden helfen. Das Misstrauen ist nachvollziehbar, denn wer will schon den gleichen Schmerz wie damals noch einmal erleben?

> Allerdings kann der Betreffende den Liebesalarm, sobald er ausgelöst wird, kaum als *eigenes* Misstrauen erkennen.

Das Beziehungsgedächtnis als Teil des Unbewussten meldet sich nämlich selten direkt, beispielsweise durch Gedanken und Überlegungen. Es teilt sich meist indirekt mit: durch Gefühle, in diesem Fall durch schlechte Gefühle. Der Single sieht ein äußerliches Merkmal oder hört eine bestimmte Äußerung seines Gegenübers oder beobachtet ein bestimmtes Verhalten und empfindet augenblicklich ein Gefühl der Abneigung. Der Andere löst ungute Gefühle aus, was ihn als unpassend qualifiziert. Auf diese Weise wird dem anderen das eigene Misstrauen in die Schuhe geschoben.

Kann man Menschen mit Trennungserfahrungen verübeln, dass sie die Gnade der Blindheit - und damit ihre Unschuld - verloren haben? Dass sie auf Nummer sicher gehen wollen? Dass sie argwöhnisch hinsehen, weil sie „das" nicht noch einmal erleben wollen? Wohl kaum.

Im Zweifelsfall gegen den Angeklagten

Genau hinzusehen, also nach Unterschieden zu suchen, bedeutet, eine Sicherheitsstrategie zu fahren. Der dauerhaft suchende Single will wissen, mit wem er sich da einlässt. Solche Vorsicht hat allerdings einen gewaltigen Haken. Man kann nämlich niemals verlässlich herausfinden, wer oder wie derjenige „ist", den man gerade kennenlernt. Man kann nur sehen, wie er sich gerade, in dem jeweiligen Moment und in der konkreten Situation, verhält.

Worin besteht hier der Unterschied zwischen „Sein" und „Verhalten"? Wenn man aus einem einzelnen Verhalten auf die Persönlichkeit schließt, unterstellt man dem anderen, dass es so „ist". Wenn er die Rechnung im Restaurant nicht zahlen will, unterstellt man ihm beispielsweise, ein Geizhals zu sein. Und wenn er Champagner bestellt, unterstellt man ihm womöglich, ein Angeber zu sein.

Weil er auf „Nummer sicher" gehen will, bleibt dem suchenden Single nichts anderes übrig, als die Abkürzung zu nehmen und vom Verhalten des Gegenübers auf dessen Persönlichkeit zu schließen. Weil seine Antennen auf Alarm gestellt sind, entdeckt er mit Sicherheit etwas, das ihm missfällt, und diese Beobachtung liefert einen plausiblen Grund, den potentiellen Partner auszusortieren. Die Sache scheint klar: Der/die passt nicht.

Zum Beispiel: Eine Frau hat sich vor Jahren scheiden lassen, weil ihr Ehemann nie genug Zeit für sie hatte. Nun lernt sie einen Mann kennen. Sie findet ihn interessant und möchte ihn gern ein zweites Mal treffen. Als er äußert, er würde sie auch gern wiedersehen, sei aber gegenwärtig ziemlich beschäftigt, das Treffen wäre aus beruflichen Gründen erst in acht Tagen möglich, ist die Sache für sie gelaufen.

Man kann erkennen, wie die Frau hier von einem konkreten einzelnen Verhalten auf die Person schließt. Sie denkt: „Noch *so einen* muss ich mir nicht antun!" Seine Bemerkung, er könne sie erst in acht Tagen wiedersehen, reicht, um negative Gefühle zu mobilisieren und jedes Interesse an ihm zu ersticken. Die positiven Gefühle, die sich in dem kurzen Date gebildet hatten, sind von einer Sekunde auf die nächste erloschen. Der Interessent wird aussortiert.

Aussortieren mittels Schnellgericht

Das Beispiel zeigt, was dauerhaft suchende Singles in Vollendung beherrschen: Sie sortieren potentielle Partner schon bei geringen Anzeichen befürchteter oder tatsächlicher Differenzen aus. Ich bezeichne dieses Verhalten als *Schnellgericht*.

In solch einem inneren Schnellgericht nimmt man sich wenig Zeit, um ein Urteil zu fällen. Es findet keine nennenswerte Verhandlung statt, die Verteidigung wird kaum gehört, statt dessen wird beim Anschein kleinster Beweise der Anklage stattgegeben. Ich denke, jeder dauerhaft suchende Single kennt Schnellgerichte aus eigener Erfahrung. Allerdings wird er sein jeweiliges Urteil grundsätzlich für gerechtfertigt halten.

> Schnellgerichte werden nicht infrage gestellt, weil sie Befürchtungen vorbeugen wollen und sich auf scheinbar untrügliche Gefühle berufen.

Schnellgerichte dienen der Vereinfachung und der Vorbeugung. Meist steht dahinter die Angst, noch einmal auf ähnliche Weise verletzt zu werden, wie das einmal geschehen ist. Insofern kann man Verständnis für schnell gefällte Urteile aufbringen. Das ändert aber nichts an ihrer destruktiven Wirkung, die darin besteht, viel zu schnell auszusortieren. (Auf Verletzungen gehe ich ausführlich in Band 3 ein).

Den Schnellgerichten dauerhaft suchender Singles komme ich in der Single-Beratung durch eine einfache Frage auf die Spur. Die Frage lautet: „Woran *genau* haben Sie festgemacht, dass der Partner nicht passt? Durch welches Merkmal oder welche Bemerkung oder welches Verhalten ist der andere für Sie 'gestorben'?" Die Antworten machen teils erstaunliche Urteile deutlich.

- Eine Frau sortiert einen Mann aus, mit dem sie seit Wochen Mailkontakt hielt, weil er wiederholt Rechtschreibfehler macht. Ihr Urteil: ein Dummkopf. Die

22

Befürchtung dahinter: Der kann mir nicht das Was-
ser reichen.

- Ein Mann sortiert eine Frau aus, nachdem sie sagt,
Sport sei nicht ihr Ding. Sein Urteil: zu träge. Die
Befürchtung dahinter: Die sitzt am liebsten auf dem
Sofa, und ich soll mich danebensetzen.

- Eine Frau hat angeregten Mailverkehr, aber als sie
den Mann zum ersten Mal trifft, stört sie sein Schlab-
berlook. Ihr Urteil: Der hat keinen Geschmack. Die
Befürchtung dahinter: Mit dem kann ich mich nirgends sehen lassen.

- Ein Mann kommt zum dritten Date zu der Frau nach
Hause. Dort ist alles penibel sauber. Bevor er sein
Weinglas auf den Tisch stellen kann, hat sie bereits
einen Untersetzer darunter geschoben. Sein Urteil:
Sauberkeitszwang. Seine Befürchtung dahinter: Mit
der könnte man nie entspannt leben.

Endlos ließen sich Beispiele von schnell gefällten Urteilen
fortsetzen, und ich werde noch etliche Beispiele bringen.
Auch in Internetforen kann man sich ein Bild von der Viel-
zahl möglicher Schnellgerichte machen. Viele davon scheinen aus unbeteiligter Sicht an Oberflächlichkeit kaum zu
überbieten, wie beispielsweise das oben zitierte Urteil bezüglich der Rechtschreibfehler in E-Mails.

Was sagen Rechtschreibfehler über den Menschen aus, der
sie macht? Darüber kann man sicherlich verschiedene Ver-
mutungen anstellen, nur eines steht fest: Auf die Persönlichkeit desjenigen kann man daraus nicht schließen. Dauerhaft
suchende Singles tun so etwas aber mit großer Selbstverständlichkeit, wie ein eindrucksvolles und unterhaltsames
Beispiel aus dem realen Singleleben zeigt.

Auf der Video-Plattform YouTube habe ich einen meiner
Single-Vorträge veröffentlicht. Dort bin ich auf folgen-

den Kommentar zum Thema Rechtschreibfehler gestoßen. Ein offensichtlich junger Mensch, ich weiß nicht, ob Mann oder Frau, ich nenne ihn oder sie Alpha, schreibt in einer Kritik an meinen Thesen:

Alpha: *„Ich sortiere auch aus, wenn ich merke, dass mein Gegenüber Rechtsschreibfehler und Grammatikfehler macht. Stehe auch dazu. Ganz ehrlich ich habe doch nicht Abitur gemacht und mein Studium angefangen, damit ich mich mit irgendeinem Idioten abgebe, der keine zwei gescheiten Sätze auf die Reihe bekommt. Außerdem turnt Intelligenz an."*

Auf diesen Kommentar fängt sich Alpha folgende Rückmeldung von einem anderen User ein, ich nenne ihn oder sie Beta:

Beta: *„Habe auf die Schnelle ganze 3 Fehler in deinen 4 Zeilen gefunden: 1) "Rechtsschreibfehler mit falschem Doppel-s. 2) Komma oder Doppelpunkt fehlt hinter„ehrlich". 3) „irgend einem" schreibt man seit der RRF von 1996 getrennt. Sehr lustig, dass solche Pisaner wie du ... 1. ein Abitur haben (mit wie vielen hässlichen Lehrerinnen oder Lehrern musstest du dafür schlafen?) 2. sich selbst als „intelligent" bezeichnen [...] und natürlich 3. andere Menschen als Idioten abstempeln wollen, womit die Aussagen im Video zu 100% bestätigt werden.„*

Der Disput zwischen Alpha und Beta setzt sich noch ein wenig fort. Alpha beruft sich darin auf Flüchtigkeitsfehler und versucht, sich ironisch über Beta zu erheben. Ein sinnloses Scharmützel.

Was wäre wohl geschehen, wenn sich die beiden zu einem Date getroffen hätten? Natürlich wären sie dann höflicher miteinander umgegangen, aber zumindest *gedacht* hätten beide das Gleiche: Der/die passt nicht! Und aussortiert hätten sie einander ganz sicher.

Wie fragwürdig und Ich-bezogen ein solches, im Schnellverfahren ausgesprochenes Urteil ist, zeigen beispielhaft folgende Überlegungen:

- Würde Alpha ebenso unerbittlich auf Rechtschreibfehler reagieren, wenn er wüsste, es beim Mailkontakt mit Brad Pit oder Angelina Jolie oder einer anderen prominenten Person zu tun zu haben?

- Warum sieht Alpha Rechtschreibfehler bei anderen als Zeichen fehlender Intelligenz, bei sich selbst aber als Flüchtigkeitsfehler? Müsste Alpha dem E-Mailpartner nicht das gleiche Recht auf Flüchtigkeit zugestehen?

- Wozu beleidigt Beta den oder die Alpha? Würde Beta die gleichen Worte wählen, wenn er ein Foto des Mailpartners gesehen und ihm dieser über alle Maßen gefallen hätte?

Das Beispiel zeigt, wie schnell ein möglicherweise interessanter Partner aufgrund von nicht hinterfragten Bewertungen aussortiert werden kann, selbst bei relativ unbedeutenden Themen. Gerade dauerhaft suchende Singles sind wahre Meister im schnellen Aussortieren. Davon konnte ich mich im Laufe der Jahre, in denen ich Singleberatung durchführe, überzeugen.

No-Good und No-Go - die Urteile im Schnellgericht

Die Liste der Verhaltensweisen, die zu einer schnellen Aburteilung führen, scheint schier endlos. Es geht immer um etwas, das der mögliche Partner tut, aber besser *nicht* tun sollte. Beispielsweise soll er *nicht*:

- über das Leben klagen,
- die Rechnung im Bistro zahlen,
- die Rechnung im Bistro teilen wollen,
- über sexuelle Vorlieben sprechen,
- Fleisch essen,
- über Expartner herziehen,
- langweiligen Hobbys nachgehen,

- rauchen,
- nicht rauchen,
- unmodisch gekleidet sein,
- während des Dates telefonieren,
- ausfragen,
- tiefgehende Fragen stellen,
- oberflächliches Zeug reden,
- Alkohol trinken,
- Veganer sein,
- intime Dinge wissen wollen
- und so weiter ...

Zeigt der potentielle Partner ein unerwünschtes Verhalten, wird es zum No-Good (das geht gerade noch!) erklärt, und er bekommt Minuspunkte dafür, die innerlich addiert werden und deren Summe schließlich zum Aussortieren führt. Bestimmte Verhaltensweisen werden allerdings sofort als No-Go (das geht gar nicht!) bewertet, sie führen zum unmittelbaren Aussortieren.

Eine Testleserin berichtet: *„Ich war in Kontakt mit einem Mann, der betonte, dass er auf keinen Fall eine Frau treffen will, die eine Therapie gemacht hat."*

Hat der Mann Angst vor therapierten, also psychisch gesünderen Frauen? Offenbar unterstellt er solchen Frauen psychische Schäden. Vielleicht hat er solch eine Frau kennengelernt, aber dann schließt er von einer auf alle. Wie viele Frauen hat er damit aussortiert?

Schnellgerichte mögen verbreitet und nachvollziehbar sein, aber sie sind grundsätzlich mehr als fragwürdig. Ihr Manko besteht darin, dass sie dem Verhalten des Gegenübers eine festgelegte Bedeutung unterstellen. Ob es diese Bedeutung tatsächlich hat, wird nicht weiter geprüft. Stattdessen wird vorschnell und konsequent aussortiert. Wenn nicht beim ersten Date, dann nach dem zweiten Treffen oder selbst dann noch, wenn sich bereits gute Gefühle füreinander gebildet haben. (Dazu, wie man Bedeutungen hinterfragt, in Band 2 mehr).

Zum Thema Aussortieren haben Testleser-/innen einige Einwände erhoben. Auf diese möchte ich eingehen.

„Herr Mary, man muss Auswahlkriterien haben, zum Beispiel ist es ein No-Go, wenn jemand oft und viel Alkohol trinkt. Es muss erlaubt sein, dass es gewisse No-Gos gibt."

Ich habe nichts gegen No-Gos. Sie sollten allerdings auf einer Bedeutungsprüfung (siehe Band 2) beruhen und nicht auf oberflächlichen Schnellgerichtsurteilen. Wenn einer zum Beispiel beim ersten Date zwei Gläser Rotwein tinkt, ist er nicht gleich ein Alkoholiker, vielleicht ist er nur aufgeregt. Und wenn einer keine Fremdsprache spricht, ist er kein Dummkopf. Ich schreibe auch nirgends, dass man keine No-Gos haben sollte. Aber wenn man ständig No-Gos postuliert und dadurch eine Beziehung verhindert, dann wird es Zeit, sie infrage zustellen.

„Herr Mary, ich teile nicht so ganz die Ansicht über die No-Gos. Ich glaube sogar No-Gos zu formulieren ist ein „Muss,, in der heutigen Zeit, um nicht erschlagen zu werden. Es wirkt sehr attraktiv, wenn man weiß, was man will und frühzeitig die Streu vom Weizen trennt. Nichts ist blöder, als einen Abend mit jemandem zu verbringen, der aufgrund seiner Rahmendaten für eine Partnerschaft nicht infrage kommt. Von daher stelle ich mal die These auf, dass oftmals aus Unsicherheit nicht ausreichend selektiert wird, um dann verzweifelt nach dem x-ten Date zu sagen, dass es keinen Sinn macht. Wie würden Sie vorgehen?"

Bedenken Sie: Ich wende mich an dauerhaft suchende Singles. Die Spreu vom Weizen zu trennen ist natürlich sinnvoll. Ich stelle auch keineswegs die These auf, jeder würde zu jedem passen, wenn man nur genügend kommuniziert. Mir geht es um die Kriterien, mit denen die Spreu erkannt wird. Dauerhaft suchende Singles wenden hierbei starre Kriterien an, ohne diese zu überprüfen. Je länger sie suchen, desto strenger werden die Kriterien, und umso frühzeitiger sortieren sie aus.

„Herr Mary, bei den No-Gos stehen bei mir zwei Punkte im Vordergrund. Erstens das Rauchen, jedenfalls wenn einer viel und ständig qualmt. Und zweitens ein zu hohes Gewicht. Wenn eine Frau dick ist, entsteht bei mir einfach keine Erotik. Das heißt, dass es für mich schon zwei Punkte gibt, die ein Erwachen von Gefühlen definitiv verhindern. Das halte ich auch für legitim. Allerdings hat eine Freundin von mir ein Dutzend Punkte auf ihrer Checkliste und ist damit auch schon lange Single – das passt vollkommen zu Ihrem Buch."

Was das Gewicht angeht, da habe ich keinen Einwand, da treten unbewusst motivierte Bewertungen ein, gegen die man wenig meist machen kann. Man kann sich ja nicht bewusst entscheiden, jemanden erotisch zu finden. Zudem ist Gewicht kein Verhalten, sondern ein Merkmal, ähnlich wie Aussehen oder Geruch oder Körpergröße. Die Bedeutung solcher Merkmale zu verändern ist, wenn überhaupt, nur mit viel Aufwand möglich. Man darf bezweifeln, ob sich solcher Aufwand lohnen würde. Beim Rauchen verhält es sich anders. Was wäre, wenn man jemanden trifft, ihn sehr sympathisch findet, sich fast schon verliebt - und dann steckt sich derjenige eine Zigarette an. Dann ist man zumindest in einem Zwiespalt. Oder noch deutlicher: Jemand sagt: „Geschiedene kommen für mich nicht infrage." Mit einem solchen No-Go legt man sich ganz sicher einen Stein in den Weg.

Das folgende Beispiel, das ebenfalls von einer Testleserin stammt, macht deutlich, wie sich No-Gos zum eigenen Nachteil auswirken können.

„In einem Online-Portal hatte ich mich mit wenig Info und ohne Foto angemeldet. Mich hat daraufhin ein Mann angeschrieben und es entwickelte sich ein schöner Chat. Offen und lustig. Nach einer Weile fragte er mich, wie ich denn aussehe. Ich antwortete daraufhin, ich habe etwa die gleiche Haarfarbe wie du (er war schon recht grauhaarig/weiß). Seine Antwort darauf war - wohlbemerkt, ohne eine Bild von mir gesehen zu haben - 'Oh, du hast graue Haare? Da sehen die Frauen immer so alt aus. Das gefällt mir nicht, das will ich nicht.' Er war sofort aus dem Chat raus und hat mich anschließend dauerhaft blockiert. "

Wie sinnvoll ist solch ein No-Go für den betreffenden Mann selbst? Ist seine Voraussage, die Frau sähe alt aus, zutreffend? Immerhin hatte ein schöner Kontakt begonnen, und vielleicht hat er die Frau seines Lebens verpasst. Er wird es nie erfahren. Das Beispiel gibt allerdings auch einen Hinweis darauf, dass es besser ist, gleich zu Anfang eines Kontaktes Fotos auszutauschen.

Schnellgerichte und No-Go-Urteile hindern mögliche Partner daran, sich näher kennenzulernen. Wer hingegen seine Schnellgerichte erkennt und infrage stellt, kann davon profitieren, wie eine der Testleserinnen berichtet:

„Ich habe schon von Ihrem Text profitiert, indem ich aktuell einem potentiellen Partner noch eine Chance gegeben habe, nachdem er sich an zwei Telefontermine nicht gehalten hat (als seine besondere Eigenschaft bezeichnete er vorher seine Zuverlässigkeit). Eigentlich wollte ich ihn verabschieden (Schnellgericht), aber dann habe ich gedacht, schreib ihm doch, ob er denn kein Interesse mehr an einem Telefonat hat. Das tat ich, und kurze Zeit später kam ein Anruf, bei dem er sich dafür entschuldigte, dass er wegen der Arbeit nicht anrufen konnte. Ich jedoch hatte ihm bereits Unzuverlässigkeit und Lügen/Angeberei unterstellt, weil er doch angeblich so zuverlässig

sei. Daran habe ich gemerkt, dass das mit dem Schnell-
gericht den Nagel auf den Kopf trifft. "

Neben dem Schnellgericht gibt es noch weitere fragwürdige Instrumente, die scheinbar sicher anzeigen, ob ein potentieller Partner „zu mir" passt. Beispielsweise Checklisten und Stöckchenspiele, die Themen des nächsten Abschnitts sind.

Hinderliche Erwartungen

Beim Schnellgericht führt ein unerwünschtes Verhalten der Kategorie No-Good oder No-Go zum Aussortieren. In dem Fall führt etwas, das der potentielle Partner *tut,* dazu, dass der suchende Single sich von ihm abwendet. Zusätzliche Kriterien zum Aussortieren ergeben sich aus dem Gegenteil, aus etwas, das der potentielle Partner *nicht tut*, aber tun sollte.

Checklisten abarbeiten

Ich spreche von Erwartungen und von dem Frust, der entsteht, wenn ein erwünschtes oder ersehntes Verhalten ausbleibt. Diesmal, so flüstern angesammelte Erwartungen dem suchenden Single zu, soll das lang Ersehnte endlich geschehen.

Ob der potentielle Partner den eigenen Erwartungen gerecht werden kann, wird konkret anhand innerer und manchmal auch auf Papier gebrachte Checklisten geprüft, die das aufzählen, was man auf jeden Fall vom Anderen erwartet und von ihm geboten haben möchte.

Checklisten werden gleich beim ersten und weiteren Treffen abgearbeitet. Das Vorgehen erinnert stark an den Kontrollvorgang beim TÜV. Der Partner wird auf Herz und Nieren geprüft. Dazu konfrontiert man sich gegenseitig mit teils massiven Erwartungen. Beispielsweise wird dem anderen eröffnet:

- Meine Partnerin muss bereit sein, in mein Haus einzuziehen. Es ist groß und ich werde auf keinen Fall woanders wohnen.
- Mein Partner muss in der Stadt wohnen. Das Land käme für mich nicht infrage.
- Ich will jemanden, der regelmäßig mit mir wandern geht. Gemeinsamkeit muss schon sein.
- Mein Partner muss erfolgreich sein.

- Ein Partner müsste sein Haustier abschaffen.
- Ohne Gartenarbeit geht bei mir nichts, der Garten ist mein Ein und Alles.
- Auf Städtereisen müsste mich ein Partner schon begleiten, das ist klar.
- Mein Partner muss sportlich sein.
- Wer mich will, muss auch mein Pferd mögen.
- Ich suche jemanden, der meine kulturellen Interessen teilt und mit dem ich mich darüber austauschen kann.
- Mein Partner muss gebildet sein.
- und so weiter ...

Eine Testleserin berichtet hierzu: *„Er sagte, er hätte seine Arbeit, Einkaufsmöglichkeiten, Sport etc. bei sich um die Ecke. Wenn ich mit ihm zusammenwohnen will, muss ich in seinen Stadtteil ziehen. Was ich mit meiner Eigentumswohnung mache, wäre ihm egal."*

Checklisten machen den „Für-mich-Anspruch" eines suchenden Singles besonders deutlich: Sie stellen selbstbezogene, völlig unpräzise Messinstrumente der Passung dar.

An dieser Stelle wendet ein Testleser ein: *„Ich kann an diesen Wünschen nichts Negatives erkennen."*

Hier werden aber nicht Wünsche, sondern Bedingungen aufgezählt. Es geht um allgemeine Ausschlusskriterien, bei denen es sich lohnen würde, sie auf den Prüfstand zu stellen. Wer glaubt, mit solchen Tests auf Nummer sicher gehen zu können, sortiert gnadenlos aus.

Hinweis: Ich sage also nicht, man sollte keine Erwartungen haben. Ich beschreibe die fragwürdigen Folgen des Abcheckens.

Ein extremes Beispiel hemmungslosen Abcheckens gibt eine Frau, die ihren Mailpartner auffordert, er solle ihr einen „typischen Tagesablauf" aufschreiben. Zusätzlich fordert sie „eine Liste seiner Werte" an. Vielleicht hat diese Frau einen Single-Ratgeber gelesen. Einen jener oberflächlichen Ratgeber, in denen behauptet wird, eine Beziehung sei umso verlässlicher, je ähnlicher die Partner einander wären.

In der Tat arbeiten nicht nur suchende Singles, sondern auch viele Single-Berater mit Checklisten. Sie machen Singles weis, sie würden über zielführende Strategien zur verlässlichen Partnersuche verfügen. Wohin so etwas führen kann, zeigt das folgende Beispiel, das mich per E-Mail erreichte. Es schildert ausführlich und im Originalton, wie quälerisch, verkrampft und absurd eine solche, expertengestützte Suche nach Passung per Checkliste verlaufen kann.

„Herr Mary, ich bin 40 Jahre alt, beruflich erfolgreich, sehe gut aus, etwas schüchtern, habe einen guten und stabilen Freundeskreis. Leider bin ich Dauer-Single. Meist habe ich nur kurze Affären, nur einmal hat eine Beziehung ein Jahr gehalten. Ich bin seit einem Jahr in verschiedenen Online-Partnerbörsen und per Kontaktanzeige unterwegs. Das brachte circa 100 E-Mails, 30 bis 40 Telefonate, 25 bis 30 persönliche Treffen und keine Partnerin.

Ich war ein halbes Jahr bei Herrn X [einem Singleberater] in der Beratung. Dabei ging es darum, welche Frau wirklich zu mir passen würde. Das Ergebnis: Sie sollte mir möglichst ähnlich sein. Am besten nur zwei Jahre jünger oder älter. Sie sollte nicht mehr verdienen als ich, damit es später keine Probleme deswegen gibt. Sie sollte einen vergleichbaren beruflichen Hintergrund haben, also wie ich erst eine Ausbildung, dann ein Studium gemacht haben. Sie sollte wie ich beruflich erfolgreich sein, aber dennoch Wert auf Freizeit legen. Wichtig, laut dem Berater ist die Geschwisterstellung: Ich bin Erstgeborener, daher sollte meine Partnerin ebenfalls Erstgeborene sein. Die Beziehungen zu meiner Mutter und meinem Vater waren schlecht, deshalb sollte ich nach einer Frau mit ähnlicher Erfahrung suchen. Sie sollte vom Charakter eher schüchtern sein, wie ich, auch eher emotional

unstabil, wie ich, aber genauso energievoll wie ich. Seit-
dem ich diese Liste habe, plagen mich Kopf- und Bauch-
schmerzen. Wo soll ich diese Frau finden? "

Diese Liste könnte jemand aufgestellt haben, der auf das Arrangieren von Ehen spezialisiert ist, etwa ein traditioneller Heiratsvermittler. Auch könnte man einen Onkel oder eine Tante mit der Liste losschicken, um einen passenden Partner zu finden. Jahrhunderte lang wurden Ehen auf solche Weise durch Verwandte arrangiert. Doch selbst wenn ein Partner gefunden würde, der alle in der Liste aufgeführten Kriterien erfüllt, ergäben sich daraus noch lange nicht die Liebesgefühle, die für eine Paarbeziehung heutzutage unverzichtbar sind. Denn von *Liebe* ist in der Liste nicht die Rede (!), und das ist kein Zufall.

Stellen wir uns vor, dieser Mann lernt eine Frau kennen, bei der sein Herz zu klopfen beginnt. Vor lauter Aufregung vergisst er seine Checkliste und lässt sich auf einen Flirt ein. Gefühle entstehen, die beiden kommen sich näher. Dann erfährt er, dass die Frau wesentlich mehr verdient als er. Was nun? Soll er den Kontakt abbrechen? Zudem hat sie kein Studium absolviert, sondern ist selbstständig tätig. Zu allem Überfluss ist sie auch noch Drittgeborene. Vertraut der Mann seiner Checkliste, löscht er seine Gefühle für die Frau aus oder macht sich schweren Herzens aus dem Staub.

Wie man sieht, können Checklisten einer Beziehungsanbahnung im Weg stehen und diese verhindern. Das liegt an ihrem strategischen Charakter. Die Liebe allerdings entzieht sich jeder Planbarkeit. Die Liebe entspringt im Innersten des Individuums, sie ist unbewusst motiviert. Das trifft jedenfalls voll und ganz auf die emotional-leidenschaftliche Liebe zu, die Form der Paarliebe, die heute in erster Linie gesucht wird. Denn es geht heute nicht mehr in erster Linie um Partnerschaft oder Freundschaft, wie ich an anderer Stelle ausführlich dargestellt habe, sondern um intensive und tiefe Gefühle.[2]

Weil sie keinen Zugriff auf die Liebe haben, machen Single-Experten einen Bogen um das Thema, so wie der Berater des Mannes aus dem letzten Beispiel. Gleiches gilt für Online-Partnerbörsen. Auch diese sind aufgrund ihrer unhaltbaren Matching-Versprechen mit Vorsicht zu genießen. Warum ist das Versprechen, per Computer verlässlich einen passenden Partner zu finden, unhaltbar? Weil der Computer auch nichts anderes tun kann, als Checklisten abzuarbeiten. Checklisten, die sich auf äußerliche Kriterien und fragwürdige Selbsteinschätzungen stützen.

Eine Testleserin merkt hierzu an: *„Wenn sich zwei zusammentun, die aufgrund der Fakten optimal zusammenpassen, kann daraus auch nette Langeweile statt großer Liebe entstehen"*.

Checklisten können sich als völlig wirkungslos erweisen. Wenn sich keine Liebesgefühle einstellen, wenn kein Funke über springt, wenn keine Sehnsucht an den anderen dockt ... was tun? Trotzdem eine Beziehung starten? Wohl kaum.

Auch zum Thema Checklisten haben TestleserInnen einige Einwände erhoben, auf die ich kurz eingehen will.

„Herr Mary, Sie lehnen Checklisten ab. Liegt die Wahrheit nicht eher in der Mitte? Gibt es sinnvolle Checklisten, die einen vor Soziopathen, Kriminellen, Drogen- oder Alkoholabhängigen und Co-Abhängigkeit, Narzissten, Beziehungsunfähigen und Kinderschlägern schützen?"

Sie haben recht, vor bestimmten Personen muss man sich schützen. Ich glaube aber nicht, dass man dazu eine Checkliste braucht. Nehmen wir an, Sie erkennen einen möglichen Partner als Alkoholiker oder Kinderschläger oder Kriminellen. Müssen Sie dann auf eine Liste schauen? Nein, denn dann entwickeln Sie spontan eine derart große Abneigung, dass Sie sich gar nicht einlassen können. Für den Fall, dass Sie derartige Eigenschaften nicht erkennen, nutzt Ihnen auch eine Checkliste nichts. Ansonsten müssten sie einen Drogentest oder ein polizeiliches Führungszeugnis oder ein psychologisches Gutachten verlangen, bevor sie sich einlassen.

„Herr Mary, sind nicht Lebenseinstellungen, Rauchen, Haustiere, Kinder, Wohnart (ländlich/in der Stadt; Wohnung/Haus, bevorzugter Einrichtungsstil) wesentliche Kriterien für eine Partnerwahl? Gibt es nicht statische und nicht-statische Kriterien? "

Solche äußerlichen Kriterien sind Versuche, es sich einfach zu machen. Das kann man tun, schränkt damit den Kreis möglicher Partner aber erheblich ein. Natürlich ist es für einen Nichtraucher einfacher, mit einem Nichtraucher zusammen zu sein. Oder für einen Hundeliebhaber mit einem Hundeliebhaber. Doch mit vielen Unterschieden kann man umgehen, man muss nicht alle meiden. Auch mit einem Partner, der einen unterschiedlichen Wohnungsstil bevorzugt, kann man eine intensive Beziehung führen. Schließlich gibt es mehr als eine Möglichkeit, eine Beziehung zu gestalten (worauf ich in Band 4 eingehe).

Kehren wir zurück zum Thema Erwartungen. Allgemein wird Singles dringend angeraten, eigene Erwartungen zu erkennen, sie in einer geschriebenen oder innerlichen Checkliste festzuhalten und sie dem möglichen Partner zu präsentieren. Ein besonderes Augenmerk wird hierbei auf die Werte gelegt.

Werte abfragen

Partner sollten angeblich gleiche Werte haben. Dagegen ist nichts einzuwenden, außer, dass es wenig nutzt, nach Werten zu fragen und sie zu vergleichen. Es ist fast selbstverständlich, dass die meisten Partner vergleichbare Wertvorstellungen haben, und es wird wohl niemanden geben, der sich nicht beispielsweise Ehrlichkeit, Treue, Gleichberechtigung,

Verlässlichkeit oder andere Werte auf die Fahne geschrieben hat. Die Frage ist nur, was jeder darunter versteht. Was der eine für gerecht hält, erscheint dem anderen ungerecht, und ob man im Ernstfall nicht lieber sich selbst gegenüber treu ist als dem Partner gegenüber, wird niemanden verwundern. Darüber hinaus ist nicht gewiss, ob sich jemand unter Umständen an seine eigenen Vorstellungen halten kann. Haben sich nicht alle Partner, die eines Tages fremdgehen, vorher die Treue geschworen?

Bei Checklisten und Werten ist demnach Zurückhaltung angesagt. Wer seine Erwartungen bei der Partnersuche an die erste Stelle setzt, spielt für den anderen leicht erkennbar das „Du-musst-*zu-mir*-passen-Spiel". Der potentielle Partner wird das Gleiche tun, oder ihm wird schnell klar, dass es hier nicht um ihn geht.

Stöckchenspiele und Hürdenspringen

Beim Abarbeiten von Checklisten werden Erwartungen, wie beschrieben, auf direkte, teils plumpe Art präsentiert. Aber es wird auch indirekt und subtiler geprüft, ob der Partner bereit ist, eigene Erwartungen zu erfüllen. Dann spielt der suchende Single ein Stöckchenspiel mit dem anderen oder er veranstaltet ein Hürdenspringen.

Ein Stöckchenspiel zu spielen bedeutet, den möglichen Partner eine Aufgabe ausführen zu lassen. Beim Hürdenspringen muss er ein Hindernis überwinden. Macht er das, kann man die Aufgabe erschweren oder die Latte höher legen, um festzustellen, ob er bereit ist, noch mehr der eigenen Erwartungen zu erfüllen. Das geht so lange, bis man sich des Anderen sicher fühlt. Leider macht sich der so Geprüfte in den meisten Fällen alsbald auf und davon.

Eine verbreitete Variante des Stöckchenspiels besteht beispielsweise darin, sich rarzumachen. Durch mutwillig geschaffene Distanz soll geprüft werden, ob ein potentieller Partner sich für den Kontakt anstrengt, nach dem Motto:

„Wenn du mich willst, musst du etwas dafür tun." Das kann allerdings gehörig schief gehen.

Eine Frau, die diese Hürde aufgebaut hatte, saß einigermaßen verzweifelt in meiner Beratung. Bei einem ersten Treffen hatten sie und ein Mann Sympathie füreinander entwickelt, deshalb hatte sie das zweite Date mit einer Ausrede platzen lassen. Nun wunderte sie sich, dass er sich nicht meldete. Sie war überzeugt: *„Aber wenn er mich mag, muss er es doch zeigen. Oder soll er glauben, ich wäre leicht zu haben?"*

Meine Frage, warum *er* sein Interesse beweisen muss, *sie* ihres aber zurückhalten darf, konnte die Frau nicht beantworten. Zudem hat sie vom Mann etwas verlangt, das sie sich selbst nicht zumutete. Er sollte beweisen, dass sie ihm etwas bedeutet, *bevor* sie ihm viel bedeuten konnte - die beiden hatten sich ja erst ein Mal gesehen. Der Mann wird eigene Schlüsse bezüglich ihres Verhaltens gezogen haben, jedenfalls war er nicht über das Stöckchen gesprungen, das sie ihm hingehalten hatte, womit ihre Strategie komplett fehlschlug.

Eine andere Frau traf einen interessanten Mann in einer Kneipe. Die beiden redeten mehrere Stunden lang angeregt miteinander. In der nächsten Zeit ging sie oft dorthin, traf ihn aber nicht an. Erst nach drei Wochen stand er wieder da, am anderen Ende des Tresens. Die beiden sahen sich kurz an, er grüßte sie freundlich. Sie wurde aufgeregt und wusste nicht, was sie tun sollte. Sie griff zum Handy und rief einen Freund an, der ihr einen Tipp gab: „Nicht hinsehen, mach dich rar". Sie folgte dem Ratschlag und wendete dem Mann den Rücken zu. Als sie nach einer Weile zu ihm rüberschauen wollte, war er weg.

Dumm gelaufen, mehr kann man über diesen hilflosen Versuch, den Partner für sich zu interessieren, kaum sagen.

Und: Selbst schuld, dass wegen eines unnötigen Stöckchenspiels eine gute Chance vertan wurde. Auf cool zu machen, sobald sich ein Mann interessiert, scheint für manche Frauen ein vertrautes Stöckchenspiel zu sein. Sie knüpfen damit an traditionelles Rollenverhalten an, in dem der Mann um die Frau werben muss.

Von einer anderen Hürde erzählt ein Testleser. *„Ich hatte ein Treffen mit einer interessanten Frau, sie hat mich danach gleich aussortiert. Die Frau hat moniert, dass ich sie nicht ein einziges Mal zum Lachen gebracht hätte."*

An der Erwartung, dass der Mann über diese Hürde springt, hat auch die Tatsache nichts geändert, dass sie ihn ebenfalls nicht zum Lachen gebracht hatte.

Natürlich kommt es vor, dass ein Kandidat eine für ihn aufgestellte Hürde im ersten Anlauf nimmt. Dann kann man das Stöckchenspiel intensivieren. Eine verschärfte Variante besteht darin, den Kandidaten genauer zu *testen*, indem man ihm mehr zumutet. Er soll beweisen, wie belastbar er bezüglich eigener Erwartungen ist.

Ein Kunstliebhaber bestand darauf, sich mit einer Frau zum dritten Date bei einer Ausstellungseröffnung zu treffen. Sie zögerte, stimmte dann aber zu. Auf der Ausstellung wurde ihre Geduld auf eine harte Probe gestellt: Der Mann tat, als ob er sich nur für die Kunst interessierte und beachtete sie kaum. Offenbar wollte er feststellen, wie wichtig Kunst für seine mögliche Partnerin wäre. Nachdem der Kurator, der Senator und andere lokale Größen ihre Eröffnungsreden gehalten hatten, musste er feststellen, dass sich die Frau im Gewimmel der Besucher davongeschlichen hatte. Statt zu erkennen, dass sein distanziertes Verhalten unangemessen war, zog er aus dem Vorfall den Schluss, sie sei nicht „die Richtige" gewesen. Eben „kulturell zu wenig interessiert".

Man mag sich fragen, wozu dieser Mann eine Partnerin

sucht, zur Freizeitgestaltung oder um sie zu lieben? Bei Ers-
terem allerdings würde eine Freundin ausreichen, die ebenso
viel Wert auf Kultur legt. Offenbar hatte die Frau gespürt,
dass es um ihn und nicht ebenso um sie ging und daraus ihre
Konsequenz gezogen.

Das Stöckchenspiel muss nicht erst nach einer Checkliste
gespielt werden, es kann auch gleich im ersten Kontakt zur
Anwendung kommen, wie das nächste Beispiel zeigt.

Eine Frau schlug vor, sich zum ersten Date im Hundert-
wasser-Bahnhof in Uelzen zu treffen. Der Mann stutze,
dann lachte er und sagte: *„Ich war schon auf der Hun-
dertwasser-Toilette in Neuseeland. Es war schön bunt."*
Er machte ihr wohl nicht den Eindruck, von ihrem Vor-
schlag begeistert zu sein. Eine Stunde später ließ sie ihn
per E-Mail wissen, dass sich ein weiterer Kontakt erübri-
ge, sie sei zu der Überzeugung gelangt, dass er nicht zu
ihr passe.

Der Fairness halber muss man sagen, dass sich Singles, die
schlechte Erfahrungen gemacht haben, durch den Aufbau
von Hürden teilweise auch schützen wollen. Nicht in jedem
Fall geht es um einen Test. Wer sich in einer vorigen Beziehung beispielsweise eingeengt empfand, mag sich kühler
verhalten, oder wer sich früher zu schnell öffnete, mag sich
jetzt reserviert zeigen. Das ist nachvollziehbar, aber es gibt
sicher bessere Möglichkeiten, sich vor Verletzungen zu
schützen, als sich einen harten Panzer zuzulegen. Auf diese
Möglichkeiten werde ich in Band 3 eingehen.

Singles, die systematisch Stöckchenspiele oder Hürdenspringen anwenden, stellen nach einer Weile fest, selbst an
der Hürde hängen zu bleiben, die sie für den anderen aufgebaut haben. Warum ist das so? Weil der potentielle Partner
spürt, dass er nicht persönlich gemeint ist, sondern dass er
für die Vorstellungen des Suchenden funktionalisiert wird.

Eine Testleserin bemerkt zum Thema: *„Ihr beschriebe-*

*nes Stöckchenspiel ist mir sehr nahe gegangen. So deut-
lich ist mir das nie gewesen, wie jetzt, was ich damit bis-
lang angestellt habe in vergangenen Beziehungen. "*

Man könnte sich über Checklisten und verschiedene Stö-
ckchenspiele wundern, stünden dahinter nicht Ängste und
unerfüllte Bedürfnisse, allen voran das Bedürfnis nach Nähe.
Ob Opernbesuch, Gartenarbeit oder Joggen erwartet wird,
von der gemeinsamen Aktivität verspricht sich der suchende
Single emotionale Nähe, allerdings: eine Nähe zu *seinen*
Bedingungen. Insofern steht sein Ego dem Suchenden im
Weg.

Zusammenfassend lässt sich zum Thema Erwartungen
feststellen, dass es nichts Gutes bringt, einen möglichen
Partner mit konkreten Erwartungen zu konfrontieren und damit zuzuschütten.

Je stärker sich ein suchender Single von seinen unerfüllten Erwartungen unter Druck setzen lässt, desto weniger
Rücksicht auf Verluste nimmt er, und desto mehr Verluste erleidet er.

In ihren Erwartungen enttäuschte Singles sind in der Lage,
Kontakte sehr schnell abzubrechen. Man will ja keine Zeit
und keine Energie verschwenden, man sucht ja schon lange
genug. Man hat keine Zeit, Entwicklungen zuzulassen.

*Hinweis: Ich sage nicht, man sollte keine Erwartungen
haben. Ich sage, dass jede mitgebrachte und aufgedräng-
te Erwartung den Kreis möglicher Partner weiter ein-
schränkt.*

Festgefügte Erwartungen und Tests sollen, genau wie
Schnellgerichte, dabei helfen, den „passenden" Partner zu
finden, indem man diejenigen Interessenten aussortiert, die
den Anforderungen nicht entsprechen. Leider bleibt am
Ende selten jemand übrig, den man sich als „den Richtigen"
vorstellen könnte.

Der richtige Partner

Schnellgerichte, Checklisten, Stöckchenspiele und Hürdenspringen sollen helfen, „falsche" Partner auszusortieren, um zielsicher „den Richtigen" zu identifizieren.

Die Vorstellung vom sogenannt richtigen Partner geistert als Phantom durch die Köpfe und Herzen dauerhaft suchender Singles. Man findet ihn, so glauben die meisten, indem man nichts dem Zufall überlässt, sondern strategisch an die Partnersuche herangeht.

Der Richtige ist einer, der zur eigenen Schablone passt, wie ein Schlüssel zum Schloss. Bei dauerhaft suchenden Singles haben alle bisherigen potentiellen Partner logischerweise nicht gepasst; und daran ändert auch die strategisch ausgeklügelste Suche nichts.

Ein Grund dafür, dass man strategisch keinen Liebespartner findet, liegt in dem Umstand, dass dieser ebenfalls seine Schablone anlegt, mit gleichem Ergebnis. Am Ende passt einer dem anderen nicht. Ohne es zu wissen, versuchen dauerhaft suchende Singles auf diese Weise den Weg, der sie früher in Beziehungen hineinführte, in entgegengesetzter Richtung zu gehen.

Junge, in Liebesdingen noch unbefangene, Leute folgen zuerst der unerklärlichen *emotionalen* Anziehung, die jemand auf sie ausübt. Sie haben kein konkretes Ziel im Kopf, sie suchen keine vorab entworfene Beziehung, sondern sind einfach verliebt und schauen, was passiert. Während sie sich aufeinander einlassen, stellen sie allmählich fest, wie gut sie zueinanderpassen und ob das reicht, um dauerhaft zusammenzubleiben.

Die Liebesanfänger gehen nach dem Motto vor: *Erst* die (emotionale) Beziehung, *dann* die Passung. Bei dauerhaft suchenden Singles läuft das anders herum, sie handeln nach dem Motto: *Erst* die Passung, *dann* die Beziehung.

Dauerhaft suchende Singles sehen den Singlemarkt als Angebotsmarkt, bei dem es auf die richtige Wahl ankommt. Sie wollen ein Fertigprodukt, den „richtigen Partner". Erst wenn sie über ihr angeblich irgendwo vorhandenes Gegenstück gestolpert sind, wollen sie sich auf eine Beziehung einlassen.

Passung - ein Kommunikationsgeschehen

Diese Art strategischer Suche nach dem richtigen Partner funktioniert nicht, weil sie egozentriert ist und *die Beziehung außer Acht lässt*. Beide Partner verhalten sich, als ob sie selbst keine Rolle bei einer Passung spielen, als ob diese allein vom anderen abhängt. Ihre Sichtweise auf Passung ist mechanischer Art, sie trifft lediglich in technischen Belangen zu. So passt beispielsweise bei einem Puzzle tatsächlich nur ein Teil zu einem bestimmten anderen, ein Schlüssel passt tatsächlich nur in ein bestimmtes Schloss und nur ein Passwort öffnet tatsächlich eine bestimmte Datei.

In menschlichen Beziehungen ist Passung aber kein technischer Sachverhalt, sondern ein Kommunikationsgeschehen. „Wir passen gut zueinander" bedeutet in Liebesbeziehungen: Wir können uns gut aufeinander beziehen.

Aus dieser Sichtweise folgt zwangsläufig, dass dauerhaft suchende Singles ein Problem haben, sich zu beziehen. In der Tat legt die wiederholt zitierte Formulierung; „Suche Partner, der *zu mir* passt", diesen Schluss mehr als nahe: Dauerhaft suchende Singles sind mangelhaft aufeinander bezogen. Sie beziehen die Innenwelt und die Bedeutungen des Anderen nicht entsprechend in ihre Wahrnehmung mit ein.

Daher - weil sie Schnellgerichte, Checklisten, Hürdenspringen und Stöckchenspiele einsetzen - sind dauerhaft suchende Singles selbst massiv daran beteiligt, dass mögliche Partner *so schnell* unpassend erscheinen. Und wenn einer zu passen scheint, dann läuft er womöglich davon, um sich dem Erwartungsdruck zu entziehen.

Die Passung als Kommunikations-Eindruck ist ein zentraler Punkt, der nähere Betrachtung verdient. Schauen wir uns dazu die Kommunikation namens „Date" etwas genauer an. Übrigens ist hier unter Kommunikation grundsätzlich jede Art von Mitteilung zu verstehen, sei sie verbaler oder nonverbaler Art.

Wenn zwei sich zu einem Date treffen, nimmt ihre Kommunikation einen unbestimmten Verlauf. Niemand kann vorab den Verlauf dieses Treffens voraussagen, weder einer der Partner noch ein Außenstehender. Denn eines ergibt sich aus dem Anderen. Ein Wort ergibt ein anderes. Ein Blick ergibt einen anderen. Eine Geste ergibt eine andere. Auf eine bestimmte Frage folgt eine nicht vorhersehbare Antwort. Diese Antwort ruft wiederum eine unvorhersehbare Reaktion hervor, auf die der andere reagiert usw. Insofern wird ein Date, schon gerade ein erstes Date, ziemlich unvorhersehbar verlaufen, weil keiner weiß, wie der Gesprächspartner als nächstes reagieren wird, was er sagen oder tun wird, und auch: wie er selbst darauf antworten oder sich dazu verhalten wird.

Strategische, zielgerichtete Kommunikation - Unterstellungen am Werk

Diese Unvorhersehbarkeit trifft jedenfalls auf eine offene Kommunikation zu, also auf einen Austausch, der nicht auf ein bestimmtes Ziel gerichtet ist. Die Kommunikation dauerhaft suchender Singles ist allerdings nicht absichtslos, sie ist im Gegenteil überaus zielorientiert. Sie ist, wie beschrieben, von Nah- und Fernzielen bestimmt. Die Nahziele bestehen darin, Erwartungen abzuchecken; das große Fernziel lautet, den richtigen Partner für eine Beziehung zu finden, und zwar eine, die den eigenen Vorstellungen entspricht.

Eine derart zielgerichtete Kommunikation ist von Anfang an dem Auftrag verpflichtet: Finde den richtigen Partner! Wegen dieser Auswahlkriterien ist sie nicht offen, sondern wird von Unterstellungen bestimmt. Jeder prüft, ob der andere sich als idealer Partner eignen würde. Unterstellungen sind jedoch Gift für menschliche Begegnungen. Denn je mehr eine Kommunikation auf der Grundlage von Unterstellungen geführt wird, desto weniger beziehen sich die Gesprächspartner aufeinander.

Dass bei der strategischen Suche Unterstellungen am Werk sind, zeigt sich bereits in den Beurteilungen, die ich als Schnellgerichte bezeichnet habe und die oft schon nach Minuten oder wenigen Zeilen einer E-Mail zustande kommen. Wenn der andere beim Date beispielsweise von seiner vorherigen Beziehung erzählt, unterstellt man ihm: „Der hat die Trennung noch nicht verarbeitet, der ist für eine neue Beziehung noch nicht bereit." Wenn der andere im Restaurant ungefragt die Rechnung bezahlt, unterstellt man ihm: „Der ist übergriffig, der will kontrollieren". Wenn er die berüchtigten weißen Socken zu Sandalen trägt, unterstellt man ihm: „Der hat keinen Geschmack" etc.

Auch wer eine Checkliste abarbeitet, unterstellt dem Partner bestimmte Eigenschaften oder deren Fehlen. Wenn der andere keine Bücher liest, unterstellt man ihm, ungebildet zu sein. Wer schon zweimal geschieden ist, gilt als beziehungsunfähig, statt nachzufragen, woran die Beziehungen gescheitert sind. Wer eine Allergie hat, ist gesundheitlich nicht verlässlich genug.

Und auch beim Erwartungstest namens Stöckchenspiel werden dem Partner Absichten oder Motive oder deren Fehlen unterstellt, beispielsweise, dass er sich nicht genügend anstrengt oder dass er egoistisch ist oder dass ihm nicht genug an einer Beziehung liegt.

Ob eine konkrete Unterstellung im Einzelfall zutrifft oder nicht, ist nicht der ausschlaggebende Punkt. Natürlich kann eine Unterstellung den Nagel auf den Kopf treffen, auch wenn das eher selten der Fall sein wird. Der ausschlaggebende Punkt ist folgender:

> Sobald man eine Unterstellung produziert hat, zieht man Verhaltens-Konsequenzen daraus. Dadurch reagiert man aber nicht mehr auf das Gegenüber, sondern auf die eigene Unterstellung.

Immerhin glaubt man, das Verhalten des potentiellen Partners und dessen Sinn richtig interpretiert zu haben. Man hält die eigene Unterstellung für *wahr* und deshalb richtet man das eigene Verhalten danach aus. Ob sich eine Unterstellung als richtig erweist, lässt sich aber nur durch ausgiebige Kommunikation herausfinden. Wer das vermeidet, vertraut blind seinen Interpretationen.

- Weil man es für wahr hält, dass der Andere eine Trennung noch nicht verarbeitet hat, schaltet man das Interesse an ihm ab.

- Weil man es für wahr hält, dass der Andere träge ist, da er wenig Sport treibt und weil man deswegen annimmt, dass dadurch wenig Gemeinsamkeit (sprich: Nähe) möglich sein wird, wendet man sich innerlich von ihm ab.

- Weil man es für wahr hält, dass der Andere sich nicht genug für einen interessiert, da er nicht über das hingehaltene Stöckchen springt, gibt man sein Bemühen um ihn auf.

Wer das, was er dem anderen unterstellt, wie selbstverständlich für wahr hält, reagiert auf sich selbst und nicht auf den anderen, denn sein weiteres Verhalten - Interesse oder Desinteresse, Zuwendung oder Abwendung - wird von den *eigenen* Unterstellungen geleitet. Solche Kommunikation ist auf sich selbst bezogen und nicht auf das Gegenüber.

Jeder ist von Anfang an beteiligt

Verstärkend kommt ein weiterer Effekt von Unterstellungen hinzu: Indem man sein Gegenüber mit ausgesprochenen oder, wie das meist der Fall sein wird, mit unausgesprochenen Unterstellungen konfrontiert und daraus Verhaltens-Konsequenzen zieht, nimmt man Einfluss auf das Verhalten des anderen.

Man ruft gewissermaßen das Verhalten hervor, das man dann zum Anlass nimmt, um den anderen auszusortieren.

Die klare Botschaft an einen dauerhaft suchenden Single lautet insofern: Du bist am Verhalten deines Gegenübers beteiligt. Und zwar immer und von Anfang an. Ohne Ausnahme!

Hinweis: Ich sage nicht, einer wäre am Verhalten des Anderen schuld. Ich sage, man löst sein Verhalten - bewusst oder unbewusst - mit aus.

Zur Erläuterung stellen wir uns vor, Zeuge eines ersten Dates zu sein, das auf typische Weise zum Aussortieren führt. Alpha trifft einen potentiellen Partner, ich nenne diesen Beta. Die Kommunikation verläuft unbefriedigend.

Beta lässt sich bei diesem ersten Date eine geschlagene Stunde lang über seine Expartnerin aus. Wie man in Single-Foren nachlesen kann, gehört ein solches Verhalten zu den absoluten No-Gos beim Daten. In einem Forum schreibt die Frau, die dieses Beispiel liefert: „*Der Kerl hat sich derart über seine Ex ausgelassen, dass es kaum zum Aushalten war. Nach einer Stunde habe ich mich unter einem Vorwand aus dem Staub gemacht.*"

Beta hat sich - so viel darf man, auch ohne dabei gewesen zu sein, getrost sagen - schlecht auf Alpha bezogen. Er ist in einen Klage-Monolog bezüglich seiner Ex-Partnerin geraten. Aber wie sieht es mit dem Verhalten von Alpha aus? Das erweist sich ebenfalls als mangelhaft bezogen, denn: Sie hört eine geschlagene Stunde dem Lamento von Beta genervt, aber höflich zu.

Es ist schon eine besondere Leistung, den quälenden Monolog eines Gesprächspartners eine glatte Stunde laufen zu lassen und dabei gute Miene zum bösen Spiel zu machen. Und obwohl Beta längst für Alpha „gestorben" ist, braucht Alpha noch einen Vorwand, um sich aus der unbequemen Lage zu schleichen.

Durch dieses Gewährenlassen ist Alpha am Verhalten von Beta beteiligt. Sie hat zugehört und dadurch Interesse signalisiert. Beta hat die misslungene Kommunikation demnach nicht allein zu verantworten, sondern Alpha ist ebenso dafür verantwortlich. Misslungen ist die Kommunikation allerdings nur in Hinsicht darauf, sich aufeinander zu beziehen. In Hinsicht darauf, den Eindruck fehlender Passung zu erzeugen und zu bestätigen, war das Date sehr erfolgreich.

Auch in diesem Beispiel zeigt sich die Wirkung von Unterstellungen. Alpha hat Beta unterstellt, nicht beziehungsbereit zu sein und als Konsequenz auf diese Unterstellung innerlich längst abgeschaltet. Nach dem Date wird sich Alpha bei ihren Freundinnen über Beta darüber mokieren, was für ein Trottel der Date-Partner war. Allerdings kann man mit gleichem Recht sagen: Was für ein Trottel muss man sein, um sich eine Stunde lang nervigen Kram anzuhören, dabei noch höflich zu bleiben und nur mithilfe eines Vorwandes aus der misslichen Lage zu entkommen - und am Ende noch davon überzeugt zu sein, man hätte mit dem Verlauf des Dates nichts zu tun. Beta war kein Stück bezogener, zwar bereit zu einem Treffen, aber nicht zum persönlichen Bezug.

Wie wäre das Date verlaufen, wenn Alpha nach fünf Minuten eingeschritten wäre? Wenn sie beispielsweise ihre Unterstellung geäußert hätte, indem sie sagt: *„Ich habe den Eindruck, du triffst dich mit mir, um über deine Ex zu lästern. Ist das so?"* Ganz sicher hätte das Gespräch einen anderen Verlauf genommen, und ganz sicher hätte Alpha einen „anderen Menschen" kennengelernt.

Ein Testleser bemerkt hierzu: *„Das ist wirklich ein gutes*

Beispiel. Für mich zeigt es wieder einmal, dass Dates zum Teil wie Bewerbungsgespräche oder Fahrprüfungen ablaufen. Während der Prüfungssituation wird kein Feedback gegeben, wahrscheinlich noch nicht einmal danach. Echt schade!"

Auch die folgenden Beispiele zeigen, dass immer beide beteiligt sind. Sie stammen aus Erfahrungsberichten, die Singles ins Internet gestellt haben.

> Ein Mann berichtet: *„Mein Date fragte mich dann spontan: „Wie groß bist Du eigentlich?" Ich antwortete ihr: „176 cm" und fragte sie dann im Gegenzug nach ihrem Gewicht. Ihre Gesichtszüge sind ihr sofort entglitten, sie stand auf, warf mir ein „Arschloch" entgegen und ging."*

Ein Scharmützel, von beiden Seiten geführt. Wie wäre das Date verlaufen, wenn die beiden neugieriger miteinander umgegangen wären. Wenn einer beispielsweise gefragt hätte, wozu die Größe oder das Gewicht wichtig ist? Anders jedenfalls.

> Eine Frau berichtet: *„In unserem E-Mailkontakt hatten wir viel Spaß und haben viel gelacht. Dann kam das erste Date. Er sprach nur über sich, stellte mir keinerlei Fragen, fragte auch nicht nach, wenn ich von mir aus etwas Persönliches erzählte. Es entstanden unangenehme Gesprächspausen. Und was mich besonders irritierte, er schaute mich kaum an, hatte offensichtlich Probleme, mir in die Augen zu schauen, wenn er es mal tat, dann sah er schnell wieder weg! Insgesamt sehr enttäuschend für mich. Für mich war ganz klar, er hat kein Interesse. Da nutzte es auch nichts, dass er beim Abschied fragte, ob wir uns wiedersehen."*

Wie wäre das Date verlaufen, wenn einer von beiden über seine Irritationen oder Schwierigkeiten gesprochen hätte? Ganz sicher offener und entspannter.

49

Das folgende Beispiel einer Testleserin zeigt, was passieren kann, wenn man dem anderen für der Verlauf eines Kontaktes nicht die alleinige Verantwortung zuschiebt:

„Ich traf einen Mann auf ein Eis zum Kennenlernen. Er war sehr attraktiv äußerlich und hatte was Anziehendes. Aber er textete mich in einer Tour zu. Ich ging auf die Toilette, dort sammelte ich mich, um nachzudenken, wie ich regieren sollte. Normalerweise hätte ich mir alles angehört, innerlich den Typen abgehakt, um dann lächelnd zu gehen und mich nie wieder bei ihm zu melden. Doch er gefiel mir zu sehr. Ich ging also wieder an den Tisch und sagte ihm: „Du, wenn Du die ganze Zeit nur über dich redest und mich nichts fragst, habe ich das Gefühl, Du hast keinerlei Interesse an mir" Er war überrascht: „Oh, das tut mir leid, ich war einfach nur total aufgeregt. Wie war dein Tag?" Wir lachten beide und kamen uns die folgende Zeit näher."

Wie ein Kontakt, ein Gespräch, eine Kommunikation per E-Mail oder ein Date von Angesicht zu Angesicht verläuft, daran sind immer *beide* Partner beteiligt. Das kann nicht anders sein, weil Kommunikation ein gegenseitiges Geschehen ist. Man ist beteiligt: Durch bestimmte Fragen oder das Verschweigen von Fragen. Durch bestimmte Antworten oder das Zurückhalten von Antworten. Durch Aktivität oder Passivität. Durch Interesse oder Provokation. Durch Dominanz oder Zurückhaltung. Durch Duldung oder Abbruch.

Aus diesem Beteiligtsein lässt sich allerdings nicht schließen, einer könnte die Kommunikation allein bestimmen, etwa durch „richtige" oder „falsche" Beiträge oder einer wäre „schuld" daran, wenn ein Gespräch eine bestimmte Richtung nimmt. Die Wirkung einer Aussage lässt sich erst feststellen, nachdem die Aussage getätigt wurde, weil man erst dann die Reaktion des Gegenübers erfährt. Erst danach kann man meinen, es wäre vielleicht besser gewesen, eine Aussage nicht zu treffen, oder es wäre im Gegenteil besser gewesen, sie noch zu verstärken.

Aber auch dann ist es nicht zu spät. Denn jede Reaktion eines Beteiligten kann dem Kontakt eine Wendung geben und das Gespräch in eine andere Richtung führen; und dann zeigt sich oft, dass eine Unterstellung nicht ganz zutreffend war, voll daneben lag oder - was seltener der Fall ist -, dass man richtig vermutet hat.

Um richtig verstanden zu werden, möchte ich nochmal betonen, dass es hier nicht um Schuldzuweisungen geht, sondern um Beteiligung und um *Verantwortung*.

Wenn ein dauerhaft suchender Single sagen kann: „**Wir**" sind nicht auf einen Nenner miteinander gekommen, anstatt zu meinen: „Der/die passt nicht zu mir", ist schon viel gewonnen.

Der wünschenswerteste Gewinn besteht in einer veränderten Haltung, einer Haltung, die Unsicherheiten bezüglich eigener Unterstellungen zulässt. Nur wer sich seiner Unterstellungen nicht sicher ist, bringt die Offenheit auf, dem anderen zu begegnen und sich auf ihn zu beziehen. (Auf das Thema Bezogenheit werde ich in Band 2 noch intensiver zu sprechen kommen.)

Wenn ein dauerhaft suchender Single feststellt, dass ihm kein Partner als der Richtige erscheint, sollte er in Erwägung ziehen, dass das auch an ihm liegt und nicht allein am anderen: in erster Linie an seiner fehlenden Bezogenheit.

Ehrlicher als zu behaupten, der andere wäre nicht der Richtige, ist es zuzugeben, dass man selbst keine Bereitschaft aufgebracht hat, sich intensiver auf ihn zu beziehen.

Hinweis: Ich sage nicht, man müsste bereit sein, sich auf jeden potentiellen Partner einzulassen. Ich sage, dass man sich nicht darüber wundern muss, dass die eigenen Urteile und Unterstellungen bestätigt werden, wenn sie Grundlage der eigenen Reaktionen und der Kommunikation sind.

Auch eine kurze Begegnung wie ein erstes Date ist eine Beziehung. Eine Beziehung, an der nur einer beteiligt ist, gibt es nicht.

Eine ironische Betrachtung

Betrachten wir es einmal von einer anderen, ironischen Seite: Wenn jemand dauerhaft suchender Single ist und das zukünftig bleiben möchte, ergeben sich aus den Ausführungen dieses ersten Bandes folgende Empfehlungen:

- Suche nach jemandem, der *zu dir* passt. Mach dich zum Maßstab der Beziehung.

- Entwirf Checklisten und prüfe potentielle Partner auf deren Grundlage.

- Errichte Hürden, über die der potentielle Partner springen muss, um sein Interesse zu beweisen.

- Suche im Verhalten des Anderen nach Störendem und stelle dazu negative Unterstellungen auf. Bestätige diese durch deine unguten Gefühle.

- Urteile schnell und selbstgerecht und stelle deine Urteile nicht infrage.

So bleibt es bei der These: Eine dauerhaft erfolglose Partnersuche ist das Ergebnis schneller Abwendung und mangelnder Bezogenheit. Der dauerhaft suchende Single scheitert letztlich an seinen Vorstellungen darüber, wie eine Beziehung zustande kommen sollte und wie die ersten Begegnungen beschaffen sein sollen.

Einsichten über Beziehungen

Was ich hier zu den Gründen erfolgloser Partnersuche schildere, bezieht sich nicht auf die Marktlage oder andere äußerliche Bedingungen. Wer es beispielsweise für wahr hält, der Markt wäre leergefegt oder die guten Partner wären vergeben, der kann seine Suche gleich einstellen. Es macht wenig Sinn, sich mit Gegebenheiten zu befassen, die man nicht beeinflussen kann. Was man aber beeinflussen kann, ist die *Haltung*, die ein dauerhaft suchender Single gegenüber potentiellen Partnern einnimmt.

Auf diese Haltung (Einstellung) kommt es an, denn die eigene Haltung ist das einzige, was ein Single bei seiner Partnersuche verändern kann.

Man kann weder den Markt verändern noch die Motive derjenigen, die man aufgrund von Anzeigen, durch Online-Suche oder zufällig trifft. Wer aber seine Haltung verändert, der ändert auch sein Verhalten - und in der Folge die Reaktion derjenigen, die er trifft.

Damit eine Haltungsänderung möglich wird, habe ich in diesem ersten Band dieser Single-Reihe versucht, Überzeugungen zu erschüttern, die der erfolglosen Partnersuche zugrunde liegen und das bisherige Verhalten lenken.

Die positiv wirksamen Wahrheiten über Beziehungen lauten im Gegensatz zu dem, was die meisten dauerhaft suchenden Singles glauben:

- *Da draußen läuft kein passendes Gegenstück herum.* Eine Beziehung ist kein Puzzle und da draußen gibt es niemanden, der genau zu einem passt! Passung ist kein Fakt und keine Vorgabe, sondern Ergebnis einer entsprechenden Kommunikation.

- *Niemand passt, solange man beide Augen aufreißt und nach Unterschieden sucht.* Der verständliche Versuch, sich vor negativen Erfahrungen zu bewahren, indem man die geschilderten Sicherheitsstrategien anwendet, führt dazu, potentielle Partner aufgrund oberflächlicher Beurteilungen und vorschneller Unterstellungen konsequent auszusortieren.

- *Man findet keine Beziehung, man baut Beziehungen auf.*
  Die strategische Suche nach dem richtigen Partner funktioniert nicht, weil sie an selbstbezogenen Motiven orientiert ist. Jede derartige Strategie führt zu mangelhafter Bezogenheit, indem sich die Beteiligten wechselseitig außer Acht lassen. So wird der Aufbau einer Beziehung gleich zu Anfang verhindert.

- *Wer sich nicht bezieht, baut keine Beziehung auf.*
  Wenn zwei sich treffen, müssen sie sich vom ersten Augenblick aufeinander beziehen, nur so kann eine Beziehung entstehen.

Was aber bedeutet es genau, sich aufeinander zu beziehen und in Beziehung zu sein? In der Single-Beratung hat sich oft wieder erwiesen, dass hier ein Verständnismanko besteht. Ich muss die Frage aber noch genauer formulieren:

Was bedeutet „sich aufeinander zu beziehen" unter Berücksichtigung der Tatsache, dass beide potentiellen Partner die Gnade der Blindheit, ihre Arglosigkeit, verloren haben und nicht mehr in der Lage noch Willens sind, bei der Partnersuche ein Auge zuzukneifen? Wie bezieht man sich aufeinander, wenn man beide Augen offen hält?

Die Antwort auf diese Frage steht im Zentrum des 2. Bandes der Single-Reihe.

Einwände und Hinweise

Zum Ende des 1. Bandes möchte ich mich noch zu einigen Einwänden und Hinweisen äußern, die TestleserInnen erhoben haben und auf die ich im Text nicht eingegangen bin.

Einwand zum Thema Schnellgericht

„Herr Mary, das ist eine interessante Sichtweise, zu der ich aber auch ein Fragezeichen habe: Ist es nicht auch eine Frage des Fühlens, also ich empfinde etwas für mein Gegenüber oder auch nicht. Wenn es sich gut anfühlt, möchte ich mehr vom anderen kennenlernen, wenn nicht dann nicht. Oder wollen Sie darauf hinaus, dass ich durch das Schnellgericht meine Gefühle möglicherweise blockiere?"

Ja, es ist eine Sache des Fühlens. Nur kommt es eben sehr oft vor, dass negative Gefühle bereits Ergebnis eines Schnellgerichtsurteiles sind. Auf Gefühle ist insofern nicht grundsätzlich Verlass. Ein Schnellgericht beruht auf negativen Einschätzungen, anders gesagt: auf negativen Deutungen. Verändert sich die Deutung, verändert sich auch das Gefühl. Gefühle sollte man insofern nicht als heilige Kühe sehen.

Einwand zur Partnersuche

„Herr Mary, ich finde, der Band 1 hat ein großes Manko: Sie gehen von Singles aus, die andere Singles daten und dann trotzdem keine Beziehung hinkriegen, weil er oder sie nicht als passend befunden wird. Aber was ist mit den Singles, die gar nicht erst zu einem ersten Date kommen? Die also schon vorher aus dem Rennen sind. Die auf Partys oder in den Sportverein gehen, dort nette Leute kennenlernen, Spaß haben - aber trotzdem nie eine Telefonnummer oder einen Flirt oder ein mögliches späteres Date daraus mitnehmen? Was ist mit den Singles, die immer nur als nett oder als gute Freundin/guter Freund empfunden werden, aber

anscheinend nie als erotischer Partner erkannt werden?
Was ist mit den Singles, die grundsätzlich nur Verheiratete
oder Vergebene oder schwule Männer oder frisch getrennte
Männer kennenlernen? So erging es auch mir und meinen
Freundinnen (auch alle langjährige Singles). Sie könnten
uns 100 Männer in eine Reihe stellen und wir würden zielsi-
cher genau die Männer toll finden und kennenlernen wollen,
die unter Garantie schon vergeben sind. Was raten Sie die-
sen Singles?"

Sie sprechen von einem „Rennen". Nun ist Partnersuche
kein Wettbewerb und ein Partner ist keine Beute. Die Singles, von denen Sie sprechen, scheinen das aber so oder ähnlich zu sehen. Sie wenden sich grundsätzlich an unerreichbare Partner, um diese zu erobern oder zu ihnen durchzudrin-
gen. Natürlich tun sie das nicht absichtlich; und die Gründe
dafür bleiben unbewusst.

In der Tat erleben viele, ich schätze etwa 20 % der dauerhaft suchenden Singles, dass sich das Interesse füreinander
nicht deckt. Sie sagen: „Entweder will ich die nicht, die
mich wollen, oder diejenigen, die ich will, wollen mich
nicht."

Ich bezeichne das als „Phänomen der verschlossenen Tür".
Man will unbedingt, dass eine Tür aufgeht, man verliebt sich
in jemanden, der nicht erreichbar ist. Warum? Diese Überzeugung ist im Kontakt mit den ersten „Liebhabern", den Eltern, entstanden. Als Kind hat man die Erfahrung gemacht,
dass der gegengeschlechtliche Elternteil nicht den eigenen
Sehnsüchten entsprechend erreichbar war. Die Wahrheit von
damals besagt, dass sich die Liebe hinter verschlossenen Türen verschanzt hat. Liebe kann nicht da sein, wo jemand
leicht erreichbar ist, und wer offen auf einen zukommt, der
kann einen nicht von der alten Sehnsucht erlösen, dass sich
endlich eine verschlossene Tür öffnet.

Eine solche Überzeugung ist natürlich unbewusst und entsprechend schwer und nur allmählich aufzulösen. Ich habe zu diesem Thema ein kostenloses <u>Video</u> (https://www.michaelmary.de/videos/012.mp4) im Netz, das auf die Zusammenhänge eingeht. Dennoch kann schon Erkenntnis dazu führen, dass man sein Verhalten überdenkt und bereit ist, sich auf Experimente einzulassen. Das zeigt die Zuschrift einer Frau:

„Herr Mary, dass ich inzwischen nicht mehr Single bin und es hoffentlich nicht so schnell wieder sein werde, verdanke ich zu einem großen Teil auch Ihnen. Nach einer sehr schmerzhaften Erfahrung durch eine Beziehung habe ich Ihr Video "Warum gerate ich immer an den gleichen Typ?" angesehen. Ihre Empfehlung habe ich mir quasi zum Credo gemacht: "Schau nach offenen Türen!" Und tatsächlich bin ich jemandem begegnet, mit dem viele entscheidende Dinge sehr viel besser laufen, weil beide gleichermaßen und ernsthaft am Gelingen der Beziehung und am Partner interessiert sind. Es gab Situationen, die ich fast identisch in der vorherigen Beziehung erlebte, und mein jetziger Partner hat komplett konträr reagiert. Ich bin oftmals völlig verblüfft. Selbstverständlich ist damit nicht alles automatisch easy, aber es ist eine entscheidende Voraussetzung erfüllt."

Einwand zum richtigen Partner

„Herr Mary, gibt es nicht auch unbewusste Muster, die uns immer wieder vormachen, dass der potentielle Partner gegenüber genau der richtige Partner ist, der mein Leben endlich so schön machen wird, wie ich mir das immer erhofft habe. Dann erkenne ich nicht, dass ich meinen eigenen Projektionen oder den Inszenierungen des anderen auf den Leim gehe, also zum Beispiel in eine Beziehung schlittere, die mich triggert, aber nicht erfüllt."

Ja, so ein Muster ist beispielsweise das oben beschriebene „Phänomen der verschlossenen Tür". Mit solchen Mustern erklärt sich, warum man von einem bestimmten Typ so stark fasziniert ist, auch wenn der einem nicht guttut. Gegen solche Muster kann man erst einmal nicht viel machen, man folgt ihnen, bis sie einem auffallen. Dann aber ergibt sich die Chance, zu erkennen, dass ein Versprechen, das damals nicht eingelöst wurde, heute meist auch nicht eingelöst wird. Die Tür bleibt zu, bis man sich abwendet und sich offenen Türen zuwendet.

Hinweis zur Partnersuche

„Herr Mary, Sie haben recht mit der Aussage, dass man sich fürs Single-Sein entschieden hat, wenn man dauerhaft Single bleibt. Aber was ist mit Leuten, die eine Bindungsstörung haben?"

Mit dem Begriff der Bindungsstörung wird oft leichtfertig umgegangen. Viele ganz normale Probleme werden durch Bindungsstörungen erklärt. Doch gehen wir davon aus, dass jemand eine solche Störung hat, dann wird er sich in vielen Fällen fürs Single-Sein entscheiden und keinen Partner suchen. Er hat sozusagen „aufgegeben", weil ihm ein Leben mit Partner schrecklicher erscheint als eines ohne. Wenn er sich aber nach einem Partner sehnt, dann weist ihm seine Sehnsucht den Weg. Er wird bei Begegnungen sowohl seine Sehnsucht als auch seine Angst berücksichtigen müssen, also sich sehr langsam und vorsichtig einlassen. Dann kann er sozusagen Schritt für Schritt erfahren, wie eine Beziehung für ihn möglich ist. Wenn es ihm nicht gelingt, seiner Sehnsucht zu folgen, ist professionelle Begleitung womöglich hilfreich.

Hinweis zur Partnersuche

„Herr Mary, wie teilen Sie die Optimierer ein? Damit meine ich die Art von Menschen, die sich erst ein Bild über alle Optionen machen müssen, bevor sie sich entscheiden können. Sie entscheiden sich in dieser Situation also nie, weil sie nie damit fertig werden, sich einen Überblick zu

verschaffen.“

Wie soll man sich einen Überblick verschaffen? Um herauszufinden, was mit einem Partner möglich sein wird, muss man sich ja auf diesen einlassen, und wenn es um Optionen geht, sogar auf mehrere. Zum Einlassen kommt es aber nicht, bestenfalls zu oberflächlichen Kontakten. Hierzu fällt mir eine Klientin ein, die in der Beratung betonte, sie würde erst wieder mit einem Mann zusammenwohnen, wenn sie wüsste, dass das funktioniert. Und mit einem Mann würde sie erst wieder ins Bett gehen, wenn sie wüsste, dass der Sex mit ihm gut ist. Wenn sie diesen Grundsätzen folgt, wird sie nie mit einem Mann wohnen und keinen Sex mehr haben. Um zu wissen, wie ein Kuchen schmeckt, muss man ihn kosten. Hinter dem beschriebenen Verhalten steht natürlich Angst vor Verletzung.

Einwand zum Aussortieren

„Herr Mary, nicht alle Singles sortieren aus. Viele werden auch aussortiert. Was ist mit diesen?“

Nicht jeder muss mich mögen, und ich mag nicht jeden. Wer aber die Erfahrung macht, immer wieder aussortiert zu werden, gehört wahrscheinlich zu den oben beschriebenen Singles, die sich an unerreichbare Partner heften. Viele versuchen durch Anpassung oder zumindest durch Zurückhaltung die Liebe eines möglichen Partners zu gewinnen. Das endet in Selbstverleugnung oder in Ablehnung durch den Partner. Zudem liegt die Vermutung nahe, dass diese Singles ebenfalls aussortieren, beispielsweise indem sie sich gar nicht erst auf Kontakte einlassen, die problemlos zu haben sind.

Selbstbeobachtung

Welches sind mögliche Konsequenzen aus diesem ersten Band der Reihe? Wenn Sie mögen, beschäftigen Sie sich mit den folgenden Fragen und führen Sie eine Art „Partnersuche-Tagebuch", in das Sie Notizen schreiben. Wenn Sie das Tagebuch regelmäßig führen, zum Beispiel nach jedem Date, werden Ihnen mit der Zeit Muster auffallen, denen Sie bei der Partnersuche unbewusst folgen.

Meine letzten Dates

- Welche Schnellgerichts-Urteile habe ich über meine bisherigen Date-Partner gefällt?

- Welche Checklisten habe ich innerlich aufgestellt und was enthalten sie?

- Welche No-Good und No-Go habe ich bei meinen bisherigen Date-Partnern identifiziert?

- Welche Stöckchenspiele habe ich mit potentiellen Partnern gespielt, welche Hürden aufgebaut?

- Welche verzichtbaren und welche unverzichtbaren Erwartungen hege ich bezüglich einer Beziehung?

- Woran genau habe ich festgemacht, dass ein potentieller Partner nicht „der Richtige" für mich ist?

Band 2

Wie man sicher
einen Partner findet

Sich beziehen

Im 1. Band dieser Reihe habe ich die selbstbezogenen Auswahlkriterien beschrieben, die dauerhaft suchende Singles bei ihrer strategischen Partnersuche anwenden und die sich vor allem in der Formulierung: „Suche Partner, der *zu mir* passt" zeigen. Mit diesem Anspruch wird die Bedingung einer vorhandenen Passung gesetzt. Diese Vorstellung erweist sich meiner Erfahrung nach als ein wesentliches Hindernis beim Partnerfinden. Man sucht einen Partner auf ähnliche Weise, in der man ein Auto sucht.

Natürlich müssen Partner zueinanderpassen. Allerdings zeigt sich hier ein technisches Verständnis von Passung. Viele glauben, da draußen in der Welt laufe ein Gegenstück herum, das komplementär zur eigenen Persönlichkeit geformt sei, sozusagen ein menschliches Puzzleteil; und sie glauben, das Problem beim Partnerfinden bestünde lediglich darin, dieses Gegenstück zu finden.

Eine solche Sichtweise verführt zu dem leidvollen strategischen Suchverhalten, das von vielen Singles praktiziert und zu allem Überfluss von etlichen Singleberatern propagiert wird. Fortan geht es darum, die „richtige" Auswahl zu treffen. Der passende Partner soll beispielsweise mittels entsprechender Kleidungswahl, vorteilhafter Selbstdarstellung, des gesellschaftlichen Status, positiver Affirmationen, durch den Vergleich von Werten und Interessen, kluger Gesprächsführung, eine hohe Anzahl von Matching Points und anhand anderer scheinbar berechenbarer Merkmale, gezielt aus der Masse möglicher Partner gefiltert werden.

Diese Vorgehensweise führt unweigerlich zum alsbaldigen Aussortieren potentieller Partner. Denn sobald am Partner etwas entdeckt wird, das nicht „zu mir" passt, senkt sich der Daumen. Genug Unpassendes wird mit hoher Sicherheit gefunden, weil kein anderer völlig den Vorgaben der inneren Checklisten entspricht, nach denen er beurteilt wird. Ich bezeichne dieses Aussortieren anhand negativer Kurzbeurteilungen als „Schnellgericht". Wer sich nicht *sofort* wie erwartet darstellt oder verhält, der scheidet *sofort* aus.

Hierzu schreibt eine Testleserin: *„Genau das empfinde ich generell als eine riesige Hürde. Ich erlebe bei nahezu allen Männer, die ich traf, dass sie nach dem ersten Date verliebt sein müssen, wenigstens ein bisschen, um sich wiederzusehen."*

Es muss gleich prickeln! Derartig zielgerichtete Partnersuche führt aus einem zwingenden Grund nicht zum Ziel: weil dabei Passung als etwas gesehen wird, das unabhängig vom suchenden Single *beim anderen* vorhanden sein muss.

Passung ergibt sich jedoch nicht aus einer mechanischen Ergänzung, sondern ist ein zwischenmenschlicher, allein auf Kommunikation beruhender Eindruck!

Passung entsteht nicht aus sich anscheinend ergänzenden Persönlichkeiten, sondern aufgrund zueinanderpassender Mitteilungen. Der Eindruck, gut zueinanderzupassen, bildet sich einzig und allein durch die Kommunikation der Partner, und durch entsprechende Kommunikation bleibt er erhalten oder löst sich auf.

Hierzu wendet eine Testleserin ein: *„Meinen Sie wirklich, dass allein die Kommunikation entscheidet, ob zwei Leute zueinanderpassen? Oder meinen Sie damit, dass die Kommunikation entscheidend ist, um zu entscheiden, ob man einander eine Chance gibt? Ob zwei Leute zueinanderpassen, hängt auch von anderen Faktoren ab. Oder?"*

Meine Antwort: Es ist einigermaßen kompliziert. Wenn zwei zueinanderpassen, dann ist das keine Tatsache, sondern ein Eindruck. Dieser ergibt sich fast ausschließlich aus Kommunikation, also aus verbalen und nonverbalen Mitteilungen, aus Worten, Blicken, Gesten, Berührungen etc. Aussehen und Geruch etc. spielen auch eine Rolle, diese ist aber nur schwer zu benennen und zu beeinflussen. Der kommunikativ erzeugte Eindruck der Passung ergibt sich aber nur, weil bestimmte Mitteilungen *unterlassen* werden. Eine ehrliche Antwort auf die Frage: „Liebling, was denkst du gerade?" kann im Extremfall zum Ende einer Beziehung führen. Eben, weil sich dann der Eindruck ergibt, *nicht* zueinanderzupassen.

Dem suchenden Single stehen somit zwei grundsätzlich verschiedene Arten der Partnersuche zur Verfügung: eine *strategische* und eine *kommunikative* Suche.

Kommunikative versus strategische Partnersuche

Beim Thema „sich beziehen" geht es natürlich um die kommunikative Suche. Aber betrachten wir zunächst die Unterschiede dieser beiden Vorgehensweisen.

Strategische Suche

Eine strategische Partnersuche macht, wie in Band 1 ausführlich beschrieben, Passung an eigenen Erwartungen und vorschnellen Beurteilungen fest. Als Instrumente einer strategischen Suche habe ich dort identifiziert:

- Schnellgerichte zur Beurteilung des Gegenübers,

- Checklisten zum Abhaken eigener Vorstellungen,

- Stöckchenspiele und Hürdenspringen zum Testen der Bereitschaft des anderen, eigener Erwartungen zu erfüllen, und

- Puzzledenken vom „richtigen" Partner.

Diese vier Instrumente kennzeichnen eine egozentrierte, strategische Partnersuche. Der Suchende setzt die Bedingung „zu mir", und da der Andere für sich die gleiche Bedingung setzt, findet ein doppelt-einseitiger Bezug statt. Der Bezug ist einseitig, weil sich jeder Einzelne im Grunde auf sich selbst, auf eigene Erwartungen und Beurteilungen, bezieht.

Er bezieht sich nur sehr eingeschränkt oder nicht auf den Menschen, den derjenige trifft und an dem er vorgibt, interessiert zu sein.

In Band 1 habe ich den Fall eines Mannes geschildert, der sich auf Anraten eines Single-Beraters eine Liste der gewünschten Merkmale seiner Idealpartnerin zusammenstellte. Diesen klassisch strategischen Fall einer Partnersuche möchte ich nochmals aufgreifen. Über die Belastungen durch diese Strategie schrieb mir der Mann in einer E-Mail:

„Sie sollte mir möglichst ähnlich sein. Alter: (+/- 2 Jahre) ... nicht weniger verdienen als ich ... einen ähnlichen beruflichen Hintergrund haben ... wie ich erst eine Ausbildung, dann ein Studium ... wie ich beruflich erfolgreich sein, aber dennoch Wert auf Freizeit legen ... ich bin Erstgeborener, daher sollte meine Partnerin auch eher Erstgeborene sein ... die familiären Beziehungen in meiner Kindheit waren bei mir schlecht, zur Mutter wie auch zum Vater, deshalb sollte ich unbedingt nach einer Frau mit ähnlicher Erfahrung suchen ... sie sollte vom Charakter eher schüchtern sein, wie ich, auch eher emotional unstabil, wie ich, aber genauso energievoll wie ich ... Seitdem ich diese Liste habe, habe ich nur noch Bauchschmerzen. Wo soll ich diese Frau finden?"

Man muss sich klar machen, dass der Mann rund ein halbes Jahr damit verbrachte, den richtigen Partner für sich zu definieren. Er hat sich aber nicht klar gemacht, was es bedeutet, sich auf jemanden zu beziehen. Seine Strategie war eher eine Vermeidungsstrategie als eine Erfolgsstrategie. Sie führte zur Vermeidung von Bezogenheit. Er hat sich mit sich - mit den eigenen Erwartungen - befasst und nicht mit einem realen Gegenüber. Das ist strategische Suche in Reinform.

Wenig bis keine Bezogenheit zeigen auch die folgenden Beispiele:

- Eine Frau beendet den Kontakt nach dem ersten Date,

weil der Mann Ränder unter einigen Fingernägeln hat.

- Ein Mann bricht den E-Mail-Kontakt ab, nachdem ihn eine Frau nach der Höhe seines Einkommens fragt.

- Eine Frau bricht den Kontakt ab, nachdem der Mann ihr am Telefon erklärt, er sei „Kulturbanause".

- Ein Mann wendet sich von einer Frau ab, nachdem sie erklärt hat, bereits zweimal geschieden zu sein.

Eine Testleserin bemerkt hierzu: *„Was Äußerlichkeiten angeht, urteile ich nicht schnell, aber wehe, er meldet sich nicht bald nach dem Treffen. Meine Schlussfolgerung ist dann: "Er findet mich doch nicht so interessant", und dann lege ich ihn ad acta. Oder er macht mir nicht genügend Komplimente, dann kann er mich nicht toll finden, weswegen ich den Kontakt einschlafen lasse."*

Ob sie ihm Komplimente macht? Die Liste solcher Beispiele ließe sich endlos fortsetzen. Manche Leser werden die fehlende Bezogenheit in diesen Beispielen nicht sofort erkennen oder sagen: „Das hätte ich genauso gemacht".

So wendet eine Testleserin ein: *„Wenn eine Frau Wert darauf legt, dass ein Mann gepflegt ist, dann ist es aus meiner Sicht aber auch okay, wenn die Frau sich nicht weiter mit einem Mann einlassen will, der ungepflegt herüberkommt. Es stellt sich ja auch die Frage, warum ein Mann mit dreckigen Fingernägeln zum Date geht, wenn er eine Frau sucht. Er signalisiert damit ja auch ein gewisses Desinteresse."*

Meine Antwort: Ja, die Frage stellt sich, aber sie wird meist nicht gestellt. Es wird ungeprüft Desinteresse unterstellen. Wenn er desinteressiert wäre, warum geht er dann zur Verabredung? Und von dreckigen Fingernägeln darauf zu schließen, jemand sei ungepflegt, ist auch schon ein Sprung. Den Mann nicht zu fragen, zeigt eine fehlende Bezogenheit. Das hier nur angedeutet, auf das Thema werde ich später im Abschnitt „Bedeutungssuche" noch näher eingehen.

Festzuhalten ist an diesem Punkt, dass in einer strategischen Suche wenig zielführende oder gar irreführende Instrumente zum Einsatz kommen. Diese Instrumente führen zum baldigen Aussortieren sogar derjenigen Partner, die anfangs als sympathisch, interessant oder anziehend erlebt wurden. Am Ende bleibt der suchende Single allein und landet in der Endstation Sehnsucht.

Die strategische Suche führt, mit wenigen zufälligen Ausnahmen, fast nie in eine Liebesbeziehung, weil sie sich an den eigenen Erwartungen orientiert und den Anderen geradezu ausblendet. Liebe lässt sich aber nicht strategisch ansteuern. Paarliebe entsteht und besteht aus Kommunikation.

Kommunikative Suche

Betrachten wir nun das Gegenstück zur strategischen Suche, die kommunikative Suche. Eine kommunikative Partnersuche setzt im Gegensatz zur strategischen Vorgehensweise keine vorhandene Passung voraus. Sie forscht vielmehr danach, ob sich im Verlaufe eines Kontaktes *der Eindruck* einer Passung *ergibt*.

Der Begriff *forschen* legt nahe, dass es Zeit und Aufmerksamkeit braucht, eine mögliche Passung zu entdecken. Passung ergibt sich nämlich nicht aus der oberflächlichen und fragwürdigen Beurteilung der anscheinend fest definierten Persönlichkeit des Anderen, sondern aus einem tiefergehenden, möglichst intimen Austausch mit dem potentiellen Partner.

Persönlichkeit und Kommunikation sind verschiedene Phänomene, auch wenn sie natürlich durchaus zusammenhängen.

Was versteht man unter einer Persönlichkeit? Lothar Laux liefert hierfür eine sinnvolle Definition:

„Die Persönlichkeit lässt sich verstehen als die Gesamt-

heit aller psychischen Eigenschaften und Verhaltensbe-
reitschaften, die dem Einzelnen seine eigentümliche, un-
verwechselbare Individualität verleiht. "[2]

Diese Definition weist darauf hin, dass Persönlichkeit ein kaum zu definierendes und schwer zu erfassendes Phänomen darstellt. Wer mittels Schnellgericht ein Urteil über die Persönlichkeit eines anderen fällt, wird schon deshalb daneben liegen, weil er nur einen Bruchteil der psychischen Eigenschaften und Verhaltensweisen des Betreffenden kennengelernt hat. Er lernt nur einen kleinen Ausschnitt der Persönlichkeit seines Gegenübers kennen; und im Grunde lernt man eine Persönlichkeit nie ganz kennen, weil sie nichts Festes darstellt, sondern sich in konkreten Situationen zeigt.

Was versteht man unter Kommunikation? Kommunikation ist ein wechselseitiges Geschehen, das verbale und nonverbale Mitteilungen und deren Verständnis beinhaltet. Kommunikation bezeichnet die Reaktionen zweier Menschen aufeinander. Was einer sagt oder tut, bringt im Anderen etwas hervor, das wiederum auf den Einen wirkt, was beim Anderen eine weitere Reaktion provoziert. So entsteht eine lange Kette miteinander verknüpfter Reaktionen.

Das bedeutet - wie in Band 1 bereits angedeutet - dass jeder Einzelne an dem Verhalten beteiligt ist, das sein Gegenüber an den Tag legt. Ich betone nochmals: Er ist nicht schuld daran! Doch was immer der Andere sagt oder tut, fällt nicht vom Himmel, sondern wird im Kontakt beider Partner ausgelöst. Bei einem Date ist daher jeder - bis zu einem gewissen Punkt - an der Persönlichkeit des Anderen beteiligt, indem er bestimmte psychische Eigenschaften hervorlockt und bestimmte Verhaltensweisen provoziert. Ein Date reicht daher sehr selten aus, sich ein Bild vom potentiellen Partner zu machen.

Hinweis: Ich sage nicht, dass man für das Verhalten des
anderen verantwortlich ist. Aber man ist am Ablauf der

Dinge beteiligt und für das eigene Verhalten verantwort-
lich, also für die eigene Reaktion, und diese provoziert
eine Reaktion auf der anderen Seite.

Aufgrund der eigenen Beteiligung an jedem Kommunika-
tionsverlauf ist es kaum möglich, dem anderen die alleinige
Verantwortung für ein unerwünscht verlaufenes Date zuzuschieben; und es ist auch nicht leicht, den eigenen Anteil am
Verlauf des Kontaktes zu erkennen.

Aus dieser Schilderung folgt, dass es bei einer kommunikativen Suche nicht um die Persönlichkeit des potentiellen
Partners geht, sondern um den Verlauf des Kontaktes, um
die Interaktion der Beteiligten. Diese hat zum Ziel, einander
besser kennenzulernen und wenn möglich, einander näherzukommen. Bei diesem Vorhaben ist jeder einseitige Selbstbe-
zug im Weg.

Um sich persönlich näherkommen zu können, müssen die
potentiellen Partner das Kunststück vollbringen, sich *ge-*
genseitig aufeinander zu beziehen. Erst durch einen funk-
tionierenden beidseitigen Bezug wird es möglich festzustellen, ob und wie zwei Menschen zueinanderpassen
oder nicht.

Nun werden die meisten dauerhaft suchenden Singles ein-
wenden, sie hätten stets im Kontakt nach Passung gesucht
und sich auf den anderen bezogen. Bei genauem Hinsehen
erweist sich jedoch meist, dass sie zumindest an den wesentlichen Punkten die Instrumente einer strategischen Suche angewendet haben - Schnellgerichte, Checklisten, Stöckchenspiele und Puzzledenken - und eben nicht die Instrumente einer kommunikativen Suche.

Instrumente der kommunikativen Suche

Welches sind die Instrumente einer kommunikativen Suche? Es sind ebenfalls vier an der Zahl, im Einzelnen:

- Intelligente Dummheit,

- Bedeutungsforschung,
- Kontakthalten und
- Begegnungssuche.

Um diese Instrumente der Bezogenheit und deren Anwendung geht es in den nächsten Abschnitten.

Intelligente Dummheit

Im ersten Band habe ich beschrieben, dass dauerhaft suchende Singles ihre Unschuld bei der Partnersuche - die „Gnade der Blindheit" - verloren haben. Aufgrund vorangegangener Beziehungserfahrungen und der damit verbundenen, frustrierenden und teils schmerzlichen, Erfahrungen sind sie nicht mehr bereit, potentiellen Partnern einen Vertrauensvorschub zu gewähren. Statt dem anderen blind zu vertrauen, wie Verliebte das tun, prüfen sie ihn kritisch und suchen nach verdächtigen und unerwünschten Merkmalen. So kommen sie zu den Urteilen und Bewertungen, die zum Aussortieren potentieller Partner führen.

Viele dauerhaft suchende Singles sind Meister in der Kunst des kritischen Betrachtens und schnellen Aussortierens.

Aber bekanntlich kann man seine Unschuld nur ein einziges Mal verlieren. Daher gibt es relativ wenig Hoffnung, die Gnade der Blindheit, die Verliebten den Sturz in eine Beziehung ermöglicht, zurückzugewinnen. Es kommt selten vor, dass sich dauerhaft suchende Singles auf den ersten Blick verlieben.

Was nun? Bleibt der Weg in eine Beziehung damit verschlossen? Nein, denn Singles können einen anderen Weg in Beziehungen nehmen.

Statt auf dumme Weise intelligent zu sein, müssen sie sich auf intelligente Weise dumm verhalten!

Schauen wir uns die beiden Intelligenzarten etwas genauer an.

Dumme Intelligenz

Was bedeutet es, auf dumme Weise intelligent zu sein? Es bedeutet, seine Intelligenz bei der Partnersuche zum Erkennen von Unterschieden einzusetzen, dann Urteile zu fällen und diesen Urteilen blind zu vertrauen.

Hinweis: Ich sage nicht, Singles sollten dem potentiellen Partner blind vertrauen. Ich sage, dass sie ihm eher blind misstrauen, anstatt die Sache neutral anzugehen und erst einmal offen zu lassen.

Ein eindrucksvolles Beispiel für dumme Intelligenz erlebte ich auf einem Vortrag zum Thema Single, den ich in dem Veranstaltungszentrum Urania in Berlin hielt.

Dort schilderte ich den Fall einer Frau, deren Date-Partner rauchte und ihr den Rauch mehrmals ins Gesicht blies (das Beispiel greife ich ausführlich im Abschnitt „Bedeutungsforschung" auf). Die Frau deutete diesen Vorgang negativ und wendete sich von dem Mann ab. Sie war überzeugt, er wolle sie loswerden. Dass ihr Schnellgericht ein krasses Fehlurteil gefällt hatte, erfuhr sie später von eben jenem Mann, denn es stellte sich heraus, dass er von ihrer Abwendung enttäuscht gewesen war. Nachdem ich das Beispiel geschildert hatte, meldeten sich aus dem Publikum zwei Frauen mittleren Alters zu Wort. Beide bestanden darauf, dass *„ein Mann, der so etwas tut, kein Interesse an der Frau gehabt haben kann!"* Auf meine Frage, was sie so sicher machen würde, antworteten sie: *„Sonst hätte er das nicht getan".*

So beweisen sich scheinbare Wahrheiten durch nichts anderes als durch die eigene Überzeugung, also durch sich selbst. Es ist wahr, weil ich es glaube! Das ist dumme Intelligenz in Aktion. Jemand setzt seine Beobachtungsgabe, seine Erinnerungsgabe, seine Kombinationsgabe und andere Bestandteile seiner Intelligenz wie sein Urteilsvermögen dazu ein, um zu einem anscheinend eindeutigen Schluss zu gelangen; darüber hinaus beharrt er darauf, richtig zu liegen, selbst wenn Fakten das Urteil widerlegen. Fakt ist: Der Mann war enttäuscht, *weil* er interessiert gewesen war, aber sein Interesse wird ihm glatt abgesprochen. So etwas ist

72

dumm!

Wikipedia beschreibt das Wesen der Dummheit sehr nachvollziehbar:

> *„Im Unterschied zu anderen Bezeichnungen, die auf Mangel an Intelligenz hinweisen, bezeichnet Dummheit (alltagssprachlich) aber auch die Einstellung, nicht nur etwas nicht wahrnehmen zu können, sondern auch es nicht wahrnehmen zu wollen."*[4]

Dauerhaft suchende Singles vertrauen sehr oft dem Urteil ihres Schnellgerichts und sind nicht willens, es infrage zu stellen - und das ist ein Zeichen dumm eingesetzter Intelligenz. Es ist dumm, weil sich der Single beim Erreichen seines Ziels, einen Partner zu finden, mit seiner Starrheit selbst im Wege steht.

Dumme Intelligenz schützt vor nichts, außer vor Beziehungen. Dumme Intelligenz ist der Beziehungs-Verhinderungs-Mechanismus schlechthin, auch wenn ihr Einsatz durchaus nachvollziehbar erscheint. Denn der dauerhaft suchende Single befindet sich in einer schwierigen Lage. Er:

- hat seine Unschuld verloren (seine Fähigkeit, blind zu vertrauen),
- reißt stattdessen beide Augen auf, um vorbeugend nach Störendem zu suchen (das er mit 100%-iger Sicherheit findet),
- nimmt Störendes zum Anlass, den potentiellen Partner auszusortieren (weil der nicht „zu mir" passt),
- und bleibt am Ende allein.

Was bleibt dem Single, wenn es keine Chance gibt, die „Gnade der Blindheit" zurückzugewinnen und vor allem, wenn er das gar nicht möchte? Er möchte ja nicht noch einmal in dieselbe Falle tappen, nicht noch einmal den gleichen Fehler machen, nicht noch einmal auf ähnliche Weise frustriert oder verletzt werden etc.

Soll er auf Urteile und Bewertungen verzichten? Nein, denn das ist schlicht unmöglich, weil man in einer Kommunikation nur dann antworten kann, wenn man die Aussagen und das Verhalten des Gegenübers zuvor gedeutet hat. Man kann nicht „nicht deuten", und daher deutet man das Verhalten eines potentiellen Partners immer.

Soll er sich statt auf Trennendes nur auf Verbindendes beziehen? Auch das wird nicht möglich sein, weil man seine Erinnerungen und Erfahrungen nicht einfach abschalten kann, erst recht keine schlechten Erfahrungen. Man kann nicht „nicht erinnern".

Die ausschlaggebenden Urteile werden nicht bewusst, sondern blitzschnell unbewusst gefällt, es bilden sich augenblicklich negative Gefühle; und dieser Vorgang wird anschließend rationalisiert, also mit einleuchtenden oder scheinbar zwingenden Argumenten belegt. Dennoch gibt es einen Ausweg.

Intelligente Dummheit

Was dem Single als Alternative zur dummen Intelligenz bleibt, bezeichne ich als „intelligente Dummheit". Da sich Urteile und Wertungen nicht vermeiden und schlechte Erfahrungen nicht vergessen lassen, ist es ein Zeichen von Intelligenz, sich über folgende Fakten bewusst zu sein:

- Man wertet und urteilt *immer.*
- Urteile und Überzeugungen beziehen ihre Überzeugungskraft *stets* aus vergangenen Erfahrungen.
- Sie müssen daher keineswegs richtig sein, sondern erweisen sich in vielen Fällen als vorschnell und falsch.
- Sie führen zu Reaktionen, durch die man auf sich selbst, auf die eigene Deutung reagiert, statt auf sein Gegenüber.

Urteile sind stets nur Urteile, sie bilden selten Wahrheiten ab. Man kann damit richtig liegen, aber tut es selten. Sie werden durch das Gegenüber *ausgelöst*, aber keineswegs verursacht. Sie dienen der Notwendigkeit, den Äußerungen und Verhaltensweisen des Gegenübers einen Sinn zu verleihen, aber sie führen oft zu Unsinn.

Ein suchender Single sollte seinen eigenen Urteilen und Überzeugungen deshalb eine gehörige Portion Skepsis entgegenbringen und es für möglich halten, falsch zu liegen. Das wäre ein Zeichen von Intelligenz.

Intelligente Dummheit erfordert die Bereitschaft, eigene Wahrnehmungen und Bewertungen infrage zu stellen und zu prüfen, und vor allem: **sie infrage stellen und prüfen zu wollen.**

Singles wollen ihre Urteile allerdings selten infrage stellen. Spricht man beispielsweise nach einem Date mit Singles, sind diese zutiefst überzeugt davon, mit ihren Urteilen richtig zu liegen. Daher überprüfen sie Urteile kaum, sondern reagieren darauf so, wie es aufgrund ihres Urteilsspruchs sinnvoll erscheint.

Dabei können sich hinter einem beobachteten Verhalten stets ganz andere Motive verbergen, als man wie selbstverständlich angenommen hat. Dazu ein Beispiel.

Stellen Sie sich vor: Sie sind eine Frau und mit einem interessanten männlichen Single zum Date in einem Restaurant verabredet. Nun klingelt wiederholt dessen Handy. Er entschuldigt sich, nimmt das Gespräch an und geht zum Telefonieren vor die Tür des Restaurants. Sie hören, dass er mehrmals den Namen „Anne" nennt und ärgerlich wird. Er beeilt sich, das Gespräch zu beenden und nimmt den Kontakt zu Ihnen wieder auf. Er wirkt unsicher. Hinsichtlich des Telefonats macht er keine Bemerkungen, kündigt aber an, in einer halben Stunde gehen zu müssen.

Wie deuten Sie diesen Vorfall, und wie reagieren Sie darauf? Bevor Sie weiterlesen, machen Sie ein kleines Experiment. Schließen Sie die Augen und machen Sie sich ihre eigene Deutung der Ereignisse klar. Was halten Sie für wahrscheinlich, wovon sind Sie überzeugt, und wie würden Sie aufgrund dessen reagieren? Lesen Sie dann weiter.

Was steckt „wirklich" hinter dem Verhalten des Mannes? Diesbezüglich sind zahlreiche Möglichkeiten vorstellbar:

- Ganz klar: Der hat noch etwas mit einer Anne am Laufen und will nicht, dass ich etwas davon mitbekomme. Womöglich trifft er sich in einer Stunde mit ihr. Der kommt für mich nicht infrage, den treffe ich nie wieder.

- Mit wem der auch spricht, während eines Dates ans Handy zu gehen, gehört sich nicht; und dann entschuldigt er sich nicht mal. Der ist unhöflich und egoistisch. Was würde der sich erst rausnehmen, wenn wir zusammen wären. Das geht gar nicht.

- Auseinandersetzungen im Rahmen der Trennung von der Ex? Sicher, sonst würde er ja nicht ärgerlich werden. Der ist noch im Trennungsprozess und Trennungsschmerz und noch nicht bereit für eine Beziehung. Mit dem macht es keinen Sinn. Gut, dass er gleich geht.

Und was steht wirklich hinter dem Verhalten des Mannes? Das weiß niemand, das finden Sie nur heraus, wenn Sie Ihre Deutung prüfen, und ihn schlicht fragen, ob er noch eine Frau hat, ob er in Scheidung ist oder was sonst ihn dazu bewegt, wiederholt ans Handy zu gehen. Dann erfahren Sie womöglich, dass er eine 7-jährige Tochter aus erster Ehe hat, die ihn anruft, weil sie noch Fernsehen schauen will. Nun erscheint sein Verhalten in einem anderen Licht, es gewinnt einen anderen Sinn: Er übernimmt Verantwortung für das Kind, weshalb er gleich nach Hause muss. Das macht ihn interessanter.

Zu diesem Beispiel schreibt eine Testleserin:

„Warum kann er sein Verhalten nicht von sich aus erklä-

ren und sich für die Unterbrechung bzw. das frühe Ende des Dates entschuldigen? Hat er Sorge, dass, wenn er von sich aus spricht, sie heraushören kann, ob es wahr oder gelogen ist? Wenn ein Mensch ernsthaftes Interesse hat am Gegenüber, warum kann man sich nicht entsprechend verhalten?"

Meine Antwort: Natürlich kann man vom anderen erwarten, dass er sich „richtig" verhält, also so, wie man es sich wünscht und es einfach für einen ist. Allerdings macht man sich dann vom anderen abhängig. Wenn der Mann, wie in diesem Beispiel interessant ist, kann man selbst für Klarheit sorgen, statt darauf zu warten, dass er es tut. Wer die Sache einfach so nach Gefühl beurteilt, kann gehörig daneben liegen.

Intelligente Dummheit bedeutet zu vermuten, aber nicht zu wissen, das eigene Urteil nicht stillschweigend zu zementieren, sondern ihm zu misstrauen und die Bedeutung der Dinge so lange wie möglich offen zu lassen. Es bedeutet, sich so lange als möglich für „nichtwissend" zu halten, um nach den „wahren" Bedeutungen einer Wahrnehmung forschen zu können.

Intelligente Dummheit ist eine Haltung, die Neugier ermöglicht. Sie öffnet den Weg zur Bedeutungsforschung, dem zweiten Instrument einer kommunikativen Suche.

Bedeutungsforschung

Halten wir fest: Sich bei der Partnersuche zu beziehen bedeutet, einen Partner auf kommunikative statt auf strategische Weise zu suchen. Und bei einer kommunikativen Suche kommt es darauf an, auf intelligente Weise dumm zu sein.

Gebraucht wird eine Haltung, die sagt: „Ich habe zwar ein Urteil über ein Verhalten des anderen, ich weiß, dass und wie ich sein Verhalten deute, aber ich weiß nicht, was es für mein Gegenüber bedeutet".

Eine solche Haltung machte es möglich, die eigenen Deutungen und Urteile infrage zu stellen und nach den tieferen Bedeutungen der gemachten Wahrnehmungen zu forschen, danach, was eine Aussage oder ein Verhalten *für den anderen* bedeutet.

Bedeutungsforschung ist ein Schlüssel-Instrument zum Bezug. Dazu ist es erforderlich, das eigene Beurteilungssystem zwar wahrzunehmen, es zugleich aber still zu stellen und in die innere Welt des anderen, des potentiellen Partners, einzusteigen. Bedeutungsforschung erfordert die Bereitschaft, nicht absolut sicher zu sein, neugierig zu bleiben, zu staunen, sich zu wundern. In einem Wort: Sich dem anderen zuzuwenden und an *seinen* Bedeutungen interessiert zu sein. Dazu ein Beispiel.

Nehmen wir an, ein Single hört beim Date von seinem Gegenüber die Aussage: *„Ich finde Fremdgehen gar nicht so verurteilenswert, wie die meisten das tun"*. Er findet den Satz merkwürdig, geht nach Hause und bespricht dessen Bedeutung mit einem Freund. Die beiden sind nach angeregter Diskussion schließlich davon überzeugt, dass derjenige selbst fremdgehen würde, also kein wünschenswerter Partner wäre und somit ausscheidet. Soweit der übliche Umgang mit einer solchen Wahrnehmung.

Was aber bedeutet es, sich dieser Aussage gegenüber intelligent dumm zu verhalten und nach ihrer Bedeutung *für den anderen* zu forschen? Dann könnte ein entsprechendes Gespräch beispielsweise folgendermaßen verlaufen:

„So eine Aussage höre ich selten. Bist du ein Freund des Fremdgehens?"

„Nein. Ich verurteile Fremdgehen aber nicht. Manche führen ja auch offene Beziehungen."

„Lebst du offene Beziehungen?"

„Nein, ich glaube nicht, dass ich das könnte."

„Wieso findest du es dann nicht schlimm?"

„Es gibt ja Gründe dafür, dass jemand fremdgeht".

„Welche Gründe meinst du?"

„Ich denke, in der Beziehung wird etwas schief liegen. Besser wäre es, sich in der Beziehung rechtzeitig auseinanderzusetzen, statt vorschnell einen Ausweg zu suchen."

Nach diesem kleinen Dialog sieht die Sache ganz anders aus als davor. Jetzt ist klar: Derjenige ist kein Anhänger offener Beziehungen, sondern betont im Gegenteil, dass es wichtig ist, in Beziehungen rechtzeitig Konflikte zu klären. Er ist also jemand, der Beziehungen ernst nimmt und der nichts davon hält, sich durch die Hintertür hinauszuschleichen.

Zu diesem Dialog wendet eine Testleserin ein: *„Warum ist es nicht verurteilenswert, wenn man sich nicht rechtzeitig mit der eigenen Beziehung auseinandersetzt und lieber fremdgeht?"*

Meine Antwort: Selbstgerechtigkeit führt nicht weiter. Wenn in einer Beziehung eine Schieflage nicht angesprochen wurde, wenn eine Auseinandersetzung vermieden wurde, dann sind beide Partner an dieser Vermeidung beteiligt. Wen will man jetzt dafür verurteilen? Und was würde das nutzen?

Wie man sieht, sind Urteile schnell vergeben und Konsequenzen allzu schnell gezogen. Aber für den anderen mag ein Vorfall eine ganz andere Bedeutung haben als für einen selbst.

Man kann diskutieren, ob Fremdgehen richtig oder falsch ist, aber eine Diskussion baut meist nur Fronten auf. Bedeutungsforschung hat daher nichts mit Diskutieren, Dagegenhalten, Rechthaben, Kritisieren etc. zu tun. Sondern allein mit Offenheit und Neugier.

Bedeutungsforschung ist spannend, aber alles andere als selbstverständlich; und wer sie unterlässt, kann feststellen, mit seinen Deutungen und Reaktionen schwer danebengelegen zu haben. Das erfuhr eine Frau, die mir in der Beratung folgendes Erlebnis schilderte, das oben bereits erwähnte Beispiel vom „Rauch im Gesicht".

Zwischen ihr und einem Mann hat es gefunkt. Nach einigen Treffen verbringen die beiden eine wunderschöne Nacht miteinander. Am Morgen danach ist die Stimmung am Frühstückstisch etwas verkrampft, beide sind verunsichert und keiner mag so recht sprechen. Bis dahin ist sie davon überzeugt, einen einfühlsamen und rücksichtsvollen Mann kennengelernt zu haben. Dann steckt er sich eine Zigarette an und bläst ihr den Rauch mehrmals ins Gesicht. Die Frau ist irritiert, sagt aber nichts. Sie geht nach Hause und grübelt über die Sache nach. Einfühlsam fand sie das nicht und rücksichtsvoll schon gar nicht. Irgendeine Bedeutung muss es aber haben. Nachdem sie einige Tage grübelt und sich mit einigen Freundinnen berät, kommt sie zu dem Schluss, dass sein Verhalten nur eines bedeuten kann: „Er wollte mich loswerden!"

Ihr Stolz ist verletzt und der lässt nicht zu, dass sie sich nach dem Vorfall bei ihm meldet oder auf seine Nachricht auf dem Anrufbeantworter antwortet. Nach einigen

Wochen trifft sie den Mann zufällig in einer Kneipe, beide ignorieren die Sendepause und landen wieder im Bett. Wieder ist es wunderschön – aber wieder steckt er sich eine Zigarette an, diesmal nicht nach, sondern schon während des Frühstücks. Die Frau ist empört und sich nun vollends sicher: „Der will nur ins Bett mit mir, danach will er mich loswerden." Nach diesem Vorfall herrscht völlige Funkstille.

In der Beratung berichtet sie von dem Ereignis, woraufhin ich sie auffordere, den Mann zu kontaktieren und ihn zu befragen. Schließlich nimmt sie sich ein Herz und trifft ihn. Zwar traut sie sich nicht offen zu fragen, warum er ihr Rauch ins Gesicht geblasen hat und ob er sie loswerden wollte, aber sie fragt ihn: „Warum ging das mit uns eigentlich nicht weiter?" Der Mann antwortet: „Du warst ja immer gleich weg." Die Frau ist schockiert, am meisten von den Folgen ihrer Fehldeutung.

Worin bestand der Fehler? Sie hatte sich, als der Mann ihr Rauch ins Gesicht blies, nicht weiter bezogen, sondern ist aus dem Kontakt ausgestiegen. Ihr fehlte die Offenheit und die Neugier und auch die Bereitschaft, ihre Deutung zu überprüfen. Sie hat nicht gefragt: „Sag mal, willst du mich eigentlich loswerden, oder warum bläst du mir Rauch ins Gesicht". Man kann vermuten, dass der Mann nicht einmal bemerkte, dass er das tat. Zudem hätte sie ihn darauf hinweisen können, dass ihr Rauch grundsätzlich unangenehm ist. Sie hat auf Bedeutungsforschung verzichtet, und daher blieb ihr nur die eigene Bedeutung, um den Vorgang zu verstehen und sich entsprechend zu verhalten.

Dieses Beispiel hat bei TestleserInnen für Diskussion gesorgt, welche meine Thesen von den Schnellgerichten letztlich bestätigen. Beispielsweise schreibt eine Frau:

„Was wollte der Typ, der der Frau den Rauch ins Gesicht geblasen hat, mit seiner Körperverletzung errei-

chen? Er hätte ebenso gut die Frau schlagen können
oder ihr den heißen Kaffee ins Gesicht schütten können
(vermutlich, um Aufmerksamkeit zu provozieren). Wie
kann ER von der Frau enttäuscht sein, die sich das nicht
gefallen lässt? Es ist ein dominantes Verhalten, das bei
mir keine zweite Chance zur Folge gehabt hätte, egal,
mit welcher Erklärung der Typ um die Ecke kommt. Oder
hat sie sich vorher dahingehend geäußert, dass ihr Ziga-
rettenrauch nichts ausmacht, sie auch in Raucherkneipen
geht? So toll kann kein Mann sein, dass ich ihm das ein-
mal oder zweimal durchgehen lasse. Warum fragt er
nicht, warum sie gegangen ist?"

Körperverletzung? Er hätte sie ebenso schlagen können?
Das sind unangemessene Reaktionen, die auf völligen Fehl-
deutungen beruhen. Und natürlich hätte der Mann sie fragen
können, warum sie gegangen ist. Es war aber die Frau, die
meine Beratung aufsuchte und die den Kontakt vermisste,
weil die Nächte „wunderschön" mit ihm gewesen waren.

Eine andere Testleserin hat folgenden Einwand: *„Ich*
verstehe das Forschen nach Bedeutung schon, nur frage
ich mich: geht es bei so einem Verhalten nicht auch um
ungleiche Werte wie Rücksicht und Höflichkeit?"

Meine Antwort: Ganz bestimmt teilen auch die im Beispiel beschriebenen Personen diese Werte. Wer wäre
schon der Meinung, man sollte sich rücksichtslos oder
unhöflich verhalten. Der Haken liegt darin, dass jeder unter Höflichkeit oder einem anderen Wert etwas anderes
versteht. Was für den einen unhöflich ist, hält der andere
noch für höflich. Nur erfährt keiner etwas von der Einschätzung des anderen.

Wer voraussetzt, dass sein Verständnis von Wertvorstellungen identisch mit denen des Partners ist, liegt in vielen
Fällen daneben. Eventuell empfindet es ein Raucher nicht als
unhöflich, wenn er Rauch ins Gesicht bekommt. Erst eine

gewisse Bedeutungsforschung kann die unterschiedlichen Vorstellungen, die mit Werten wie Offenheit, Ehrlichkeit, Rücksicht, Höflichkeit etc. verknüpft sind, hervorbringen.

Die Frau im Beispiel hat sich zurückgehalten. Wer Bedeutungsforschung betreibt, wer neugierig bleibt und forscht, muss sich nicht zurückhalten oder gar verstellen. Bedeutungsforschung erfordert keine Selbstverleugnung, sondern den Willen und den Mut dazu. Jeder kann „er selbst" sein und sich dennoch der Welt des anderen zuwenden. Selbstverleugnung und Sich-Verstellen wären Merkmale einer strategischen Suche. Dann gibt man sich anders, als man ist, weil man sich strategische Vorteile davon verspricht.

Wer Bedeutungsforschung betreibt, kann sich auch jede Kritik ersparen, denn Kritik setzt ein Urteil voraus. Wer forscht, kann wahrnehmen, was ihn stört und - statt es zu bewerten - sich darüber wundern und seine Verwunderung oder sein Erstaunen mitteilen. Dann bleibt er im Kontakt. So wie das im nächsten Beispiel geschieht.

Eine Frau trifft einen Mann zum ersten Date im Bistro. Sie stellt fest, dass seine Fingernägel teils eingerissen und etwas dunkel sind. Sie findet das nicht schön. Statt zu schweigen oder so zu tun, als sähe sie das nicht, bezieht sie sich auf den Mann und spricht ihn an. Allerdings kritisiert sie ihn nicht, sondern wundert sich darüber.

Sie sagt ganz einfach und direkt: *„Ich sehe, du hast schwarze Fingernägel. Die meisten Frauen putzen sich für ein Date heraus. Legst du auf deinen Eindruck wenig wert?"*

Der Mann lacht und sagt: *„Ich habe versucht, das Öl wegzuschrubben, ist mir aber nicht ganz gelungen. Ich habe heute Morgen den Rasenmäher repariert, dabei habe ich mir die Fingernägel ruiniert."*

„Du kannst Rasenmäher reparieren?"

„Klar, ich repariere ja auch mein Motorrad".

83

„Du fährst Motorrad?"

An dem Punkt wird der Mann richtig interessant für die Frau, denn sie ist noch nie Motorrad gefahren und möchte das gern einmal tun. Statt stillschweigend über seine Fingernägel zu urteilen und aus der Beziehung auszusteigen, hat sie sich gewundert und nachgeforscht - und den Mann etwas näher kennengelernt. Nahe genug, um „an ihm dran" zu bleiben.

Betrachten wir ein weiteres Beispiel für eine gelungene Bedeutungsforschung, die neben Offenheit auch Humor enthält:

Eine Frau fragt beim ersten Date nach dem Einkommen des Mannes. Der wundert sich und forscht nach, auf humorvolle Weise und in freundlichem Ton, indem er mögliche Deutungen aufzählt, die ihm einfallen:

„Das wundert mich, dass du nach meinem Einkommen fragst. Das hat bisher noch keine Frau beim ersten Date gemacht. Lass mich raten: Du suchst einen Mann, der dein Leben finanziert. Oder du reist gern und teuer und willst wissen, ob ich mir das leisten kann. Oder du möchtest Kinder und willst wissen, ob ich eine Familie finanzieren kann. Oder du verdienst sehr gut und willst keinen Mann, der weniger verdient. Oder gibt es einen anderen Grund für die Frage? Ich bin echt neugierig."

Die Frau ist überrascht, findet die offene Art seiner Bedeutungssuche aber gut. Sie sagt:

„Nichts von dem. Ich habe einfach Angst, dass ein Mann finanzielle Erwartungen an mich hat. Für meinen Ex habe ich damals gebürgt, und es hat einige Jahre gebraucht, bis ich die Bürgschaft abgestottert hatte."

„Ah, das verstehe ich. Keine Angst, für mich bräuchte niemand zu bürgen. Ich hege keine finanziellen Erwartungen, außerdem lege ich selbst Wert auf finanzielle Unabhängigkeit."

Auch in diesem Fall sieht die Sache jetzt anders aus, als es anfangs zu sein schien. Ein weiteres Beispiel einer Testleserin geht in die gleiche Richtung:

„Ich traf einen interessanten Mann, einen Arzt. Er gähnt mehrmals beim Treffen. Ich bekam das Gefühl, er würde sich langweilen und war gekränkt. Dann habe ich meine Zurückhaltung überwunden und fragte ihn, was sein Gähnen zu bedeuten hat. Er sagt, er hätte einen sehr anstrengenden langen Tag mit vielen Patienten gehabt, das Gähnen hätte nichts mit ihr zu tun. Dann lächelte er mich an, und ich glaubte ihm."

Meine Gedanken dazu: Die Frau schreibt, sie habe „das Gefühl", er würde sich langweilen. Dabei handelt es sich natürlich nicht um ein Gefühl, sondern um eine Deutung. Erst diese Deutung führt zu einem Gefühl, nämlich der Kränkung. Man sieht, wie schnell bestimmte Deutungen bestimmte Gefühle produzieren und wie wichtig es ist, die Deutung zu überprüfen.

Die letzten Beispiele zeigen, was es unverzichtbar braucht, um zu veränderten Eindrücken zu kommen: Bezug auf die Innenwelt des Gegenübers. Dort sind neue Informationen zu finden. Und mit jeder neuen, unerwarteten Information, die man vom anderen erhält, ändert sich der Sinn der Vorgänge.

Wer sich nur auf die eigene Deutung einer Information verlässt, wer einer Situation seinen eigenen Sinn zuweist, kann gehörig daneben liegen und eine gute Chance verpassen. Das zeigt das nächste Beispiel, das von einem Testleser stammt:

„Ich (Ende 30, leitender Angestellter) hatte mit ihr (Mitte 30, leitende Büroangestellte) ein erstes Date in einem Restaurant. Wir verbrachten einen zauberhaften Abend mit sehr interessanter Kommunikation, viel Humor und es knisterte richtig zwischen uns. Wir beschlossen, den Abend bei mir ausklingen zu lassen. An der Wohnungstür

sagte ich: "Ab jetzt müssen wir etwas leise sein, sonst störung wir vielleicht meine Eltern." Daraufhin macht sie auf dem Absatz kehrt und ließ mich wortlos stehen."

Was wird in der Frau vorgegangen sein? Wahrscheinlich dachte sie, der Mann lebt noch bei seinen Eltern, also ist er ein Mama-Söhnchen. Statt sich mehr Informationen einzuholen und zu fragen, ob und warum er offenbar bei seinen Eltern lebt, reagierte sie auf ihre eigene Deutung der Lage. Sie bricht den Kontakt ab, obwohl der Abend schön gewesen war und es sogar knisterte. Was könnte hinter seiner Bemerkung stecken? Vielleicht suchte er gerade eine Wohnung und kam kurzfristig bei seinen Eltern unter. Vielleicht hat er seine Eltern für einige Tage zu Besuch. Oder ganz etwas anderes steckt dahinter. Sie wird es nie erfahren.

Sinn entsteht in einem Gespräch notfalls, indem man Verständnislücken, die aufgrund fehlender Informationen tatsächlich oder scheinbar vorhanden sind, selbst ausfüllt. Dann sagt der andere etwas, und man erklärt sich selbst, wie er das meint. Solche Erklärungen sind in den meisten Fällen falsch! Es ist sehr viel besser, man fragt sein Gegenüber, wie er das meint, was er sagt oder was er tut. Bedeutungsforschung sorgt dafür, dass möglichst viele Verständnislücken vom anderen gefüllt werden, statt sie - wie suchende Singles das auffällig oft und selbstverständlich tun - selbst auszufüllen.

Das Ziel einer Bedeutungsforschung liegt schlicht und einfach darin, *neue Informationen* zu gewinnen, die anderen Sinn erzeugen.

Es geht um Informationen, die die Sache in einem anderen Licht erscheinen lassen; und das ist nur möglich, wenn man sich auf den anderen bezieht.

Bei einer kommunikativen Suche nach Passung ergeben sich zahlreiche Gelegenheiten zum kontinuierlichen Bezug. Beispielsweise fällt auf:

- Er fährt ein altes Auto! Kann er sich kein Neues leisten?

Legt er keinen Wert auf Status? Gibt er sein Geld lieber für etwas anderes aus? Wofür? (Fakt ist: Er zahlt das Studium seiner beiden Kinder, da bleibt nichts für ein neues Auto übrig.)

- Sie will ihn gleich am nächsten Tag wieder treffen! Kommt sie mit dem Alleinsein nicht klar? Hat sie sich verliebt? Will sie Sex? (Fakt ist: Sie fährt mit einer Freundin für zwei Wochen in Urlaub, findet ihn sympathisch und will den Kontakt festigen.)

- Eine Frau erzählt, auf keinen Fall heiraten zu wollen! Hat sie Angst vor Bindung? Hat sie bereits einige Scheidungen hinter sich? Sucht sie überhaupt eine feste Beziehung? (Fakt ist: Die Frau glaubt, dass Heirat eine Beziehung einschnürt.)

Bedeutungsforschung fördert allerhand Unerwartetes zutage. Dabei ist es unerheblich, ob einem das, was sich herausstellt, spontan gefällt oder nicht. Denn alles zutage tretende bietet Möglichkeiten, in Kontakt zu bleiben und mehr über den potentiellen Partner zu erfahren.

Eine Testleserin hat hierzu folgenden Einwand: *„Diese Bedeutungsforschung ist doch nur dann interessant, wenn der andere bis dahin einen spannenden Eindruck macht."*

Meine Antwort: Wenn der andere wenig interessant erscheint, kann das bereits Ergebnis eines Schnellgerichtsurteils sein. Bedeutungsforschung kann dann zu einem veränderten Eindruck führen. Oder den gewonnenen Eindruck so weit bestätigen, dass sich die Bereitschaft zur Begegnung auflöst.

Die tatsächliche Bedeutung von Äußerungen und Verhaltensweisen lässt sich aber nicht ruck, zuck feststellen. Dazu muss man den Kontakt länger halten.

Kontakthalten

Wenn dauerhaft suchende Singles meinen Empfehlungen bis hierher folgen, stehen sie vor folgender Situation: Sie haben ein Date oder mehrere Kontakte, sie zeigen eine gewisse Sympathie für einen potentiellen Partner, wollen ihn näher kennenlernen und sind bereit, nach den Bedeutungen von Aussagen und Verhalten zu forschen. Kurzum, sie betreiben eine kommunikative Suche.

Nun kommt es darauf an, in Kontakt zum potentiellen Partner zu bleiben und *den Kontakt zu halten*; und zwar auch dann, wenn Störendes auftaucht!

Störendes taucht mit ziemlicher Sicherheit auf, aber auch Störendem gegenüber kann man Neugier zeigen, sich wundern und staunen. Man kann den Kontakt zum potentiellen Partner „trotzdem" halten, auch wenn man vom anderen irritiert wird.

Vielleicht macht der Andere eine unpassende Bemerkung, vielleicht meldet er sich nicht wie verabredet, vielleicht lässt er ein Date platzen, vielleicht redet er zu viel oder zu wenig, vielleicht verhält er sich auf andere Weise problematisch. In solchen Fällen rufen die eigenen Deutungen und negativen Bewertungen unangenehme Emotionen hervor, der Kontakt wird heikel. An solchen heiklen Punkten des Kontaktes liegt es nahe, den potentiellen Partner aufgrund einer hitzigen Reaktion abzulehnen. Man fühlt sich abgestoßen oder abgelehnt und schlägt zurück oder zieht sich zurück. Aber Ärger oder Enttäuschung sind keine guten Ratgeber, weil sie auf der anderen Seite ebenfalls heftige Reaktion auslösen und die Kommunikation dann Gefahr läuft, destruktiv zu werden.

Gefühle weisen eine eigene Dynamik auf. Ist es zu einer impulsiven Reaktion gekommen, etwa zu Ärger oder Enttäuschung, nimmt man das heftige Gefühl zum Beweis der eigenen Deutung. Man gibt sich selbst recht, denn Gefühle können ja, so die falsche landläufige Meinung, nicht irren. Man ist ärgerlich oder enttäuscht, weil der andere *so ist*, und übersieht dabei, dass man ihn *so deutet* und sich die Sache durchaus auch anders verhalten kann.

Der potentielle Partner lässt ein Date platzen. Spontan entstehen Ärger, Frustration und eine Deutung: Er ist unzuverlässig, ihm liegt nichts an mir, er hat kein Interesse! Man reagiert hitzig, greift an oder zieht sich zurück. Die Folge: Einer sortiert den anderen aus.

Hitzige Reaktionen zementieren die eigene Deutung. Ein Wütender lässt die Argumente eines anderen kaum gelten, und ein Zurückgezogener glaubt dem anderen nicht, weil er misstrauisch ist. Hitzige Reaktionen sollen vor Enttäuschung schützen, aber die Dämonen Ärger und Enttäuschung schützen vor allem vor weiterem Kontakt.

Emotional intelligent sein: Störendes aushalten, Irritationen ertragen

Will man trotz störender Wahrnehmungen Kontakt halten, kommt es darauf an, eine heiße Emotion abkühlen zu lassen und dann erst zu reagieren. Dazu muss man weder Ärger noch Enttäuschung herunterschlucken. Es genügt, die Emotion wahrzunehmen und innezuhalten. Meist dauert es nicht lange, bis sich das Gemüt beruhigt hat, bis sich die Dämonen wieder hinsetzen und den Weg zu weiterem Bezug freigeben. Manchmal sind es nur Minuten oder Stunden, manchmal braucht es eine Nacht, um „darüber zu schlafen" und sich zu beruhigen. Dann kann das Kontakthalten weitergehen.

Was es mitunter erschwert, eine Emotion abkühlen zu lassen, ist, dass man sie eine Weile lang *aushalten* muss. Bis das Gefühl nachlässt, spürt man eine Weile unangenehme Empfindungen. Ein Beispiel mag das erläutern.

Zwei finden sich sympathisch und verabreden ein Telefonat am nächsten Tag. Der Mann wartet allerdings vergeblich auf ihren Anruf. Je weiter der Stundenzeiger auf der Uhr vorrückt, desto stärkere Emotionen bauen sich bei ihm auf. Er wird erst ärgerlich, dann wütend, dann empfindet er Enttäuschung. Am liebsten würde er die Frau anrufen und sich Luft machen. Da er sich entscheidet, das nicht zu tun, muss er einiges aushalten. Zuerst seinen Ärger, der nach einer halben Stunde in Enttäuschung übergeht. Nach einer weiteren Stunde wird ihm klar, dass er sich abgelehnt fühlt, was ihn schmerzt. Erst am nächsten Tag sind seine Gefühle so weit abgekühlt, dass er sich zu einem offenen Kontakt in der Lage fühlt.

Er ruft die Frau an und es stellt sich heraus: Sie hat ihr Handy in der Firma liegen lassen. Da sie unterwegs war, konnte sie nicht an ihren Computer, um ihm eine E-Mail zu schreiben. Er - inzwischen abgekühlt - sagt in scherzhaftem Ton: *„Ich dachte schon, du willst nichts weiter mit mir zu tun haben".* Sie sagt: *„Nein, im Gegenteil."* Die beiden verabreden sich zu einem neuen Date.

In jeder Begegnung zwischen potentiellen Partnern ergeben sich unvermeidbar Irritationen. Manche davon kann man leicht übergehen, andere provozieren Wallungen. Aber es ist die eigene Wallung, die man aushalten muss. Der andere hat sie nicht verursacht, er hat sie lediglich ausgelöst. Wer in einem solchen Fall keine voreiligen Entscheidungen trifft und mit Reaktionen wartet, bis sich seine Emotion beruhigt hat, kann den Kontakt erneut aufnehmen und die Werkzeuge der intelligenten Dummheit und der Bedeutungsforschung weiter anwenden.

So wie es ein Zeichen von mentaler Intelligenz ist, seine eigenen Bewertungen wahrzunehmen und infrage zu stellen, ist es ein Zeichen emotionaler Intelligenz, ein Gefühl zwar wahrzunehmen, die eigene Reaktion aber nicht von ihm bestimmen zu lassen.

Der andere mag eine schwer zu ertragende Emotion auslösen, aber auch hierbei gilt, dass man selbst an dem Verlauf beteiligt war, den das Gespräch oder der Kontakt genommen hat. Wie, das stellt sich meist erst später heraus, wenn der Kopf wieder klar ist.

Ein Beispiel für gelungene Bedeutungsforschung und Kontakthalten trägt eine Testleserin bei. Sie schreibt:

„Ich bin seit ca. einem Monat mit einem Mann in Kontakt, und ich merke, dass ich dazu neige, meine negativen Erfahrungen, die ich mit anderen Männern gesammelt habe, auf ihn zu projizieren. Wir waren gestern Abend eigentlich verabredet, ich hatte aber seit ein paar Tagen nichts mehr von ihm gehört. Gestern habe ich dann freundlich (Gott sei Dank!!) nachgefragt ob es beim Treffen bleibt. Er schickte mir dann eine Nachricht, in dem er sich entschuldigte, dass er sich noch nicht gemeldet hätte, sein Sohn hätte einen Unfall gehabt und läge im Krankenhaus (er ist geschieden und teilt sich das Sorgerecht mit seiner Exfrau). Und ich hatte schon angefangen, ihm Desinteresse zu unterstellen. Durch unbedachte Äußerungen kann wirklich jede Beziehung im Keim erstickt werden. Nachfragen, den Kontakt halten und sich aufeinander beziehen ist tatsächlich das A und O in der Kennenlernphase."

Viele Singles denken, es sollte gerade am Anfang nicht zu Irritationen kommen. Wer hingegen nicht blauäugig in Begegnungen hinein geht, sondern mit Irritationen und Störungen rechnet und trotzdem im Bezug bleibt, hat die Chance, eine Begegnung vom oberflächlichen Kontakt in die Tiefe zu lenken.

Gerade schwierige Momente bieten dafür gute Gelegenheiten. Dabei ist es egal, ob man selbst oder der potentielle Partner „ins Fettnäpfchen" getreten ist. Dazu ein Beispiel.

In einem Gesprächsteil über Musiker macht ein Mann

beim ersten Treffen folgende Bemerkung: *„Mariah Carey ist ganz schön moppelig geworden.“* Die Frau wird ärgerlich und der Mann bemerkt das. Statt sich in eine sinnlose Diskussion darüber zu verstricken, ob die Sängerin moppelig ist oder nicht, bleibt er neugierig und fragt, ob sie sich an der Bemerkung stört. Er erfährt: Obwohl sie selbst schlank ist, ärgert sie sich darüber, dass Frauen anhand von Äußerlichkeiten beurteilt werden. Der Mann nutzt die Gelegenheit, das Gespräch in die Tiefe zu führen. Er fragt: *„Das ist je ein spannendes Thema, Männer und Frauen. Darf ich dich was fragen? Was müsste ich tun oder sagen, um dich richtig wütend zu machen? Du kannst mich auch gern fragen, was mich fuchsig machen würde.“*

Im weiteren Gespräch erzählen sich die beiden von ihren Eigenarten und von ihren empfindlichen Punkten und sprechen über ihre Vorurteile dem anderen Geschlecht gegenüber. Dadurch lernen sie sich näher kennen.

Das Beispiel zeigt: Interesse an dem, was irritiert oder schwierig wird, kann den Weg in einen tieferen, persönlicheren Bezug öffnen.

Sich beziehen 2

Nach dem bisher Gesagten befindet sich ein suchender Single etwa an folgendem Punkt: Ein Kontakt ist da, es kommt zu Treffen, man stellt fest, aneinander interessiert zu sein, man ist bereit, mehr vom anderen zu erfahren und Kontakt zu halten, auch wenn ein hitziges Gefühl einmal darauf drängt, sich vom potentiellen Partner abzuwenden oder wenn Störungen und Irritationen auftauchen.

Es geht im Weiteren nun darum, sich auf einer tieferen Ebene aufeinander zu beziehen. Dazu muss die horizontale Ebene der Kommunikation - die Oberflächlichkeit beim Austausch - verlassen werden, um in eine tiefere, vertikale Ebene des Austauschs - in persönlichen Kontakt - zu gelangen. Der Bezug soll allgemeine Themen und unverbindliche Aussagen vermeiden und statt dessen auf sehr persönliche Mitteilungen hinauslaufen.

> Mit anderen Worten: Es geht einerseits um das „Sich-zeigen", andererseits um das „Sich-zuwenden" bezüglich der wesentlichen Themen, die jeden bewegen.

Im Grunde genommen erfordert die kommunikative Suche nach Passung das Gleiche, was in einer bestehenden Paarbeziehung benötigt wird: gegenseitige Öffnung und Zuwendung. Sicherlich können potentielle Partner nicht in der gleichen Intensität und Dichte kommunizieren, in der sich liebende Partner das tun, aber sie können aufschlussreiche Ausflüge in die Tiefe ihrer Ansichten, Sehnsüchte, Ängste und Hoffnungen unternehmen.

Wie steigt man in eine höchstpersönliche Kommunikation ein? Entweder, indem man von sich erzählt (sich mehr zeigt) oder indem man den anderen intensiver befragt (sich ihm zuwendet). Das lässt sich an Beispielen nur schwer veranschaulichen, daher gebe ich hier einige thematische Anregungen für diese beiden Möglichkeiten, sich näher kennenzulernen. Diese Anregungen sind als Anregungen und nicht als Gesprächsvorlagen zu verstehen.

Sich zuwenden durch Fragen

- Frage dein Gegenüber, was andere über ihn erzählen, was sie gut oder schwierig an ihm finden.
- Frage dein Gegenüber, womit man ihm eine Freude machen kann.
- Frage dein Gegenüber, was glaubt, einem Partner bieten zu können.
- Frage dein Gegenüber, was er von einem Partner erwartet und wovor er sich in einer Beziehung fürchten würde.
- Frage dein Gegenüber, mit welchem Verhalten du ihn verletzen würdest.
- Frage, wie ein Partner sein oder was er tun müsste, damit er für ihn nicht infrage kommt.
- Frag dein Gegenüber, was er ändern würde, wenn er etwas an seiner Kindheit ändern könnte.
- Frage dein Gegenüber, worauf er stolz ist.
- Frage ihn nach den schönen und auch den schlimmen Erlebnissen seines Lebens.
- Frage, für welchen Teil seines Lebens er dankbar ist.
- Frage ihn, was er an seinem Leben ändern würde, was er gern erleben würde, wenn er nur noch ein Jahr zu leben hätte.

Sich zeigen durch Erzählen

- Sag deinem Gegenüber, worauf es dir im jetzigen Kontakt mit ihm ankommt.
- Sag deinem Gegenüber, was dir gerade schwerfällt.
- Sag deinem Gegenüber, was dir spontan an seinem Äußeren gefällt.

- Sag deinem Gegenüber, vor welchen Verletzungen du dich fürchtest.
- Sag deinem Gegenüber, wofür andere dich kritisieren.
- Sag deinem Gegenüber, was du an seinem Wesen magst.
- Sag deinem Gegenüber, womit man dir eine Freude machen kann.
- Erzähle, wovon du schon lange träumst und warum du es bisher nicht getan hast.
- Erzähle, welche Eigenschaften du hast und welche du gern hinzugewinnen würdest.
- Erzähle deinem Gegenüber ein persönliches Problem von dir und frag ihn, wie er damit umgehen würde.

Aus der Praxis meiner Singleberatung weiß ich, dass eine solche, persönliche Kommunikation oft vermieden wird. Man befürchtet, dem anderen zu nahe zu treten. Dabei geht es genau darum, sich zu zeigen und sich zu interessieren.

Jede dieser Offenbarungen und Zuwendungen bietet Gelegenheit, sich in einer Tiefe wechselseitig aufeinander zu beziehen, die über alltägliche Kommunikation hinausgeht und die aufschlussreich sein kann. Schauen wir uns dazu zwei Beispiele an. Eines aus dem Feld der Offenbarung, eines aus dem Feld der Zuwendung.

- **Sich zuwenden**:
  - Frag Dein Gegenüber, was er einem Partner (nicht dir!) bieten kann.
  Beispielsweise erfährst Du, ob der andere persönliche Eigenschaften aufzählt oder ob er mit seinen Besitztümern Punkte sammeln will.

  - Frag Dein Gegenüber, worauf er stolz ist.
  Beispielsweise erfährst Du, worauf jemand Wert legt und wofür er sich engagiert.

- **Sich zeigen:**
  - Sag Deinem Gegenüber, worauf es dir im konkreten, jetzigen Kontakt mit ihm ankommt.
  Beispielsweise sagst Du: *„Du kannst mich alles Mögliche fragen, wenn mir etwas zu persönlich wird, sage ich es."*

  - Sag Deinem Gegenüber, was Dir schwerfällt.
  Beispielsweise sagst du: *„Ich finde solche Situationen, wenn man einem Fremden von sich erzählt, nicht leicht. Ich bin da eher schüchtern und zurückhaltend."*

Bei den obigen Anregungen geht es nicht darum, sich bis ins kleinste Detail über das jeweilige Thema auszutauschen. Es geht darum, einen Zugang zu tieferen Themen zu bieten und zu suchen, schließlich soll der Bezug aufeinander so nah wie möglich an den jeweiligen Personen liegen und nicht auf unverbindlichen Flirt oder belanglose Selbstinszenierung beschränkt bleiben.

Allerdings sollte man eine derart intime Kommunikation als Angebot formulieren. Beispielsweise kann man fragen, ob es für den anderen in Ordnung ist, sich über dieses oder jenes persönliche Thema auszutauschen.

Natürlich tauchen, wie schon erwähnt, im Laufe eines sehr persönlichen Austauschs auch Irritationen und Störungen auf. Gerade dann geht es darum, sich nicht an die glatte Oberfläche der Kommunikation in einen unverbindlichen Small-Talk zu retten. Small-Talk ist ein Flirt-Luxus, den sich nicht jeder leisten kann, am wenigsten ein dauerhaft suchender Single. Viel zu sagen, ohne etwas zu sagen, das ist den Unschuldigen vorbehalten, denjenigen, die noch im Besitz der „Gnade der Blindheit" sind und die Irritationen meiden oder sie problemlos übergehen können.

Dauerhaft suchende Singles können Störendes nicht gut ignorieren, sie fokussieren sich sogar darauf. Daher sind sie darauf angewiesen, es in ihre Kommunikation zu integrieren, um mehr darüber zu erfahren, was eine störende Wahrnehmung bedeutet. Irritationen können durchaus von Vorteil sein, denn was immer stört, lässt sich zur Vertiefung des persönlichen Bezuges nutzen, vorausgesetzt, es bleibt bei ehrlichem Interesse und echter Neugier füreinander.

- Du rauchst? Wie stellst du dir das Leben mit einem Nichtraucher vor?

- Du kannst dir nicht vorstellen, Kinder zu haben? Was schreckt dich an dem Gedanken ab?

- Verstehe, du willst nicht über Persönliches sprechen. Wie stellst du dir vor, jemanden näher kennenzulernen?

Man muss keinen Bogen um Irritationen herum schlagen. Es ist meist sehr viel aufschlussreicher, sie aufzugreifen und zum Thema zu machen. Dazu ein Beispiel.

Eine Frau lernt einen attraktiven Mann kennen, sie treffen sich mehrmals zu kurzen Dates, die jeweils in der Woche stattfinden, weil der Mann sagt, am Wochenende „gerade" wenig Zeit zu haben. Im Gespräch erfährt die Frau, dass er gern und viel Sport treibt. Sein großes Ziel besteht darin, an einem Ironman-Wettbewerb teilzunehmen. An diesem Punkt ist die Frau irritiert. Sie fragt sich, ob er überhaupt Zeit für eine Beziehung hat und fragt ihn:

„Hast du nur ab und zu am Wochenende keine Zeit oder ist das immer so?"

„Das ist meistens so, weil ich so viel trainiere"

„Klar, für einen Ironman muss man hart trainieren. Wie viele Stunden trainierst du so in der Woche?"

„Ich habe einen festen Plan. Jeden zweiten Tag zwei Stunden abends, samstags und sonntags jeweils vier Stunden."

„Und wann hast du Zeit für eine Beziehung?"

Jetzt ist der Mann irritiert. Dann erzählt er, wie er sich

eine Beziehung vorstellt und die Frau erfährt, dass er viel Wert auf sein eigenes Leben legt und sich niemals vorstellen könnte, seinen Sport aufzugeben oder gar einzuschränken.

An solch einem Punkt ist Verschiedenes möglich. Entweder trifft so ein Mann auf eine Frau, die ebenfalls viel Wert auf ein eigenes Leben - also ein Leben unabhängig vom Partner - legt, dann kann sich eine Zuneigung ergeben. Oder er trifft auf eine Frau wie in diesem Beispiel. Bei ihr löste sich die anfängliche Sympathie auf, sie neigte sich innerlich von ihm weg. Nachdem sie ihm mitteilte, sie könne sich nicht vorstellen, in einer Beziehung im Grunde jedes Wochenende ohne ihren Partner zu verbringen, waren sich beide einig, nicht besonders gut zueinanderzupassen.

Zuneigung oder Abneigung?

Jeder suchende Single möchte einen Partner finden, mit dem es passt. Selbstverständlich geht es auch bei der kommunikativen Partnersuche darum, festzustellen, ob sich Zuneigung oder Abneigung ergeben. Der Unterschied zur strategischen Partnersuche besteht in der Bereitschaft und der Offenheit, in die innere Welt *des Anderen* einzutauchen und ihm Einblicke in die eigene innere Welt zu gewähren. Nur so kann vermieden werden, dass der Eindruck „passt nicht *zu mir*" aufgrund zu schneller und zu oberflächlicher Vorgehensweise entsteht. Wenn sich dann Abneigung ergibt, hat das nicht einer zu verantworten, sondern immer beide.

Kein Partner passt „zu mir". Entweder passen „wir" zueinander oder nicht.

Das „Ich" ist schnell. Es urteilt selbstbezogen im stillen Kämmerchen und übersieht seine Beteiligung am Verlauf eines Kontaktes nur allzu gern. Festzustellen, ob „wir" zueinanderpassen erfordert, den eigenen Anteil an der fehlenden Passung zu sehen und einzugestehen.

Aussortieren durch Ich-sein

Nochmals betone ich: Natürlich muss es einen Weg geben, Partner auszusortieren. Diesen Weg gibt es auch bei der kommunikativen Partnersuche. Er besteht allerdings nicht darin, den Anderen abzuchecken, sondern darin, sich selbst als der zu zeigen, der man ist.

Die einfachste und beste Art und Weise, unpassende Partner auszusortieren, besteht schlicht und einfach darin, im Kontakt „Ich-selbst" zu sein.

Die Werkzeuge der kommunikativen Suche - Intelligente Dummheit, Bedeutungsforschung und Kontakthalten - geben jeder Seite ausreichend Gelegenheit, sich zu zeigen und im Kontakt authentisch zu sein. Zu zeigen, wer man ist, wie man denkt, was man für wichtig hält, ob man auf den Anderen eingehen kann, welche Sehnsüchte man hat, welche Erwartungen unverzichtbar scheinen etc.

Hierzu wendet eine Testleserin ein: „*Wenn man sich zeigt, kann aber auch festzustellen, nicht gewollt zu sein. Ich habe oft den Eindruck, andere zu verschrecken oder zu überanstrengen, wenn ich mich zeige, weswegen ich mich oft zurückhalte.*"

Meine Antwort: Ja, und es ist völlig in Ordnung, dass mich nicht jeder mag. Was sollte ich auch mit jemandem anfangen, der mich nicht will? Eine andere Sache ist, ob ich mich dem anderen überstülpe und er dabei untergeht. Bezug ist ein gegenseitiger Vorgang.

Wer sich zeigt, wie er ist, von dem wenden sich diejenigen ab, die nicht mit ihm können und es wenden sich ihm diejenigen zu, die an ihm interessiert sind.

Wenn man sich zeigt, geschieht das Aussortieren ganz von selbst, weil es nicht „entschieden" wird, sondern weil es „sich ergibt."

Sollte man den Kontakt mit einem potentiellen Partner abbrechen, wäre es daher falsch zu sagen, dass der andere nicht „zu mir" passt. Aber es ergibt durchaus Sinn, zu dem Schluss zu kommen, dass *wir* nicht miteinander können, dass das, was *uns* gelingt, *mir* nicht reicht.

Nun stellt sich lediglich die Frage, wie lange man zu einem potentiellen Partner Kontakt halten und sich auf ihn beziehen soll. Das lässt sich natürlich nicht pauschal beantworten.

Als Faustregel für das Kontakthalten biete ich folgenden Hinweis an: Halte Kontakt, bis du keine Lust und vor allem *keine Bereitschaft* mehr hast, vom anderen mehr zu erfahren.

Die Bereitschaft zum Kontakt schwindet gewöhnlich, wenn sich trotz näherer Bedeutungsforschung keine emotionale Bindung einstellt; und natürlich erst recht, wenn sich gerade aufgrund gründlicher Bedeutungsforschung eine bleibende emotionale Ablehnung ergibt.

Ist eine Entscheidung dagegen gefallen, sich weiter miteinander einzulassen, geht es nicht darum, jetzt endlich „den Richtigen" zu finden, sondern schlicht und einfach darum, weitere Begegnungen zu suchen und am „Projekt Begegnungen herstellen" dranzubleiben.

Begegnungen suchen

Mein erstes Singlebuch trägt den Untertitel: „Wie man einen Partner findet, ohne ihn zu suchen." Die Antwort hierauf lautet, in einem Satz zusammengefasst: indem man keinen Partner sucht, sondern Begegnungen!

Es kann nicht darum gehen, eine Beziehung zu suchen. Beziehungen liegen nirgends herum, man stolpert nicht darüber und man bekommt sie nicht ins Haus geliefert. Es kann auch nicht darum gehen, den „richtigen" Partner zu finden, weil nirgends das perfekte Gegenstück zur eigenen Persönlichkeit herumläuft.

Es kann nur darum gehen, eine Beziehung *aufzubauen*. Dieser Prozess fängt mit einer Begegnung an. Was es also tatsächlich braucht, um einen Partner zu finden, ist allem voran die Bereitschaft zu Begegnungen und ein langer Atem, Begegnungen zu halten.

Zum Thema Begegnungen schreibt eine Testleserin:
„Begegnungen zu finden ist meines Erachtens eine gar nicht so leichte Sache, vor allem, wenn man berufstätig ist in einem Bereich, wo keine potentiellen Partner aufwarten, der Freundeskreis zwar aus Herzensfreunden besteht, die aber allesamt gebunden sind."

Meine Antwort: Ja, das mag stimmen. Aber es führt kein Weg daran vorbei, dass Begegnungen gesucht und hergestellt werden müssen. Auch wenn man nicht planen kann, einen Partner zu finden, Begegnungen lassen sich auf jeden Fall planen.

Begegnungen lassen sich strategisch herbeiführen. Man kann sich die Begegnungsplanung als regelrechtes Projekt verschreiben, man kann sehen, wie andere das tun, man kann herausfinden, wo andere sich begegnen. Ob im Internet, über Apps, auf Single-Reisen, beim Speed-Dating, beim Geburtstag von Freunden, in kulturellen Veranstaltungen, beim Tanzen, im Sport - ganz gleich wo.

Mit einer Begegnung ist allerdings kein bloßes Treffen, kein schlichtes Date gemeint. Vor allem keines, in dem ein potentieller Partner nach dem Motto „passt zu mir" bewertet wird. Es kommt vielmehr darauf an, anderen auf *persönlicher Ebene* zu begegnen. Es kommt darauf an, möglichst wenig flach (= horizontal) und möglichst intensiv tief (= vertikal) zu kommunizieren.

Flache und tiefe Kommunikation

Vertikale Kommunikation beruht auf den Fähigkeiten, sich dem anderen zu offenbaren und sich ihm zuzuwenden, also der Fähigkeit, in die Tiefe zu gehen. Diese Fähigkeiten sind unerlässlich, wenn eine Begegnung persönlich sein soll, und in einer späteren Beziehung bleiben sie unerlässlich, wenn die Beziehung von Dauer sein soll.

Beziehungen ergeben sich aus emotionalen Bindungen, und weil sich Gefühle nicht planen lassen, können auch Beziehungen nicht geplant werden. Selbst wenn alle äußeren Parameter stimmen, wenn Aussehen, Status, Interessen und Werte zueinanderpassen, so wie das aufgrund der Matchingkriterien einer strategischen Suche der Fall sein mag, stellt sich längst keine emotionale Bindung ein.

Aber dauerhaft suchende Singles treffen immer wieder auf ein Gegenüber, für das sie Interesse und Sympathie empfinden. Dann kommt es darauf an, sich intensiver zu begegnen, als das in vielen Dates normalerweise der Fall ist. Wenn die Instrumente einer kommunikativen Suche angewendet werden, ergeben sich Zuneigung oder Abneigung aufgrund persönlichen Bezuges.

Zum Thema Kommunikation bemerkt ein Testleser: *„Herr Mary, nehmen wir diesen Fall an: Man weiß schon sehr viel über die Person, bevor man sie zum ersten Mal sieht, weil man schon eine ganze Weile hin- und*

*herschreibt. Dieser virtuelle Austausch kann dabei sehr
"vertikal" geführt werden, sehr offen und persönlich. Gerade die Distanz im virtuellen Raum schafft auf eine eigene Weise Intimität, Offenheit und Zuwendung. Sogar
am Telefon kann sich der Kontakt weiterentwickeln, fühlt
sich gut und spannend an. Erst an diesem Punkt macht
man ein erstes Treffen aus - und erkennt plötzlich, da
man sich gegenübersitzt, dass die Sache gar nicht mehr
funktioniert."*

Meine Antwort: In einem solchen Fall ist eine persönliche Begegnung hinausgeschoben worden, die online ge-
führte vertikale Kommunikation lässt viel Raum für Fan-
tasien und Idealisierungen. Dabei werden Faktoren wie
Aussehen, Geruch usw. ausgeblendet, aber auch Gestik,
Mimik und Körperhaltungen. Die vertikale Kommunikation ist eingeschränkt und kann Gefühle hervorrufen, die
sich aus eigenen Sehnsüchten speisen und die dem Kontakt nicht standhalten.

Aus diesem Grund empfehle ich, nicht lange zu telefonieren oder zu mailen, sondern Fotos auszutauschen und, wenn
dann noch Interesse vorhanden ist, möglichst früh ein Treffen von Angesicht zu Angesicht zu vereinbaren.

Gute Begegnungen

Eine Beziehung kann man nicht suchen, aber man kann
Begegnungen suchen. Damit dieses Projekt nicht langweilig
wird und sich selbst trägt, sollte man dafür sorgen, dass
möglichst alle Begegnungen *gute* Begegnungen sind.

Das Kriterium für eine gute Begegnung ist nicht deren Ergebnis - ob man sich letztlich zuneigt oder voneinander ab-
neigt - sondern ob sie interessant war, ob man darin einen
Menschen näher kennengelernt und sich in ihn hinein versetzt hat. Das Ziel besteht darin, jede Begegnung zu einer interessanten Begegnung zu machen, indem man sich für die
Andersartigkeit des anderen interessiert. Dafür kann man

sorgen.

Zwei treffen sich zu einem ersten Date. Dabei stellt sich heraus, dass der Mann eine tradierte Beziehung sucht. Er wünscht sich eine Frau im Haus, er sorgt für das Geld. Die Frau ist davon nicht begeistert, für sie steht fest, dass eine solche Beziehung nicht infrage kommt. Trotzdem beendet sie das Date nicht, sondern interessiert sich für die Beweggründe des Mannes. Die beiden unterhalten sich zwei Stunden lang angeregt, dann gehen sie auseinander. Keiner sagt anschließend vom anderen, der sei „daneben" oder gar „bescheuert". Jeder geht mit dem Eindruck, der andere sei schlicht anders und habe seine individuellen Gründe dafür.

Das Beispiel zeigt: Auch wenn es nicht passt, kann es eine interessante Begegnung gewesen sein. Zudem eine, in der man „sich beziehen" praktiziert und eingeübt hat. Dafür kann man sorgen.

An dieser Stelle erhebt eine Testleserin einen Einwand: *„Was, wenn man alles beherzigt in Sachen Kommunikation und „sich beziehen". Wenn aus den Dates tolle Begegnungen, Bekanntschaften und teilweise Freundschaften werden, aber es funkt einfach nicht? Das hat mich jahrelang in die Verzweiflung getrieben - und viele meiner langjährigen Single-Freundinnen auch. Oder es funkt, und der Mann ist heimlich verheiratet und man bleibt wieder als Single zurück."*

Meine Antwort: Wenn es bei denen, die zu haben sind, nicht funkt, aber bei denen, die nicht zu haben sind, funkt es, dann steht dahinter womöglich ein Phänomen, das ich „verschlossene Tür" nenne. Dieses Phänomen habe ich im 1. Band im Abschnitt „Einwände und Hinweise" näher beschrieben. Zum Thema habe ich zudem ein kostenloses Video (michaelmary.de/videos/012.mp4) im Netz.

Begegnungen zu suchen ist ein Abenteuer und auf alle Fälle leichter, als eine Beziehung zu suchen. Es ist auch weniger frustrierend, eine interessante Begegnung hinter sich zu lassen als einen erneut gescheiterten Versuch, „den Richtigen" zu finden.

Lesen Sie zum Ende dieses Abschnitts die Schilderung einer der Testleserinnen dieses Bandes. Die Frau schreibt: „*Meine langjährige und sehr unglücklich durchlebte und erlebte Single-Strähne endete plötzlich, als ich anfing, mein übliches Beuteschema zu ignorieren und mich deswegen auf einen Mann eingelassen habe, der weder optisch noch in sonstiger Hinsicht in mein Beuteschema passte. In genau diesem Moment hatte ich das große zufällige Glück, einen wunderbaren Menschen kennenzulernen. Inzwischen sind wir seit sieben Jahren zusammen.*

Als wir in einer Kneipe ins Gespräch kamen, hatte ich mir gerade ein paar Wochen vorher vorgenommen, nicht mehr länger auf der Suche zu sein. Ich hatte festgestellt, dass es mir auch ohne Mann und Beziehung ganz gut geht. Das hat mich viel lockerer gemacht, als in den Phasen, in denen ich intensiv Ausschau gehalten habe. Da ich nicht mehr unbedingt einen Mann finden wollte, konnte ich mit diesem Mann ins Gespräch kommen. Ich habe nicht gescannt, ob er der Richtige sein könnte. Und daraus hat sich dann eine Situation entwickelt, in der wir angefangen haben, uns für einander zu interessieren.

Heute ist mir klar, dass mein Beuteschema auch in die Abteilung „Schnellgericht" gehört. Und ich würde heute sagen, dass Beuteschemata meist rein oberflächlich und höchst kontraproduktiv sind. Dazu fällt mir eine Freundin von mir ein, die auf der Suche nach dem Traummann ständig neue Männer kennenlernt. Wenn sich dann etwas zwischen ihr und einem Mann entwickelt, ist sie völlig aus dem Häuschen und sagt regelmäßig: „Der macht einfach alles richtig." Das geht so lange gut, bis der neue

*Mann irgendwas falsch macht - weil es nicht das ist, was
ihren Vorstellungen von richtig und falsch entspricht.
Dann ist er ganz schnell weg vom Fenster ist. Bis zum
nächsten Mann, der auch erst wieder alles richtig macht
bis ... die Schleife ist endlos. "*

Begegnungen statt Beziehungen zu suchen entspannt und
macht gelassener. Man lernt dabei vielleicht merkwürdige
Menschen kennen, aber auch sie sind interessant. Ein Beuteschema gehört in den Bereich der Checklisten, es legt fest
und schließt Türen, während Offenheit womöglich Türen
öffnet.

Nebenbei: In meine Beratung kommen immer wieder
Menschen, die ich auf den ersten Blick merkwürdig finde.
Wenn ich mich ihnen dann nähere, was zum meiner Aufgabe
gehört, löst sich jeder befremdliche Eindruck auf; die Menschen werden sympathisch, ihre Eigenarten werden nachvollziehbar, ihre Situation wird verständlich, kurzum, die
Menschen werden interessant.

Wer Begegnungen sucht, wer darin die Tiefe sucht, wer
weder Schnellgerichte noch Beuteschemata anwendet, der
weckt früher oder später das Interesse von jemand oder findet jemanden interessant.

Was aber tun und was lassen, wenn man jemandem näher
kommt? Wenn sich aus anfänglicher Sympathie ein erstes
emotionales Band ergibt? Dann kommt es darauf an, so miteinander umzugehen, dass Intimität entstehen und wachsen
kann.

Das ist Thema des 3. Bandes dieser Single-Buchreihe.

Einwände und Hinweise

Zum Ende des 2. Bandes möchte ich mich noch zu einigen Einwänden und Hinweisen äußern, die TestleserInnen erhoben haben und auf die ich im Text nicht eingegangen bin.

Hinweis zu Ansprüchen

„Herr Mary, ich teile sicherlich die Ansicht, dass man die Messlatte nicht so hoch hängen sollte und erstmal in eine Interaktion eintreten sollte. Was mir fehlt, ist, dass oftmals viel zu viel auf das Gegenüber geschaut wird, mit teilweise hohen Ansprüchen, aber übersehen wird, dass im Angebot auf der eigenen Seite nicht so viel steht. Eine realistische Selbsteinschätzung ist da gut und Maßnahmen, die eigene Attraktivität zu erhöhen."

Ja, man sieht den möglichen Partner kritischer als sich selbst. Das hängt damit zusammen, dass das Selbstbild der realen körperlichen Entwicklung hinterherhinkt. Da ist der 110-Kilo-Mann, der eine schlanke Frau sucht, weil er sich immer noch für schlank hält. Oder da ist die sonnenvergerbte Frau, die sich einen knackigen Lover wünscht. Man kann natürlich etwas tun, um für andere attraktiver zu sein, sofern man das möchte. Eine weitere Möglichkeit ist, zehn Minuten nackt vor einem Spiegel zu verbringen, in dem man sich von allen Seiten sehen kann. Die Methode ist zwar ziemlich konfrontativ, aber auch wirksam. Danach kann man sich die Frage beantworten: „Warum will ich einem Partner zumuten, was ich für mich nicht akzeptieren möchte?" Im Ergebnis reduziert man dann vielleicht die Ansprüche an die Attraktivität des anderen.

Hinweis zur Online-Suche

„Herr Mary, ein spannendes Thema ist die Feedbackkultur beim Online-Daten. Ich erlebe da oft entweder das schweigende Zurückziehen oder eine äußerst brutale Ehr-

lichkeit per E-Mail. Mir sind Männer ohnehin suspekt, die in ihren Profilen schreiben: „Ich bin so ehrlich, dass es weh-tut." Aber das unterscheidet das Kennenlernen im Online-dating vom Kennenlernen im realen Leben. Es fängt damit an, dass man eine Produktbeschreibung von sich geben muss, mit der man sich vermarkten kann. Und daher wird beim Onlinedating meistens die Persönlichkeit geschönt, um im virtuellen Haifischbecken bestehen zu können. Wie geht man damit am besten um?"

Die Anonymität des Online-Dating verführt etliche Singles dazu, bei Urteilen und Bewertungen gnadenlos zu sein oder bei der Selbstdarstellung zu lügen. Insofern ist jeder Selbst-beschreibung gegenüber Misstrauen angebracht. Daher ist es nicht sinnvoll, lange E-Mail-Kontakte zu pflegen. Ich emp-fehle, sofort *aktuelle* Fotos auszutauschen und bei Interesse ein Treffen an einem neutralen Ort zu vereinbaren. Für wei-teren Kontakt kann man sich eine kleine Kontakt-Visitenkar-te anfertigen, auf der nur der Vorname und die Handynum-mer steht, also nicht die Adresse. Manche beschaffen sich auch ein Dual-Sim-Handy und nutzen für die Partnersuche eine Prepaid-Karte. So kann man so lange anonym bleiben, bis das nicht mehr nötig ist.

Einwand zum Thema sich beziehen

„Herr Mary, in der Theorie wirkt es sehr überzeugend, was Sie schreiben. In der Praxis, das ist momentan meine Erfahrung, fehlt mir schnell das Maß. Ich benutze Werkzeu-ge, wie Sie es formulieren, die mir fremd sind und mit denen ich kaum Übung habe. Ich habe mich mit einem Mann ge-troffen, den ich schon lange flüchtig kenne. Nachdem wir uns einen sehr intensiven Abend allein getroffen haben, war Funkstille. Da ich selber dazu neige, mich vorschnell zu-rückzuziehen und die Kommunikation zu cutten, mir aber sehr viel an dem Mann liegt, und ich mich ermutigt fühlte durch Ihre Bücher, wollte ich es diesmal anders machen. Ich

bin also mit diesem Mann per E-Mail in Verbindung geblie-
ben und habe in mehreren E-Mails versucht, mich ihm ge-
genüber mitzuteilen. Da ich recht introvertiert bin, hat kaum
etwas in meinem Leben mehr Mut gefordert. Leider schreibt
er mir nicht zurück und mittlerweile schäme ich mich sehr
dafür, dass ich mich gezeigt habe und fühle mich wie ein
Stalker."

Der Punkt ist folgender: Woran machen Sie fest, dass das
neue Werkzeug nicht funktioniert hat? Weil es nicht zu einer
Beziehung führte? Es hat aber funktioniert, nämlich für Sie:
Sie haben ihre Zurückhaltung überwunden und sich gezeigt,
und Sie sollten sich nicht für Ihre Offenheit schämen, sondern dazu stehen. Durch ihren Mut haben Sie eine Gewiss-
heit gefunden, nämlich dass dieser Mann sich nicht auf Sie
bezieht. Ob der Mann sich meldet oder nicht, ist nicht wichtig. Wichtig ist, dass Sie sich nicht entmutigen und weiterhin
zeigen. Irgendein Mann wird genau darauf positiv reagieren.
Dass Sie sich wie ein Stalker fühlen, hat wohl damit zu tun,
dass Sie ihn wiederholt kontaktiert haben - offenbar öfter,
als es Ihnen entsprach.

Selbstbeobachtung

Welches sind mögliche Konsequenzen aus diesem 2. Band der Single-Reihe? Wenn Sie mögen, beschäftigen Sie sich mit den folgenden Fragen und führen Sie eine Art „Partner-suche-Tagebuch", in das Sie stets aktuelle Notizen schreiben. Wenn Sie das Tagebuch regelmäßig führen, können Ihnen mit der Zeit Reaktions-Muster auffallen, denen Sie bei der Partnersuche unbewusst folgen.

Beispielsweise kann jemand entdecken, welche still-schweigenden Erwartungen er hat, etwa im Sinne von: „Der andere muss wissen, was ich fühle". Oder man stellt fest, sich in allen Treffen mit möglichen Partnern schnell ange-griffen zu fühlen. Oder man findet den Punkt, an dem man immer wieder Begegnungen abbricht.

Vor einem Date

- Mit welchen Erwartungen gehe ich in die Verabredung?

- Welche Befürchtungen habe ich in Bezug auf das Tref-fen?

- Welche Meinungen und (Vor-)Urteile habe ich mir über den Anderen bereits gebildet?

- Was nehme ich mir für das Date vor?

Nach einem Date

- Welche meiner Erwartungen haben sich nachteilig auf den Kontakt ausgewirkt?

- Habe ich meine (Vor-)Urteile bezüglich des Anderen überprüft?

- An welchen Stellen habe ich impulsiv reagiert bzw. über-reagiert?

- An welchen Stellen ist es mir gelungen, neugierig zu sein oder zu bleiben?

- Welche meiner Deutungen haben sich als falsch herausgestellt?

- Konnte ich auch bei Störungen und Irritationen den Kontakt halten?

- Ist es mir gelungen, die Begegnung zu einer interessanten Begegnung zu machen?

- Wenn ich den Kontakt abgebrochen habe oder abbrechen werde: Woran *genau* mache ich das fest?

Zukünftige Dates

- Wenn der Kontakt bestehen bleibt: Was nehme ich mir für das nächste Date konkret vor?

- Wenn es um einen anderen Date-Partner geht: Was werde ich bei einem zukünftigen Treffen anders machen?

Band 3

Was tun,
wenn jemand näher kommt

Pendeln zwischen Zweifel, Frust und Zuversicht

Im 2. Band dieser Reihe habe ich beschrieben, was es bedeutet, sich auf ein Gegenüber *zu beziehen*. Dieser Bezug ist unverzichtbar, da Partner nicht etwa deshalb zusammenpassen, weil sich ihre Persönlichkeiten wie Puzzlestücke zusammenfügen. Passung ist ein Eindruck, der auf Kommunikation beruht, darauf, dass zwei Partner aufeinander eingehen.

Statt auf strategische Weise - wie finde ich den Richtigen - sollte ein Partner deshalb auf kommunikative Weise gesucht werden. Ich habe dazu Instrumente der kommunikativen Partnersuche benannt - Intelligente Dummheit, Bedeutungsforschung und Kontakthalten - und erläutert, wie die Anwendung dieser Werkzeuge zur Gestaltung intimer Begegnungen beiträgt.

Solche sehr persönlichen Begegnungen sollte man suchen, aber es macht keinen Sinn, eine Beziehung zu suchen, das war das Fazit des 2. Bandes. Eine Beziehung findet man nicht, sie muss aufgebaut werden, und wenn das gelingt, dann aus interessanten Begegnungen heraus.

In diesem 3. Band gehe ich nun davon aus, dass sich zwei Singles nach guten Begegnungen näher gekommen sind und erste emotionale Bande zueinander geknüpft haben. Um einander besser kennenzulernen, verabreden sie sich öfter, tauschen sich über ihr Leben, ihre Ziele, ihre Einstellungen, ihre Sehnsüchte etc. aus, sie unternehmen Ausflüge oder gar einen kleinen Urlaub, sie machen vielleicht sexuelle Erfahrungen miteinander. Damit beginnt eine spannende und zugleich spannungsvolle Phase der Annäherung.

Etwas wird vorstellbar

Noch ist keine Beziehung entstanden, aber die Hoffnung darauf und der Gedanke daran, dass „es" mit diesem Partner möglich sein könnte, spielen im Kontakt bereits mit.

Das bedeutungsgeladene und mit Sehnsüchten behaftete Hintergrundthema Beziehung macht die Angelegenheit aufregend, aber auch heikel und gefährlich. Die möglichen Partner begegnen sich spätestens ab jetzt nicht mehr unbefangen. Sobald der Begriff Beziehung gedacht oder gar ausgesprochen wird, tauchen neben dem Schönen, das die beiden miteinander erleben, ganz von selbst verschiedene Komplikationen auf.

Es wird nun eine Weile hin und her gehen, jedenfalls in den meisten Fällen. Nur wenn sich Partner Hals über Kopf verlieben, werden sie anfangs wenig Zweifel erleben. Allerdings tauchen die Differenzen dann später auf. Insofern sind Verliebte anfangs im Vorteil, denn wenn ihre Differenzen auftauchen, hat sich bereits ein emotionales Band gebildet, das einige Spannungen aushält. Singles, die sich meist mit Vorsicht und Misstrauen annähern, haben es dafür später einfacher - falls sie die Phasen wechselnder Zuversicht und Frustration, hoffnungsvoller Nähe und ernüchternder Distanz durchstehen, die üblicherweise vor ihnen liegen.

Es gibt einiges, das man jetzt tun kann, um den Partner in die Flucht zu schlagen oder um sich selbst davon zu überzeugen, dass es mit ihm „doch nicht passt". Zu den hauptsächlichen Fehlern der Annäherung, auf die ich in diesem Band eingehen werde, gehören in erster Linie folgende Verhaltensweisen:

- Den ganzen Koffer auf einmal auszupacken.
- Sich den Partner zurechtbiegen wollen.
- Unverletzt durch verminte Gebiete gelangen zu wollen.
- Sich auf ungeschickte Weise zu schützen.
- Aus Angst vor Tiefe die Intimität verpassen.

Mit Eile lässt sich viel falsch machen. Im Umkehrschluss

bieten Besonnenheit und Ruhe die Chance, Gutes entstehen zu lassen.

Wenn ich im Folgenden also Verhaltensweisen beschreibe, die sich negativ auf den Bezug zueinander auswirken, ergibt sich quasi von selbst, welches Verhalten stattdessen angebracht wäre: Statt Druck ist Gelassenheit angebracht; statt Eile wird Ruhe gebraucht, statt impulsive Reaktionen zu produzieren wird Zeit gebraucht, statt Coolness wird Ehrlichkeit gebraucht, um zwischen Zweifeln, Frust und Zuversicht zu pendeln, bis sich die Dinge klären.

Den ganzen Koffer auspacken

Ein erster Fehler beim Näherkommen lässt sich durch das Bild „Den ganzen Koffer auspacken" illustrieren. Dieses Bild fasst drei problematische Verhaltensweisen in dieser Phase zusammen:

- Erstens werden gleich zu Beginn Ansprüche, die man schon lange mit sich trägt, vor dem Anderen aufgetürmt.

- Zweitens blasen Befürchtungen, die sich bestätigt sehen, zum Rückzug aus dem Kontakt.

- Drittens wird versucht, vom Anderen Bestätigung zu erzwingen.

Schauen wir uns diese Verhaltensweisen - sie werden dauerhaft suchenden Singles bekannt sein, entweder, weil sie diese selbst angewendet haben oder davon betroffen waren - näher an.

Ansprüche auftürmen

Es wundert nicht, dass ein Single, der seit Längerem einen Partner sucht, unerfüllte Erwartungen mit sich trägt. Solche Erwartungen sind wie hungrige Geister, die bisher in Verstecken kauerten, und die sich jetzt, da ein Partner nahe zu sein scheint, herauswagen und auf Erfüllung pochen.

Bei Erwartungen geht es darum, was der potentielle Partner gefälligst oder sehnlichst *tun soll*. Ob man seine Erwartungen offensiv oder stillschweigend präsentiert, ist bei dem Thema nicht so wichtig, ausschlaggebend ist der Druck, der dadurch in einem selbst oder im Anderen entsteht.

Der Haken daran ist: Man erwartet vom Partner an diesem frühen Punkt des Bezuges, dass er sich verhält, als wäre er bereits eine feste Beziehung eingegangen. Das ist aber längst noch nicht der Fall. Es gibt zwar Bezug, aber noch keine Beziehung. Eine Beziehung im Sinne einer verbindlichen Partnerschaft entsteht erst durch das Bekenntnis beider Partner, *zusammen zu sein*, ein Paar zu sein. Bis dahin ist es noch ein weiter Weg. Dennoch schaffen viele Singles es nicht, ihre Erwartungen „an der Leine" zu halten.

Das folgende Beispiel weist auf einen solchen Fall hin. Es stammt aus einer Zuschrift, die mich per E-Mail erreichte. Ich zitiere den Originaltext:

> *„Ich habe zwar derzeit eine Affäre, er trennt sich gerade von seiner bisherigen Partnerin, da er sich von ihr eingeengt fühlt. Doch es will nicht wirklich klappen; er fühlt sich auch von mir eingeengt, wenn ich ihm sage, welche Bedürfnisse ich habe. Er ist sowohl emotional als auch finanziell geizig, erfüllt nicht mal handwerkliche Hilfen, obwohl er immer damit prahlt, wie gut er darin ist. Aus meinem Erleben heraus habe ich ihn keinesfalls von vornherein eingeengt, sondern erst, als ich merkte, dass von ihm nichts kam. Nicht mal Brötchen zum Frühstück hat er mitgebracht oder eine Einladung beim Essen ausgesprochen, alle solche Rechnungen habe ich bezahlt, obwohl er finanziell besser dasteht, geschweige denn Blumen oder sonst eine Aufmerksamkeit. Wenn ich ihm das sage, meint er nur, er könne mich wohl nicht glücklich machen."*

Es ist offensichtlich, dass diese Frau etwas will, das der Mann nicht will, zumindest will er es an diesem Punkt der Entwicklung nicht. Schauen wir ihre Zeilen genau an.

Sie spricht davon, dass etwas „klappen" soll, damit meint sie ihr Vorhaben, den Mann zu einem Beziehungsbekenntnis zu veranlassen. Ihre Zweifel sind deutlich erkennbar: Einerseits hat sie etwas mit ihm, eine Affäre, andererseits „kommt" nicht genug von ihm, weshalb sie zugibt, ihn einzuengen. Wie engt sie ihn ein? Sie spricht davon, ihm ihre Bedürfnisse „zu sagen". Das ist wahrscheinlich verharmlosend ausgedrückt. Ihrem spürbaren Frust und Zorn zufolge

117

wird sie ihn deutlich mit Ansprüchen und Forderungen konfrontieren.

Es lohnt sich, ihre Zeilen mehrfach zu lesen, dann wird ersichtlich, wie stark die Frau das Verhalten des Mannes an ihren drängenden Ansprüchen misst, und wie sie ihn durch ihr Drängen in den Rückzug treibt.

Hinweis: Das ist nicht als Wertung oder Parteinahme zu verstehen, sondern als Beschreibung eines problematischen Vorgangs, an dem der Mann natürlich auch seinen Anteil hat, wie sich noch zeigen wird.

Fordern oder klagen, offensiv oder defensiv drängen - wie Erwartungen mitgeteilt werden, spielt keine Rolle. Fest steht an diesem Punkt des Näherkommens, dass Ansprüche auf Erfüllung bestimmter Erwartungen nicht gerechtfertigt sind, weil die Beziehung das noch nicht hergibt; und wenn man sie dennoch stellt, muss man damit rechnen, frustriert zu werden.

Hinweis: Ich sage nicht, dass man keine Erwartungen haben sollte. Erwartungen hat man, daran lässt sich nichts ändern. Man kann nicht erwartungsfrei eine Beziehung suchen. Ich sage allerdings, dass es keinen einklagbaren Anspruch auf Erfüllung mitgebrachter Erwartungen gibt und dass es daher keinen Sinn macht, sie durchsetzen zu wollen.

Zudem sind Erwartungen einer Beziehung vorgesetzt. Ob sie erhalten bleiben, welche sich auflösen oder verändern, welche sich als verzichtbar oder unverzichtbar erweisen, das hängt von der jeweiligen, ganz konkreten Beziehung ab, und die ist ja noch nicht entstanden.

An dieser Stelle wendet eine Testleserin ein: *„ Interessante Gedanken, aber ab wann sind denn Ansprüche gerechtfertigt, nach zwei Monaten, nach einem halben Jahr? "*

Meine Antwort: Erwartungen sind da, und durch die individuelle Vorgeschichte immer auch irgendwie gerechtfertigt. Deshalb ist es längst nicht gerechtfertigt, dem konkreten Partner gegenüber *Ansprüche* auf deren Erfüllung zu stellen.

Aus Erwartungen einen Anspruch abzuleiten, führt zu Druck und Gegenwehr und oft schon nach kurzer Zeit zum Ende einer beginnenden Beziehung.

So schreibt ein Testleser: *„Wir kannten uns erst zwei Monate, aber sie wollte, dass ich zu ihr ziehe. Ich sollte zeigen, dass ich zu ihr stehe. Wenn ich meine Wohnung aufgebe, würde das zeigen, dass ich mich zu ihr bekenne."*

Befürchtungen vorbeugen

Vielleicht noch stärker als Erwartungen wirken sich in der Phase des Näherkommens Befürchtungen und Ängste aus. Dabei handelt es sich ebenfalls um Erwartungen, allerdings um negative Erwartungen, die mit unangenehmen oder schmerzlichen Empfindungen verbunden sind, weshalb es darum geht, das Befürchtete zu vermeiden. Es geht also darum, was der potentielle Partner *nicht tun soll*.

Ängste sind wie Wächter, die durch ihre Visiere auf das Geschehen starren und beim kleinsten Anzeichen aufspringen und Alarm schlagen. Offenbar bringt der Mann aus dem obigen Beispiel solche Befürchtungen mit in die Begegnungen zu der Frau. Schauen wir uns nochmal an, was sie über ihn sagt:

„Ich habe zwar derzeit eine Affäre, er trennt sich gerade von seiner bisherigen Partnerin, da er sich von ihr eingeengt fühlt. Doch es will nicht wirklich klappen; er fühlt sich auch von mir eingeengt, wenn ich ihm sage, welche Bedürfnisse ich habe ... Wenn ich ihm das sage, meint er nur, es täte ihm leid, er könne mich wohl nicht glücklich machen."

Werfen wir einen Blick auf die Situation des Mannes. Er verlässt gerade eine Beziehung, weil er sich darin bedrängt fühlt, und seine Befürchtung, von Frauen bedrängt zu werden, bestätigt sich in der Affäre zu der Frau. Sie beschreibt ihn als „sowohl emotional als auch finanziell geizig ". Er nimmt keine Stellung zu ihren Vorwürfen, sondern zieht sich aus dem Kontakt, indem er bedauert, sie nicht glücklich machen zu können. Man kann davon ausgehen, dass er sich auf diese defensive Weise vor zu viel Bedrängung und Erwartung schützen will. Das macht er auf die gleiche, ungeschickte Art wie in der Beziehung, aus der er sich gerade löst. Sein Verhalten ist unklar, er flieht vor Auseinandersetzungen und davor, offen Stellung zu beziehen. Zum Thema „Sich auf falsche Weise schützen" komme ich später in diesem Band noch. Halten wir fest, dass der Mann sich zurückhält oder zurückzieht und damit das Drängen der Frau provoziert.

Werden Befürchtungen bestätigt, blasen sie zum Rückzug. Man sagt sich: „Bitte nicht schon wieder, *das* hatte ich bereits" und macht sich bereit, die Tür zum möglichen Partner zu schließen.

Wer seine Befürchtungen eintreffen sieht, tendiert zudem dazu, das Verhalten des Partners zu generalisieren. Dann „ist" die Frau eine „Fordernde" und der Mann ist ein „Nichtgreifbarer". Ihr Verhalten wird ihrer Persönlichkeit zugeschrieben und nicht als Reaktion auf das eigene Verhalten begriffen. Ich möchte daran erinnern, dass jeder Partner am Verhalten des anderen insofern beteiligt ist, dass er es durch eigenes Verhalten auslöst, wie im 2. Band angeführt.

Genau diese Dynamik des gegenseitigen Auslösens von Reaktionen zeigt das Beispiel besonders nachvollziehbar. Die Erwartungen der Frau und die Befürchtungen des Mannes befeuern sich gegenseitig: Je mehr sie drängt, desto mehr mauert er, und je mehr er mauert, desto mehr drängt sie. [5]Die Fordernde bringt den Nichtgreifbaren hervor, und der Nichtgreifbare die Fordernde. Aus dieser Affäre wird schwerlich eine Beziehung entstehen, es sei denn, die Partner bekommen die Kurve.

Wenn Befürchtungen überhandnehmen, geht bereits an diesem frühen Punkt des Näherkommens der Bezug aufeinander verloren. Statt am Erleben des Anderen interessiert zu sein und zu bleiben - ohne sich dem anzupassen - bezieht sich jeder auf mitgebrachte Erwartungen oder Befürchtungen. Also auf sich selbst.

Auf diese Weise kann man sogar das herbeiführen, was man befürchtet. So wie im nächsten Beispiel.

Zwei kommen sich in einem Tango-Kurs näher. Sie machen Ausflüge und haben auch sexuell gute Erlebnisse. Eines Tages erhält er einen Anruf, in dem sie ihm mitteilt, an diesem Abend keine Zeit für den Tanzkurs zu haben. Entgegen seiner Gewohnheit geht er an jenem Abend dennoch ins Tanzstudio. Dort findet er seine potentielle Partnerin beim Tanzen mit einem anderen, sehr viel fortgeschritteneren, Tanzpartner vor. Zwischen den beiden entwickelt sich beim nächsten Treffen folgender Dialog.

„Du musst doch verstehen, dass es für mich viel effektiver ist, mit einem Fortgeschrittenen zu tanzen."

„Ja, das verstehe ich. Aber warum sagst du mir, du hättest keine Zeit. Warum sagst du nicht die Wahrheit?"

„Ach, du hättest mich früher oder später doch sowieso hängen lassen!"

Der Mann begreift, dass sie offenbar generell misstrauisch gegenüber Männern ist und beendet den Kontakt. Er befürchtet, dass eine Beziehung zu dieser Frau äußerst kompliziert und anstrengend werden könnte.

In diesem Fall ist etwas fast Typisches geschehen. Gerade dadurch, dass sich die beiden näher gekommen sind, wurden die Befürchtungen der Frau, irgendwann hängen gelassen zu werden, aktiviert. Sie hat sich auf diesen Fall eingestellt und durch ihren Abbruch „vorgesorgt". Dadurch führte sie eine Reaktion des Mannes herbei, die ihre Befürchtung bestätigte. Sie kann nun mit voller Überzeugung weiter davon ausgehen, „dass Männer einen früher oder später hängen lassen".

Natürlich hätte auch der Mann anders reagieren können. Er hätte sich um die aufkeimende Beziehung bemühen können, wenn er gewollt hätte. Doch dafür war offenbar noch nicht genug Bindung und damit Motivation entstanden.

Bestätigung erzwingen wollen

Neben zu früh betonten Erwartungen und zu stark gewichteten Befürchtungen gehört auch das Erzwingenwollen von Bestätigung zu den Verhaltensweisen, die man in der Phase des Näherkommens besser im Koffer eingepackt lässt.

Nebenbei: Warum sollte man den Koffer nicht gleich ganz, sondern nur Stück für Stück auspacken? Weil in dieser Kontaktphase noch nicht genug emotionale Bindung entstanden ist, um die problematischen Aspekte eines intensiveren Bezuges auszuhalten. Ohne emotionale Bindung fehlt schlicht die Bereitschaft, durch die Zweifel und den Frust dieser frühen Phase hindurchzugehen und sich auseinanderzusetzen.

An dieser Stelle wendet eine Testleserin ein: *„Das kann ich nur schwer zusammenbringen. Einerseits sollen die Partner sich zeigen, dann wieder zurückhalten, weil eventuell nicht genügend emotionale Bindung da ist, um sich auseinanderzusetzen. Die Bereitschaft sich auseinandersetzen zu wollen, gehört doch vom ersten Tag an dazu."*

Meine Antwort: Sich zeigen und Forderungen zu stellen, das sind zwei Paar Schuhe. Sich zeigen bedeutet auch nicht, alles sofort zu zeigen oder vom Partner Zustimmung dafür zu beanspruchen. Man kann zeigen, was man denkt oder fühlt, ohne daraus Ansprüche zu entwickeln.

Es ist etwas anderes zu sagen: „Ich liebe es, zu reisen" als zu fordern: „Komm mit mir!" oder zu klagen: „Du hängst nur rum!"

Wie sieht es nun aus, wenn Bestätigung erzwungen werden soll? Das kennt jeder aus vorherigen Beziehungen: Es geht ums Recht haben wollen.

Potentielle Partner, die sich näher kommen, tauschen unter anderem auch Meinungen, Einstellungen und ihre Sicht auf die Welt oder ihr alltägliches Erleben miteinander aus. Natürlich werden sie in einigen Punkten - oder sogar in etlichen - *nicht* übereinstimmen. Wenn im Fall einer Meinungsverschiedenheit versucht wird, daraus eine Meinungsgleichheit zu machen, verliert man die innere Welt des Partners - und was sie ihm bedeutet - aus den Augen. Man will schlicht und einfach Recht haben, um sein Selbstwertgefühl zu polieren und um sich anerkannt zu fühlen.

Dabei ist es gleich, worüber eine Meinungsverschiedenheit besteht. Beispielsweise sind sich beide uneinig darüber:

- Welche Kneipe die beste ist, um sich zu treffen,
- in welchem Restaurant es das beste Essen gibt,
- wann man sich zum nächsten Date verabreden soll,
- wer die Schuld trägt, dass ein Treffen geplatzt ist,
- wer gestern etwas mit welchen Worten versprochen hat oder nicht,
- welche Meinung zu welcher Sache schlüssiger ist,
- welches Hobby besser ist,
- welche Politik angebracht wäre,
- wie soziale Entwicklungen zu beurteilen sind,
- und so weiter und so fort.

Der Haken an der Sache ist: Recht haben zu wollen erfordert zwangsläufig, den anderen ins Unrecht zu setzen. Das mag zwar nicht beabsichtigt sein, weil man im Grunde auf

123

Anerkennung aus ist, aber wenn man Bestätigung auf Kosten des potentiellen Partners erzwingen will, geht die Sache nach hinten los.

Zwei Wahrheiten

Bei der Annäherung zweier Personen gilt, ebenso wie in einer möglichen späteren Beziehung, dass es nicht eine Wahrheit, sondern *zwei Wahrheiten* gibt. Es gibt zwei Wahrheiten, weil es zwei Perspektiven gibt, aus denen ein Geschehen heraus wahrgenommen wird. Es gibt zwei Erinnerungen, weil jeder einem anderen Aspekt Bedeutung verleiht. Daran ist nichts zu rütteln, und wer das dennoch tut, der zerrüttet womöglich die beginnende Beziehung.

Wer auch bei Meinungsverschiedenheiten den Bezug zum Partner wahren will, dem bleibt nichts anderes übrig, als dessen Erleben und dessen Sichtweise anzuerkennen, auch wenn ihm das nicht schmeckt. Ihm bleibt frei, darüber im Sinne von: „Interessant, so siehst du das also ..." zu staunen oder sich über die Sichtweise des Anderen im Sinne von: „Ich hätte gedacht, du ..." zu wundern. Aber damit muss es gut sein, sonst treibt man sich mit Rechthaberei gegenseitig in die Distanz.

Wer Recht haben will, macht sich zum Maßstab. Der andere muss mit seinen Bedeutungen aber ebenso in der Beziehung unterkommen. Daher behält die Bedeutungsforschung auch beim Näherkommen ihren hohen Stellenwert. Das Deuten hört nicht auf, und die Notwendigkeit, eigene Eindrücke zu prüfen, wie im 2. Band beschrieben, bleibt weiter bestehen.

Was tun oder lassen?

Wie sollte man mit den Zweifeln und dem Frust umgehen, der durch unerfüllte Erwartungen, aufkommende Befürchtungen oder ausgebliebene Anerkennung entsteht?

Am besten hilft Gelassenheit. Wenn es schwierig wird,

lässt man Zeit vergehen, bis sich die emotionale Aufregung gelegt hat und nimmt dann einen neuen Anlauf, dem möglichen Partner zu begegnen.

Das Pendeln zwischen Zuversicht, Frust und Zweifeln ist natürlich anstrengend. Aber wer hat behauptet, dass es einfach sein würde, jemandem näherzukommen? Das ist selten der Fall, zumindest bei dauerhaft suchenden Singles. Dem Single, dem eine Beziehung als Oase reinen Glücks erscheint, sei zum Trost versichert, dass auch Beziehungspartner von solchen Anstrengungen nicht verschont sind.

Wer es nicht schafft, den Koffer langsam und parallel zur Entwicklung der Beziehung auszupacken, der wird versuchen, sich den Partner zurechtzubiegen.

Den Partner zurechtbiegen wollen

Wir befinden uns nun an folgendem Punkt: Man kommt sich näher, es gibt viele schöne Momente, aber der Partner entspricht nicht allen Vorstellungen und er weckt Befürchtungen. Es gibt einiges an ihm auszusetzen. Er will zu viel oder zu wenig Zeit aufbringen, er legt zu viel Wert auf seine Unabhängigkeit oder will sich Hals über Kopf binden, er hält Distanz oder klammert, er pflegt womöglich merkwürdige Gewohnheiten. Irgendetwas an seinem Verhalten stört.

Der mögliche Partner ist durchaus interessant, und wenn er sich in der einen oder anderen Hinsicht anders verhalten würde, könnte er „der Richtige" sein. Was liegt da näher, als sich den Partner zurechtbiegen zu wollen? Dauerhaft suchende Singles versuchen das oft mit großer Selbstverständlichkeit.

Kehren wir zu dem Beispiel der Frau zurück, die ihrer Enttäuschung über unerfüllte Erwartungen in einer E-Mail an mich Luft machte. Sie schrieb: *„Nicht mal Brötchen zum Frühstück hat er mitgebracht oder eine Einladung beim Essen ausgesprochen ..."* Ihre Empörung über sein Verhalten hat sie ganz sicher nicht nur mir, sondern auch dem Mann mitgeteilt. Mit anderen Worten: Sie hat ihn kritisiert, weil er sich anders als erwartet verhalten hat.

Aus meiner Erfahrung in der Paarberatung wage ich folgende Behauptungen: Sie hat *nicht* mit ihm abgemacht, dass er Brötchen mitbringt. Oder: Sie hat ihm *nicht* gesagt, dass sie sich freuen würde, wenn er zum Frühstück Brötchen mitbringt. Oder: Sie hat *nicht* gesagt, dass sie gern Frühstück macht, falls er die Brötchen dafür mitbringt. Oder: Sie hat Frühstück gemacht und ihm dann *nicht* gesagt, dass weder Brot noch Brötchen da sind, weil sie damit gerechnet hat, dass er welche mitbringt. Diese und andere Verhaltensmöglichkeiten hat sie *nicht* gezeigt.

Sie hat ihn schlicht und einfach kritisiert. Schließlich hätte er von selbst wissen müssen, was sie erwartet, und da er das nicht tat, hat er sich *falsch* verhalten. Die Kritik soll ihm nun zeigen, wie er es besser machen kann. Sie wird ihr Klagen oder Nörgeln zwar nicht als Kritik empfunden haben, der Mann aber ganz bestimmt.

Kritik in der Phase des Näherkommens ist in den meisten Fällen unangebracht. Dabei ist es egal, ob sie subtil, offensiv oder stillschweigend vorgebracht wird. Kritik ist sogar dann daneben, wenn einem das Verhalten des Partners ganz und gar missfällt. Der andere wird Gründe haben, sich so zu verhalten. Man kennt diese Gründe nicht, und man muss sie nicht kennen. Man muss sich das Verhalten des anderen auch nicht gefallen lassen. Es genügt, sich zum Verhalten des Anderen zu verhalten. Belehren und kritisieren sind jedenfalls fehl am Platz.

An dieser Stelle wendet eine Testleserin ein: *„Wie kriegt der andere dann mit, was ich nicht gut finde?"*

Meine Antwort: Es ist ein Unterschied, ob man sagt: „Dieses oder jenes entspricht mir nicht" oder: „Du machst das falsch". Wenn man sagt: „Ich mag es nicht, alleine für das Frühstück zu sorgen" ist das etwas anderes als etwa zu sagen: „Du bist sowas von egoistisch ..." Die Antwort auf die Frage: „Wie kriegt der andere dann mit, was ich nicht gut finde" ist in ihrer Formulierung enthalten. Indem ich sage, was ich nicht gut finde, aber ohne die Schuldzuweisung: Man sagt schlicht, was man an der *eigenen* Situation nicht gut findet.

Zu dem obigen Beispiel erhebt eine weitere Testleserin einen massiven Einwand, den sie durch ein persönliches Erleben untermauert:

„Ich lernte vor vielen Jahren einen interessanten Mann kennen, der aus einer Beziehung kam und mir von Anfang an mitteilte, er brauche seine Freiheit und könne

sich nicht vorstellen, eine Beziehung mit mir einzugehen. Trotzdem bezog er sich häufig auf mich, über ein Jahr in sexueller Hinsicht und darüber hinaus verbrachten wir einen gemeinsamen Urlaub und verbrachten auch Freizeit miteinander. Für mein Gefühl hätte ich mir mehr gemeinsame Zeit gewünscht und ich verbrachte ein Jahr mit Doppelbotschaften. Auf Nähe angesprochen, gab er immer an, dass er sich eigentlich nicht binden wolle, zeigte mir aber auch seine mir verbundene Seite. Ich beschloss ihm die Zeit zu geben, hatte aber immer ein Mangelgefühl. Nach einem Jahr eröffnete er mir, dass eine andere Frau ein Kind von ihm erwartete. Diese Frau hat er kurz darauf geheiratet. Von mir hat er sich mit einer SMS verabschiedet. Eine Möglichkeit sich darüber auszutauschen gab es nicht. Ein Mann, der mir zu Beginn der Beziehung eröffnet, er wolle nicht bedrängt werden oder sei sich nicht sicher, ob er eine Beziehung wolle, man höre und staune, das ist nicht selten, hat bei mir keine Chance mehr auf Verständnis."

Meine Antwort: Hier wird nicht ein Kennenlernen beschrieben, sondern eine über ein Jahr dauernde Beziehung, offenbar eine distanzierte Beziehung. Die Frau hält ihr Mangelgefühl aus und erträgt Doppelbotschaften. Statt so lange auf die von ihr ersehnte Nähe zu warten, wäre es besser gewesen, sich zum Verhalten des Mannes zu verhalten. Etwa in dem Sinne: „Ich will mit dir sein, aber ich fühle mich zu allein, um mich weiter auf dich einzulassen." Sie hätte sich distanzieren können, statt ihn „immer" auf Nähe anzusprechen. Dann hätte sich sehr viel früher gezeigt, wozu der Mann bereit ist.

Sich zum Verhalten des anderen verhalten

Was bedeutet es, sich zum Verhalten des anderen zu verhalten? Es bedeutet, nicht am potentiellen Partner herumzuschrauben, sondern *mit sich selbst zu kommen*.

Es wäre beispielsweise in Ordnung, wenn die Frau aus dem obigen Beispiel sagt: „Ich lade nur Leute zum Frühstück ein, die Brötchen mitbringen." Oder: „Wer mit mir frühstücken will, muss Brötchen mitbringen." So kann sie ihre Haltung klarmachen, ohne den Anderen herabzusetzen.

An dieser Stelle wird ein weiterer Einwand erhoben, diesmal von einem männlichen Testleser: *„Was ist aber, wenn sich die Frau so verhält, wie Sie es vorschlagen? Nehmen wir an, der Mann kommt trotzdem ohne Brötchen - und nun? Wenn die Frau dann meckert, ist es doch ebenso ein Problem für die Annäherung. Ist außerdem die vorherige und ausdrückliche Mitteilung von Erwartungen nicht ebenso ein Versuch des Zurechtbiegens? Es gibt offenbar irgendwo eine Grenzlinie zwischen berechtigter Erwartungsschilderung und Zurechtbiegenwollen; diese Grenzlinie sehe ich in hier nicht deutlich genug."*

Meine Antwort: Eine Mitteilung von Erwartungen stellt keinen Versuch des Zurechtbiegens dar. Wenn man sich beispielsweise zu einem ersten Date verabredet und sagt: „Ich will die ganze Strecke nicht alleine fahren, ich schlage vor, dass wir uns in der Mitte treffen", macht man seinen Standpunkt deutlich. Wenn der andere dazu nicht bereit ist und man ihn deshalb kritisiert, mit dem Ziel, dessen Verhalten im eigenen Sinn zu ändern, dann erst stellt das einen Versuch des Zurechtbiegens dar.

Beim Zurechtbiegen macht man am anderen rum, das beschreibt das Wortbild anschaulich. Der Unterschied besteht darin, ob man eine Erwartung als *eigene* Erwartung kennzeichnet oder sie als Forderung an den anderen richtet; und ob man ihn kritisiert und bedrängt, wenn er die Erwartung nicht erfüllt.

Zudem geht es mir nicht um berechtige oder unberechtigte Erwartungen, sondern um deren Auswirkungen auf den

Kontakt. Eine massive Erwartung zu früh geäußert, kann zum Kontaktabbruch führen. Die gleiche Erwartung später geäußert, kann auf größere Bereitschaft stoßen.

Beispielsweise sagt eine Frau im ersten Date: „Für mich kommt nur ein Partner in Frage, der Kinder will." Wenn der Partner nicht weiß, ob er Kinder will oder nicht, dann würde es ein Versuch des Zurechtbiegens sein, ihn zu kritisieren oder zu belehren, etwa in der Art: „Kinder gehören zu einer wirklichen Liebe dazu, das ist doch völlig normal, du weißt wohl nicht, was Liebe ist" usw.

Kritik ist zu diesem frühen Zeitpunkt meist destruktiv, einen Standpunkt einzunehmen ist hingegen möglich.

Wenn der andere beispielsweise unzuverlässig ist und zu den verabredeten Dates regelmäßig zu spät kommt, ist es unnötig, ihn dafür „auf den Pott zu setzen". Es genügt, wenn man sagt: *„Länger als 15 Minuten warte ich nicht mehr, ich fühle mich sonst wie bestellt und nicht abgeholt."* Nur sollte man sich auch nach seinen Worten verhalten, also beispielsweise nach 15 Minuten mit dem Warten aufhören und tun, was man ohne Verabredung getan hätte. Dann hätte man sich zum Verhalten des anderen verhalten, ohne ihn zu kritisieren.

Vollends unangebracht ist Kritik, wenn sie nicht ein konkretes Verhalten, sondern die Person betrifft. Wenn man den anderen beispielsweise „unzuverlässig", schimpft oder, wie die Frau im obigen Beispiel, ihn als „geizig" bezeichnet. Dadurch wertet man den möglichen Partner als Person ab und nicht bloß sein Verhalten, auch wenn diese Abwertung nicht beabsichtigt sein mag. Werden schließlich sogar Eigenschaften kritisiert, die der andere als zu sich gehörig empfindet, wird Kritik leicht zum Angriff auf die Identität des anderen.

So bezeichnete ein Mann seine potentielle Partnerin, nachdem er ihre Wohnung gesehen hatte, als „zwanghaft sauberkeitssüchtig".

Eine Frau beurteilte das Hobby ihres potentiellen Partners, der Leistungssport betrieb, als „krankhafte Erfolgssucht".

Derartige Angriffe auf das Selbstempfinden lässt sich niemand gefallen. Das Gesagte bedeutet allerdings nicht, dass man einen Partner niemals kritisieren sollte. Kritik lässt sich in einer Beziehung jedoch nur dann konstruktiv anbringen, wenn die Beziehung dem anderen bereits etwas bedeutet. In dem Fall wird er eher bereit sein, darauf einzugehen oder sein Verhalten zu ändern.

Einen (fast) Fremden zu kritisieren macht dagegen kaum Sinn, weil dieser sich nicht gebunden und damit nicht verpflichtet fühlt. Und der mögliche Partner, der näher kommt, ist fast ein Fremder, zumindest ist das Band zu ihm noch zu schwach, um Kritik auszuhalten, die aus Enttäuschung entsteht.

Zudem ruft Kritik in der Annäherungsphase auf der anderen Seite zumeist nicht Selbsterkenntnis, sondern Rechtfertigungsverhalten hervor. Dann entstehen mitunter ermüdende und aufreibende Diskussionen, in denen zwei Egos um die Deutungshoheit kämpfen, darum, wie man sich verhalten sollte oder nicht, was sich gehört oder nicht, was normal ist und was nicht, was knapp oder völlig daneben ist.

Wie sollte man mit unliebsamen Verhaltensweisen des Anderen umgehen, wenn man diese nicht kritisieren soll? Am besten sagt man sich: „Okay - so ist der Betreffende", und fragt sich anschließend: „Wie möchte ich damit umgehen, *dass er so ist?*"

Ein Mann redet auf dem ersten Date fast ununterbrochen. Die Frau sagt nun nicht: „Du quasselst zu viel", sondern sagt ihm: „Ich kann jetzt nichts mehr aufnehmen. Willst du eigentlich auch etwas von mir hören?"

Es gibt zahllose verschiedene Möglichkeiten, sich zum Verhalten des anderen zu verhalten. Sich den Partner zurechtbiegen zu wollen, wirkt sich in jedem Fall nachteilig aus.

Breadcrumbing, Benching, Ghosting

Die Möglichkeit, sich zum Verhalten des anderen zu verhalten, schließt auch problematische Verhaltensweisen des möglichen Partners ein. Moderne Flirt-Taktiken liefern die Stichworte hierzu: Breadcrumbing, Benching und Ghosting.

Breadcrumbing bedeutet „Brotkrümel auswerfen" und meint, dass der Partner einem Hoffnungen macht, sich aber nicht auf eine Begegnung einlässt. Der andere wird dann wiederholt frustriert. Normalerweise erscheint der Krümelverteiler als derjenige, der die Frustration verursacht. Aber wenn man Opfer dieser Flirt-Taktik wird, ist man selbstverständlich daran beteiligt, schlicht deshalb, weil man jeden dahingeworfenen Brotkrümel aufhebt und schluckt. Lässt man sie liegen, ist der Krümelwerfer frustriert, weil seine Taktik nicht aufgeht. Man sollte deshalb herausfinden, was es für einen bedeutet, ausgeworfene Krümel liegen zu lassen oder dem anderen klarzumachen, dass man sich nicht mit Krümeln abspeisen lässt.

Benching bedeutet „auf die lange Bank schieben" und meint, dass der Partner den Kontakt warmhalten will, ohne sich einlassen zu wollen. Das geschieht meist, indem in Abständen ein Kontakt per E-Mail gesucht wird, die geweckten Erwartungen aber nicht eingelöst werden. Auch daran ist man beteiligt, indem man den Kontakt jedes Mal wieder aufnimmt oder immer wieder antwortet. Dazu kann man sich verhalten, beispielsweise, indem man sich und dem anderen klar macht, worauf man sich einlassen will und worauf nicht. Darüber hinaus ist es immer empfehlenswert, einen anderen an seinen Taten und nicht an seinen Worten zu messen.

Ghosting bedeutet, einen Kontakt ohne Ankündigung und Erläuterung abzubrechen, in den meisten Fällen handelte es sich um einen E-Mail-Kontakt. Durch sein plötzliches Verschwinden erweist sich der mögliche Partner als Geist. Eine mögliche Beteiligung hieran wäre, lange und intensiv E-Mail-Kontakt gepflegt und selbst eine persönliche Begegnung vermieden oder nicht darauf bestanden zu haben. Daraus kann man Konsequenzen für die weitere Partnersuche ziehen und auf eine möglichst frühe persönliche Begegnung abzielen.

Sicher ist man vor solchen Flirt-Taktiken nie, aber sicher sind auch Partner nicht, die sich in einer Beziehung aufhalten. Um so wichtiger ist es, sich zum Verhalten des anderen so zu verhalten, dass man mit sich eins ist.

Unverletzt durch
verminte Gebiete gelangen wollen

Ich komme nun zu einem zentralen Thema, das beim Näherkommen eine heikle Rolle spielt. Die Rede ist von Verletzungen.

Verletzungen oder die Angst davor sind für dauerhaft suchende Singles womöglich der Beziehungs-Verhinderungs-Mechanismus Nummer eins. Ich spreche hier von psychischen Verletzungen, nicht von körperlicher Gewalt, um das klar vorauszuschicken.

Dass viele Singles in Hinsicht auf Liebesbeziehungen gebrannte Kinder sind, habe ich erwähnt. Schließlich wurde das Ende jeder vorigen Beziehung von Verletzungen begleitet, egal, wer sich trennte. Entweder beendet man dauerhafte Verletzungen, indem man sich vom Partner trennt, oder man wird vom Partner verlassen, was nicht weniger verletzend ist. Insofern wird sich kaum ein Single unverletzt einem möglichen Partner nähern.

Auch bei der Partnersuche selbst geschehen vielfach Verletzungen:

- Da erfährt man, dass der andere entgegen seiner Beteuerung „parallel" sucht, sich also mit mehreren Kandidaten trifft.

- Da werden Abmachungen nicht eingehalten.

- Da wird von Liebe gesprochen, obwohl sich dann herausstellt, dass Sex gemeint ist.

- Da werden bei der Online-Suche Profile und Fotos geschönt.

All das und viel mehr kann zu schmerzlichen Enttäuschungen führen, zu Verletzungen also.

Verminte Gebiete

Berücksichtigt man die im jeweiligen Lebensverlauf mit Beziehungen (einschließlich der zu den Eltern) gemachten Erfahrungen, dann ist es nur zu verständlich, wenn Singles beim Näherkommen ganz besonders darauf achten, *nicht* verletzt zu werden.

Die Erwartung, *nicht* verletzt zu werden, ist von allen Erwartungen aber zugleich die unerfüllbarste.

Denn in Hinsicht auf Verletzungen gleicht eine Beziehung einem verminten Gebiet. Keiner weiß, wo Minen vergraben sind und bei welchem Schritt man auf eine tritt, die dann hochgeht und Wunden schlägt.

Verletzungen stellen ein merkwürdiges und scheinbar einseitiges Phänomen dar. Sie scheinen etwas zu sein, das *der Andere einem zufügt*, so zumindest fühlt sich das an. Deshalb soll der Andere nichts Verletzendes tun. Ob das eigene Verhalten für den Anderen verletzend ist, findet meist weniger Berücksichtigung. Man erlebt sich in Bezug auf Verletzungen meist als Opfer, nicht als Täter.

Das folgende, recht typische Beispiel, stammt aus der Single-Beratung:

Die Frau hatte sich einem Mann angenähert, sich nach einigen Wochen aber gegen ihn entschieden. Der Grund: Sein Tonfall ihr gegenüber war hin und wieder ärgerlich, sie befürchtete, er könne cholerisch werden. Cholerische Anfälle ihres Expartners, mit dem sie fünfzehn Jahre zusammen war und ein Kind hatte, waren der Grund dafür gewesen, sich von ihm zu trennen. Die Frau sagte in der Beratung über ihren Entschluss, sich von dem Mann zu distanzieren:

„Ich werde erst eine Beziehung eingehen, wenn ich sicher sein kann, dass ich nicht wieder verletzt werde."

„Und wie weiß ein Mann, was dich verletzen wird?"

„Das muss er spüren. Wenn er das nicht spürt, ist er nicht sensibel genug."

„Hat der Mann denn gespürt, dass du seinen ärgerlichen Ton als verletzend empfunden hast?"

„Ich glaube nicht."

„Wie hast du denn auf seinen Ton reagiert?"

„Ich habe nichts gesagt, außer dass ich nach dem Kino gleich nach Hause wollte."

„Was hat er dazu gesagt?"

„Er war enttäuscht. Er hatte sich auf den Abend gefreut."

„Das muss verletzend für ihn gewesen sein, dass du einfach so den Abend abgebrochen hast."

„Wieso denn das, ich habe ihm doch nichts getan."

Das Beispiel zeigt, wie vertrackt das Thema ist und wie schnell kleine oder größere Minen unbeabsichtigt hochgehen können. Und es zeigt, wie einseitig derjenige, der sich verletzt fühlt, die Situation spontan bewertet. Doch Verletzung ist keine einseitige Angelegenheit.

Um die Dynamik von Verletzungen zu verstehen, lohnt sich ein näherer Blick auf den Vorgang.

Es braucht zwei, damit es weh tut

Normalerweise wird Verletzung als etwas begriffen, das einer dem anderen antut. Der Betroffene sagt seinem Empfinden entsprechend: „*Du* hast mich verletzt". Ihm erscheint der Verletzende als Aggressor, er selbst hat nichts getan. Der andere hat etwas Falsches gesagt oder gemacht. Er war ärgerlich, er war verschlossen, er war unpünktlich, er war unhöflich, er wollte dominieren, er hörte nicht zu, er hat die falschen Worte gesagt oder das Richtige unterlassen.

Das mag alles stimmen, die Frage ist allerdings, warum ein solches Verhalten von dem Einen als verletzend empfunden wird, während ein Anderer über das gleiche Verhalten lacht und nicht den mindesten Schmerz empfindet. Einer zuckt zusammen, wenn sein Gegenüber laut wird, ein anderer amüsiert sich darüber und sagt: „Laut werden hilft auch nicht" oder ironisiert das Verhalten, indem er sagt: „Ich schlage vor, du wirst laut" oder geht auf eine andere Weise locker mit dem störenden Verhalten um.

Also: Warum wird ein bestimmtes Verhalten von jemandem als verletzend, als falsch empfunden? Es ist zweifellos falsch, aber nur in Hinsicht darauf, dass vom Betroffenen etwas anderes erwartet wurde. Damit eine Verletzung entsteht, muss eine Erwartung vorhanden sein, gegen die das Verhalten des Gegenübers verstößt.

Nehmen wir das Beispiel „parallel suchen". Bei einem Date ergibt sich zu diesem Thema in einem Fall folgender Dialog:

„Triffst du noch andere, während wir daten?"
„Warum fragst du das?"
„Weil es mich stören würde."

Mit 'stören' ist natürlich gemeint, dass es verletzen würde. In einem anderen Fall verläuft der Dialog so:

„Ich muss dir etwas sagen."
„Was denn?"
„Ich habe mich parallel mit anderen getroffen. Das tut mir leid."
„Das muss dir nicht leidtun. Mich stört das nicht."

Ein Verhalten, das nicht gegen Erwartungen verstößt, kann nicht verletzen. Ein weiteres Beispiel:

„Ich habe dich belogen."
„Inwiefern?"
„Ich habe gesagt, dass ich keine Kinder will. Das stimmt aber nicht. Ich hoffe, du nimmst mir das nicht übel."
„Nein, ich habe nicht damit gerechnet, dass jemand beim ersten Date die Wahrheit sagt."

137

Man sieht: Es braucht zwei Komponenten, damit eine Verletzung entstehen kann. Auf der einen Seite eine Erwartung, auf der anderen Seite ein bestimmtes Verhalten, das gegen diese Erwartung verstößt. Ein bestimmtes Verhalten allein kann keine Verletzung hervorrufen.

Bei Verletzungen haben demnach immer beide Partner ihre Hände im Spiel. Es braucht zwei, damit es wehtut.

Aufgrund der beidseitigen Beteiligung macht es wenig Sinn, bei Verletzungen von Schuld zu sprechen, es sei denn, diese werden absichtlich zugefügt. Das ist in dieser Phase meist nicht der Fall. Normalerweise hat weder der Eine absichtlich mit einem bestimmten Verhalten verletzt, noch hat der Andere absichtlich eine bestimmte Erwartung mitgebracht. Wer hat die Schuld? Derjenige, bei dem eine Mine vergraben liegt oder derjenige, der darauf tritt?

Das bedeutet: Da man beim Näherkommen weder sämtliche Erwartungen des anderen kennen oder erahnen kann, und da man keine Garantie für die Verlässlichkeit des eigenen Verhaltens übernehmen kann, bleiben Verletzungen letzten Endes unvermeidbar, jedenfalls in einem gewissen Ausmaß.

Die Frau aus dem obigen Beispiel, die sich vor cholerischen Ausbrüchen von Männern fürchtet, hat erwartet, dass ein zukünftiger Partner weder ärgerlich noch laut wird. Er soll sensibel genug sein zu bemerken, was sie stört. Sie selbst bemerkte aber nicht, dass ihr Verhalten verletzend für ihn war. Sie glaubte, sie habe ihm „nichts" getan, aber er fühlt sich dennoch verletzt.

Wer glaubt, Verletzungen wären vermeidbar, glaubt auch an den Storch.

Ein weiteres Beispiel. Zwei Partner sind sich erotisch näher gekommen. Er sagt: *„Deine Brüste gefallen mir"*. Sie antwortet: *„Solche Sprüche kannst du dir sparen."* Sie ist verletzt, weil sie ihre Brüste nicht schön findet und sie sich manipuliert fühlt, offenbar unterstellt sie ihm irgendwelche Absichten mit seiner Bemerkung. Er ist verletzt, weil er erwartet, dass sie ihm sein Kompliment abnimmt, statt es zurückzuweisen.

Ein weiteres Beispiel von Partnern, die in der Annäherungsphase Sex miteinander haben. Sie sagt: *„Der Sex mit dir ist gut"*. Er antwortet: *„Sonst willst du nichts?"* Beide sind verletzt.

Mit Verletzungen rechnen

Die schlichte Wahrheit zum Thema Verletzung lautet: Bei Einem sind irgendwo Minen vergraben, der Andere tritt irgendwann auf eine drauf - und umgekehrt. Verletzungen geschehen.

Natürlich dürfen sie nicht absichtlich geschehen, und natürlich ist der Wunsch, sich vor Verletzungen zu schützen, absolut nachvollziehbar. Es ist sogar nötig, sich zu schützen. Wenn Schutz allerdings darin besteht, sich vom potentiellen Partner zurückzuziehen, sobald etwas weh tut oder ihn anzugreifen und fertigzumachen, wird es schwierig mit dem Näherkommen.

Ein Testleser berichtet, wie er unbeabsichtigt auf eine Mine trat und daraufhin sofort aussortiert wurde.

„Ich habe einer mir sehr sympathischen Frau beim ersten Date gesagt, dass ihre berufliche Arbeit so klinge, als würde sie sich dabei 'nicht tot machen'. Ich meinte das scherzhaft. Die Frau hat nichts weiter dazu gesagt, mir aber im Nachklang des Gespräches per E-Mail mitgeteilt, dass sie sich da sehr vor den Kopf gestoßen fühlte. Zack, aussortiert."

Die Frau hat sich hier keinen Gefallen getan. Besser wäre es gewesen, sie hätte dem Mann gleich wissen lassen, wie sie sich fühlte. Dann wäre mit hoher Wahrscheinlichkeit eine andere Entwicklung eingetreten.

Wie also kann man beim Näherkommen mit dem Thema so umgehen, dass ein gewisser Schutz vor Verletzungen möglich ist? Um es vorauszuschicken: Der beste Schutz gegen Verletzungen ist schlicht und einfach, damit zu rechnen. Und dann kommt es darauf an, besser damit umzugehen, als das „damals" der Fall war.

Sich auf geschickte Weise schützen

Verletzungen geschehen unvermeidbar. Daher sollte jeder suchende Single damit rechnen, dass gegen seine Erwartungen gehandelt wird, teils auf milde, teils auf grobe Weise, teils unangenehm, teils schmerzlich. Das liegt, wie gesagt, nicht allein am Verhalten des potentiellen Partners, sondern auch an den eigenen Erwartungen.

Eine gewisse Vorbeugung gegen allzu rasche oder plumpe Verletzungen kann für suchende Singles darin bestehen, bereits beim anfänglichen Kontakthalten - statt des besagten Small-Talks - das Thema Verletzung aufzugreifen. Das muss nicht in epischer Tiefe geschehen, aber man kann einander Empfindlichkeiten offenlegen. Entweder durch „Sich zeigen durch Erzählen" oder durch „Sich zuwenden durch Fragen", wie im 2. Band dieser Reihe unter dem Inhaltspunkt „Sich beziehen 2" beschrieben.

Wie geht diese Vorbeugung vonstatten? Man erzählt einfach, was einem wehtun würde oder fragt, was dem anderen wehtun würde. Ein solches hypothetisches Gespräch ist, wenn sich beide darauf einlassen, spannend und aufschlussreich, weil man einiges übereinander erfährt. Einer sagt beispielsweise: „Wenn du dich mit mir verabredest und mich hängen lässt, würde mich das verletzen", und der andere erzählt: „Wenn du dich in mein Leben einmischen würdest, wenn du mir sagen würdest, was ich zu tun habe, würde mich das sehr stören".

Wunde Punkte identifizieren

Zu sagen, was einen stören oder verletzen würde, ist gleichbedeutend damit zu sagen, womit man schlecht umgehen oder was man schwer ertragen kann. Man weist auf wunde Punkte hin. Dabei formuliert man wunde Punkte etwa in der Art: „Ein wunder Punkt bei mir ist ..." oder: „Einer meiner wunden Punkte ist ..." oder: „Ich hätte Angst davor, dass ..." oder: „Wer es sich mit mir verscherzen will, muss nur ..." oder „Ich hätte ein Problem damit, wenn ..." etc. Das kann man locker und humorvoll tun.

Wie sieht ein wunder Punkt beispielsweise aus?

- Besteht er darin, dass ich selbst oft impulsiv handle?
- Oder fürchte ich mich vor der Aggressivität anderer?
- Mache ich leicht Vorwürfe?
- Oder ertrage ich Vorwürfe nur schwer?
- Ziehe ich mich schnell ins Schweigen zurück?
- Oder verteidige ich mich durch Angriff?
- Kann ich schlecht mit Ablehnung umgehen?
- Zeige ich mich härter, als ich bin?
- Fürchte ich mich vor Einmischung?
- Davor, dass man Druck auf mich ausübt?
- Vor Gleichgültigkeit?
- Fühle ich mich schnell beengt?
- Oder schnell vernachlässigt?
- Oder worin sonst besteht eine besondere Empfindlichkeit bei mir?

Natürlich hofft jeder, dass seine wunden Punkte nicht berührt werden, gerade wenn er sie benannt hat, aber natürlich werden sie früher oder später berührt, und das ist umso wahrscheinlicher, je näher man sich kommt. In dem Fall ist es von großem Vorteil, wenn man zu seinen wunden Punkten stehen kann und - um sich zu schützen - nicht so tun muss, als ob einem eine Aussage oder ein Verhalten nichts ausmacht.

Zum Thema schreibt eine Testleserin: *„Das Thema „wunde Punkte" ist die anfälligste Phase in der Anbahnung, stelle ich bei mir fest. Wenn ich zurückdenke, hätten sich einige Kontakte anders gestalten können, wäre ich etwas gelassener gewesen. Ich hatte zum Beispiel*

142

neulich bei einem Date gesagt, dass ich mit meinem Kör-
per im Großen und Ganzen zufrieden bin, mich aber
wohler fühle, wenn ich ca. 10 kg weniger wiege. Darauf-
hin meinte er, dass er mich jetzt schon sehr anziehend
und attraktiv findet und bei der Vorstellung, dass ich 10
kg abnähme, noch attraktiver fände. Zuerst empfand ich
diese Bemerkung als beleidigend, aber ich habe dann
noch mal darüber nachgedacht, mich „gewundert", wie
Sie es empfehlen. Und kam zu dem Ergebnis, dass er
mich in meinem Vorhaben bestärkt hat. Schließlich will
ich ja abnehmen, er hat es nicht verlangt. Normalerweise
hätte ich wohl beleidigt das Feld geräumt."

Solch ein gelassener Umgang ist auch ein Schutz. Und
Schutz vor Verletzungen ist in jedem Fall nötig. Nur gibt es
zwei unterschiedliche Wege, sich zu schützen, auf passive
oder offensive, auf ungeschickte oder geschickte Art und
Weise.

Sich ungeschickt schützen

Die ungeschickte Art, sich vor Verletzungen zu schützen
besteht darin, dem Partner die Verantwortung dafür zuzuschieben, dass er wunde Punkte berührt hat und ihm sein
Verhalten vorzuhalten. Dann liegt es allein an ihm, dann ist
er schuld, dann hat „er" einem wehgetan. Eine solche
Schuldzuweisung liefert die Rechtfertigung dafür, entweder
zurückzuschlagen oder zuzumachen oder den Kontakt gleich
ganz abzubrechen.

Beides - zurückschlagen oder zurückziehen - bezeichne ich
als *defensiven* Umgang mit Verletzungen. Diese Reaktionen
sind defensiv, weil man damit einen getroffenen wunden
Punkt nicht offenlegt, sondern abdeckt. Man ist schlicht zu
stolz, um „Aua" zu sagen und Schmerz zu zeigen, man will
sich keine Blöße geben, man will keine Schwäche zeigen,
man will nicht so tun, als ob einem der Andere schon etwas
bedeutet, selbst wenn es noch wenig sein mag.

Durch defensiven Umgang mit Verletzungen und Schuldzuweisung macht man sich allerdings vom Partner abhängig, davon, dass er einem den Gefallen tut, sich zukünftig „richtig" zu verhalten. Richtig im Sinne von gewünscht und erwartet. Aber natürlich ist der Partner mit dieser naiven Erwartung überfordert. Das erläutert das folgende Beispiel, das besonders drastisch zeigt, wie Minen ganz unerwartet aus dem Nichts hochgehen können.

Zwei potentielle Partner küssen sich innig. Sie sagt anschließend: *„Du kannst gut küssen."* Er ist daraufhin sauer und verlangt von ihr, dass sie *„so etwas nie wieder"* sagt. Sie ist völlig verdattert und versteht nicht, was ihn derart stört. Sie fragt nun, ob es für ihn nicht schön war. Er meint nur barsch, über Küssen müsse man nicht sprechen.

Worüber sollte man sprechen und worüber nicht? Mit wem und mit wem nicht? Wann nicht und wann doch? Die Kunst des Gedankenlesens würde, wenn es sie gäbe, nicht ausreichen, um Verletzungen zu vermeiden. Man müsste zugleich in die gesamte Vergangenheit und in die ganze Erfahrungswelt seines Gegenübers hinein schauen können, um zu ahnen, wo eine Mine vergraben liegen könnte.

Was war in diesem Fall passiert? Für den Mann bedeutete ihre Bemerkung Stress. Er fürchtete, zukünftig immer gut küssen zu müssen, er fürchtete, ihr gefallen zu müssen, er fürchtete, sich an ihre Bedürfnisse anpassen zu müssen. Er fürchtete sich vor Erwartungen, obgleich die Frau keinerlei Erwartungen geäußert hatte. Wer das Verhalten dieses Mannes verstehen will, muss seine vorausgegangenen Lebenserfahrungen bezüglich Erwartungen kennen.

Auch in diesem Fall versuchte sich der Mann auf defensive Weise zu schützen, indem er ein anderes Verhalten von der Frau erwartet, statt seine Empfindlichkeit offenzulegen. Dass diese Art von Schutz gut funktionieren wird, ist zu bezweifeln, eher wird seine Reaktion dazu führen, dass eine potentielle Partnerin sich generell zurückhält, vor allem mit Komplimenten.

Ein weiteres Beispiel zeigt, dass selbst gut gemeintes Verhalten zu Komplikationen führen kann, hinter denen sich Verletzungen verbergen.

Eine Frau nähert sich einem Mann an. Sie ist auf der Suche nach einer neuen Arbeitsstelle, just in dem grafischen Bereich, in dem er in einer Firma eine leitende Stellung innehat. Er gibt ihr einige Insidertipps und muss erleben, dass sie, kaum hat er einen Ratschlag formuliert, augenblicklich dagegen argumentiert. Es kommt zu einer hitzigen Diskussion, in der ihr die Bemerkung herausrutscht: *„Es ist mir egal, ob du recht hast oder nicht, ich will mir von niemandem sagen lassen, was ich zu tun oder zu lassen habe. Halt dich einfach raus.“* Der Mann versteht sie nicht und fühlt sich zurückgewiesen.

Was ist der Hintergrund ihres „Sich-Verschließens“. Sie erlebt seine Ratschläge als Einmischung in ihr Leben und als Angriff auf ihre Autonomie. Außerdem will sie keine Unterstützung annehmen, weil sie sich dann dem Mann gegenüber verpflichtet fühlen würde. „Womöglich“, so sagt sie in der Beratung, „erwartet er noch Dankbarkeit.“

Auch in diesem Fall wird versucht, sich auf defensive Weise zu schützen. Die Frau legt ihrem potentiellen Partner gegenüber nicht offen, worin ihre Empfindlichkeit besteht. Er soll einfach alles unterlassen, was ihr Gefühl, unabhängig zu sein, gefährdet. Nur, welches Verhalten, außer Ratschlägen, gehört noch dazu? Da der Mann das nicht wissen kann, sind weitere Verletzungen zu erwarten.

Eine Testleserin fragt zum Thema: *„Ich hatte vor längerer Zeit ein Date mit einem Mann. Zum einen erzählte dieser, wie sehr er sein Singleleben genoss. Ein Mann,* *der eigenständig ist und nicht klammert, sondern gerne und oft etwas alleine oder mit anderen unternimmt. Damit entsprach er genau meiner Vorstellung, die ich ihm vorher per E-Mail schon vermittelt hatte. Nach dem Date fragte er mich dann, ob ich an diesem Abend spontan mitkommen wollte, zu einem Konzert. Als ich verneinte, fragte er nach einem Treffen nächste Woche. Damit war ich innerlich schon auf Abstand. Das wurde mir zu eng, zu klammernd. Wir verabschiedeten uns mit den Worten: „Wir mailen". Am nächsten Tag schrieb er mir, dass er von dem Treffen sehr angetan war, und dass er mich gerne am nächsten Wochenende zu sich nach Hause einladen würde. Frühstück/Brunch und ein ausgiebiger Spaziergang. Nach dieser Mail habe ich den Kontakt beendet. Höflich, mit einer Mail und der klaren Aussage, dass mir das gerade zu eng würde und dass ich mich nicht ernstgenommen fühlte. War das jetzt ein Schnellgericht oder nötiger Selbstschutz?"*

Meine Antwort: Nach einem Schnellgericht klingt das weniger. Aber es fallen zwei Dinge auf. Zum einen hat sie dem Mann vorher ihre Vorstellungen von Eigenständigkeit vermittelt. Das hat ihn dazu verleitete, sich entsprechend ihrer Erwartungen als souverän darzustellen. Zum anderen hat sie den Kontakt beendet und ihm erst danach die Begründung geliefert. Sie hat sich geschützt, aber auf defensive Weise. Offensiver Schutz hätte bedeutet, ihm offen zu sagen, was bei ihr geschieht und ihm mitzuteilen, was ihr zu eng und zu klammernd ist. Dann hätte die Beziehung eventuell eine Chance gehabt.

Eine Testleserin schildert zum Thema Umgang mit Verletzungen folgendes Erlebnis:

„Ich hatte mich vor einiger Zeit bei einer kostenlosen Dating- Line angemeldet. Ein Mann fiel mir durch sein fröhliches Bild besonders auf. Es ergab sich eine reger E-Mail-Austausch. Als ich aus dem Ski-Urlaub schrieb,

wünschte er mir viel Spaß und ich solle mich beim Après Ski nicht zu doll verlieben, wäre ja schade, wenn wir uns nicht beschnuppern könnten. Ich schrieb ihm, dass das überhaupt nicht mein Fall ist und ich kein Mädchen für eine Nacht bin. Die Antwort die dann kam, löste bei mir schieres Entsetzen aus. Er schrieb, dass er das gar nicht wissen wolle. Schließlich würde im Urlaub die Uhr anders ticken und er hätte eh kein Problem damit. Da diese Antwort genau meinen wunden Punkt traf und ich diese Erfahrung kein zweites Mal brauche, habe ich gleich meinen Account gelöscht. Ich habe im Effekt nicht nur ihn „verurteilt" sondern gleich auch diese Form der Kontaktsuche."

Die Frau hat von diesem Mann gleich auf alle Männer ihrer Dating-Line geschlossen. Vielleicht ist es tatsächlich so, dass sich auf kostenlosen Plattformen mehr Männer aufhalten, die Sex suchen. Aber alle sind es sicher nicht. Sie hat sich sozusagen vorbeugend gegen zahllose Männer geschützt.

Dass Menschen, die in der Vergangenheit bestimmte Verletzungen erfahren haben, sich schützen wollen, ist nicht nur nachvollziehbar, sondern auch nötig. Und es ist sicherlich besser, sich defensiv zu schützen als gar nicht. Es gibt aber eine weitaus bessere Möglichkeit, auf sich aufzupassen.

Sich geschickt schützen

Die geschickte Art, sich vor Verletzungen zu schützen, besteht in einem *offensiven* Umgang damit. In dem Fall übernimmt man die Verantwortung für die eigene Empfindlichkeit.

Man stellt sich sozusagen schützend vor seine wunden Punkte und macht dem Partner klar, mit welchem Verhalten man schwer umgehen kann oder welches Verhalten man nicht akzeptieren wird. Man macht einfach klar, selbst den einen oder anderen wunden Punkt oder Schwachpunkt zu haben, statt dem potentiellen Partner für den Fall einer Verletzung ein Fehlverhalten zu unterstellen.

Ein offensiver Umgang mit wunden Punkten bedeutet keinesfalls, dies auf aggressive Weise zu tun. Man kann sehr freundlich und zugewandt darauf hinweisen, wie man sich mit dem fühlt, was der Andere sagt oder tut.

- Wenn der andere Verabredungen platzen lässt, kann man ihm klar machen, dass man sich in solchen Fällen hängen gelassen fühlt und mit dem Gefühl nur schwer umgehen kann.

- Wenn der andere eine verletzende Bemerkung macht, wenn er beispielsweise sagt: „Deine Ansichten sind schon etwas naiv", kann man ihm sagen, dass man sich durch solche Aussagen abgewertet fühlt, und dass man dann dazu tendiert, sich zurückzuziehen.

- Wenn der andere verächtlich auf bestimmte Hobbys oder Vorlieben reagiert, die man hat, kann man ihm sagen, dass man sich durch solches Verhalten abgelehnt fühlt und dann die Lust verliert, von sich zu erzählen.

In dem letzten Beispiel wäre es besser gewesen, die Frau hätte ihr Empfinden im direkten Kontakt ausgedrückt. Dann hätte sie dem Mann von Angesicht zu Angesicht gesagt, dass sie sich nicht ernstgenommen fühle und; ebenso, worauf sie sich mit ihm einlassen will und worauf nicht. So hat sie sich zwar geschützt, aber die Möglichkeit, dass es weitergeht, ausgeschlossen.

Ein offensiver Umgang mit Verletzungen bedeutet, dem Anderen zu verdeutlichen, dass und wo eine Mine vergraben ist, und dass er diesen oder jenen Bereich besser nicht oder nur sehr vorsichtig betritt. Zugleich macht man durch diesen offenen Umgang deutlich, dass es etwas gibt, das für einen selbst unverzichtbar wichtig ist.

Das ist eine der Wahrheiten, von denen dauerhaft suchende Singles betroffen sind: Obwohl sie mit viel Aufwand nach einem Partner suchen, gibt es etwas, das ihnen wichtiger ist als eine Beziehung.

Dieses Wichtigere ist in jedem Fall ein Gefühl. Beispielsweise das Gefühl, respektiert zu sein. Oder das Gefühl, seine Würde zu behalten. Oder das Gefühl, angenommen zu sein. Oder das Gefühl, ernst genommen zu sein. Oder das Gefühl, geborgen zu sein. Oder das Gefühl, eigenständig und unabhängig zu sein. Oder ein anderes unverzichtbares Gefühl.

Spätestens dann, wenn sich der Eindruck einstellt, dass diese zentrale Bedingung unerfüllt bleibt, sortieren Singles einen potentiellen Partner aus. Nur machen sie sich, wie erwähnt, auf diese Art davon abhängig, dass der Andere von selbst merkt, wo die wunden Punkte liegen, und dass er von selbst einen guten Umgang damit findet. Die Alternative hierzu ist, seinen Schutz selbst in die Hand zu nehmen und offensiv mit seinen Empfindlichkeiten umzugehen.

Eine Testleserin wendet hierzu ein: *„Ich habe oft erlebt, dass, wenn ich meine wunden Punkte benannt habe, mir gesagt wurde: „Das ist dein Problem, nicht meins, das hat nichts mit mir zu tun", und das verletzende Verhalten wiederholt und verstärkt wurde. Wenn man seine wunden Punkte offenlegt, muss man hoffen oder sicher sein, dass man einen charakterlich gesunden Partner hat."*

Meine Antwort: Man kann sich selbst vor seine wunden Punkte stellen. Wenn man dem anderen gestattet, ein verletzendes Verhalten oft zu wiederholen und über Grenzen zu gehen, liefert man sich ihm aus. Sich schützen meint nicht erdulden. Im Erdulden zeigt sich ebenfalls eine charakterliche Schwäche, falls man diesen Begriff verwenden will.

Ein offensiver Umgang mit wunden Punkten gelingt nicht

immer „vor Ort", also in dem Augenblick, da die betreffende Empfindlichkeit berührt wird. Zwar bedeutet eine Verletzung, dass der Prozess der Annäherung erst einmal ins Stocken gerät, aber auch das ist hin und wieder unvermeidbar. Wenn man den Grundsatz emotionaler Intelligenz, wie in Band 2 ausgeführt, berücksichtigt, lässt man hitzige Gefühle abkühlen, bevor man sich wegen eines heiklen Vorfalls zu Überreaktionen hinreißen lässt. Daher kann man problemlos heute sagen, was einen gestern gestört oder verletzt hat, oder morgen darauf hinweisen, was heute nicht so passend war.

So stellt sich oft heraus, dass dem Anderen nicht bewusst war, dass oder wie er sich verletzend verhalten hat. Zumindest hat es nicht in seiner Absicht gelegen, an einen wunden Punkt zu rühren.

Wenn man sagt, was einem wehgetan hat, reagiert der Andere oft mit Rechtfertigungen oder anderen Selbstverteidigungen. Das stört dann nochmal. In dem Fall kann man ihn wissen lassen, dass er sich nicht rechtfertigen muss, weil man ihm keine Schuld zuweist, sondern dass es genügt, wenn er die Sache zur Kenntnis nimmt. Eine Entschuldigung ist nicht nötig, aber eine Bekundung, dass es ihm leidtut, einem wehgetan zu haben bedeutet, einem emotional entgegen zu kommen.

Hierzu berichtet eine Testleserin: *„Ich persönlich glaube, dass beim Beziehen Offenheit das schwierigste Kapitel ist. Es gibt schließlich genügend Eigenschaften und Wesensmerkmale, die ich lieber verstecken oder kaschieren möchte, wenn ich jemandem Neues begegne. So ist das zumindest bei mir. Und ich schätze mal, dass die meisten Menschen sich für irgendetwas, das ihnen eigen ist, genieren. Wie also geht man damit um, dass man denkt, man hätte wenig liebenswerte Seiten/Eigenschaften/Verhaltensweisen."*

Man kann beispielsweise von seinen schwierigen Seiten

erzählen, von wunden Punkten, von Schwachstellen. Das macht man anfangs natürlich nicht im Detail. Vielleicht sagt man: Ein Schwachpunkt ist meine Ungeduld. Oder meine Schüchternheit. Dann kann man sehen, wie der andere reagiert. Tipps zur Verbesserung des Selbstwertes sollte man indes nicht annehmen, weil man nicht danach gefragt hat. Man kann den anderen aber fragen, welches seine Schwachstellen sind und wie er damit umgeht.

Wenn er davon erzählt, ergibt sich eine Verbindung.

Auf solche Art und Weise kann man den Prozess der Annäherung durch einen guten Umgang mit Verletzungen fortsetzen und den Kontakt vertiefen.

Offensiv schützen kann sich am besten, wer seine wunden Punkte kennt und weiß, was angesichts seiner bisherigen Erfahrungen mit Liebe das Wichtigste in einer zukünftigen Beziehung für ihn wäre: nämlich, wie erwähnt, *ein ganz bestimmtes Gefühl.*

Was unverzichtbar ist und was besonderer Aufmerksamkeit bedarf, sollte auch der potentielle Partner erfahren. Anders ausgedrückt bedeuten diese Aussagen zu Verletzungen: Wer sich nicht zeigt, wird nicht gesehen und was man nicht zeigt, bleibt unbeachtet. Soviel Intimität ist nötig.

Intimität wagen

Ein offener Umgang mit wunden Punkten schützt nicht nur, sondern schafft auch mehr Intimität zwischen sich annähernden Partnern.

Intimität ist heute eine zentrale Voraussetzung, um sich auf eine Paarbeziehung einzulassen. Ohne das Gefühl, einander auf besonders nahe Weise verbunden zu sein, macht eine Beziehung kaum noch Sinn. Das liegt daran, dass eine Paarbeziehung selten noch als Überlebensgemeinschaft fungiert, man kann sie eher als eine „Gefühlsgemeinschaft" bezeichnen.

Es geht heute in einer Paarbeziehung im wesentlichen um Gefühle.

Intimität wird oft einseitig als physische Nähe verstanden, als ein inniges Beisammensein, als erotischer Kontakt etc. Das ist jedoch nur ein Teil von Intimität, sozusagen der kuschelige oder körperliche Teil davon. Dabei ist Intimität viel mehr. Sie besteht vor allem aus *psychischer* Nähe und aus dem Begehren danach.

Psychische Nähe

Psychische Nähe ergibt sich aus zwei Bedingungen: die eine ist Authentizität, die andere ist Bestätigung. Wer sich dem Partner gegenüber offen und ehrlich verhält (= authentisch) und zeigt, wie er ist, erhält die Chance, dafür bestätigt zu werden.

Die Sache ist im Grunde einfach: Was man zeigt, kann Bestätigung finden. Seien es Bedürfnisse, Sehnsüchte, Ängste, Leidenschaften, Verletzlichkeiten, Begehrlichkeiten oder was immer zu einem gehört. Was man verdeckt, bleibt unbestätigt, damit bleibt man allein.

Ohne solche psychische Nähe ist eine Paarbeziehung kaum noch vorstellbar. Das zeigt sich beispielsweise, wenn Partner beklagen, sie hätten das Gefühl, nicht mehr „gesehen" zu werden. Damit ist gemeint, dass eine individuelle Befindlichkeit nicht wahrgenommen wird, oder wenn sie wahrgenommen wird, dass sie unbestätigt bleibt. Wer sich nicht bestätigt fühlt, fühlt sich nicht geliebt.

Es geht in einer Paarliebe allerdings nicht um allgemeine Formen der Bestätigung, wie man sie beispielsweise von Freunden erhalten kann. Liebende suchen das Gefühl, „ganz" geliebt zu werden, mit allen ihren schönen und schwierigen Seiten. Damit dieser ersehnte Eindruck der Ganzliebe entstehen kann, muss man dem Partner mehr von sich zeigen, als man allen anderen nahestehenden Menschen zeigt. Daher geben sich Liebende Einblick in die Tiefen und Untiefen ihres seelischen Empfindens und gewähren einander Zutritt zum Kern ihrer Individualität. Sie treffen sich sozusagen im Innersten. [6]

Der Satz: „Liebe mich, wie ich bin" ist leicht gesagt, aber damit das möglich ist, muss man sich zeigen, wie man ist.

Partner, die sich annähern, öffnen sich natürlich nicht in einem Rutsch füreinander, sondern vorsichtig. Wenn sie Intimität aufbauen wollen, müssen sie dennoch nach und nach zeigen, wer sie sind.

Zumutungen

Beim Zeigen geht es aber nicht nur um die Dinge, die man gern zeigt, weil sie problemlos bestätigt werden. Authentisch sein bedeutet aber, dem anderen die eigene Wahrheit auch dann zuzumuten, wenn man zeigt, wo und wie man *unterschiedlich* empfindet, was einen stört, was man vermisst, wie man sich fühlt ... Solche Unterschiede werden oft verschwiegen, aus Angst vor Ablehnung.

Es gehört zu den schwierigeren Herausforderungen auf dem Weg zur Intimität, ehrlich zu sein, ohne darauf zu schielen, ob man dann noch gemocht wird oder nicht. Wer sich aus Angst vor Ablehnung verbiegt oder versteckt, bleibt in wesentlicher Hinsicht mit sich allein. Dazu ein Beispiel.

Per E-Mail erreichte mich die folgende Schilderung einer Frau, verbunden mit einer Frage: *„Warum finde ich nicht einen Partner auf Augenhöhe? Ich bin 56 Jahre alt und habe bisher nur Enttäuschungen erlebt. Hier kommt die berühmte Frage: Was steht auf meiner Stirn geschrieben ... oder was strahle ich wodurch aus? Derzeit habe ich das Gefühl, ich führe eine 'türkische Ehe' (nein, er ist Deutscher). Er geht vorneweg, bestimmt alleine die Richtung und ich darf nur hinterhertrotteln und schleppe das 'Gepäck' einer unerfüllten 'Beziehung'. Soll ich mich trennen, lieber ein Ende mit Schrecken als ein Schrecken ohne Ende?"*

Meine Antwort: Diese Frau verpasst durch ihr Verhalten die Chance auf Intimität. Sie tut Dinge, die sie nicht tun will und beklagt sich, dass sie für Ihre Anpassung nicht belohnt wird. Sie zeigt sich nicht, sondern trägt „das Gepäck einer unerfüllten Beziehung". Es muss ziemlich schmerzlich für sie sein, einen derart unbefriedigenden Kontakt zu halten. Diesen Schmerz schluckt sie herunter. Sie befindet sich nicht auf Augenhöhe mit dem Partner, weil sie *sein* Spiel mitspielt. Auf ihrer Stirn steht geschrieben: „Für Zuwendung mache ich, was du erwartest, auch wenn es mir damit schlecht geht."

Sie fragt, ob sie sich trennen soll. Statt sich Gedanken darüber zu machen, könnte sie authentisch sein. Das Bild von der „türkischen Ehe" enthält alles, was sie dazu wissen muss. Sie könnte aufhören, hinter ihm her zu trotteln. Beispielsweise, indem sie ihm klar macht, dass er die Richtung nicht allein bestimmen kann, dass es nicht nur um ihn geht, dass sie unglücklich ist und eine andere Richtung einschlagen will. Dann würde sich herausstellen, ob der Mann ohne sie weiter läuft oder ob er sich ihr zuwendet und die beiden auf Augenhöhe klären, wozu sie bereit sind und wozu nicht.

Es ist durchaus möglich, dass der Mann eine „türkische Ehe" führen will und damit als möglicher Partner ausscheidet, aber es ist auch möglich, dass er auf die Frau eingeht, wenn sie sich zeigt.

Was bedeutet es konkret, sich authentisch zu zeigen? In diesem Beispiel bedeutet es dem Anderen zu zeigen, dass man unglücklich mit dem Kontakt ist, dass man bestimmte Bedürfnisse nicht wahrgenommen fühlt, dass man sich mit dem Gedanken an Trennung trägt. Und auch: Wie man sich den Kontakt vorstellt, was darin berücksichtigt werden muss, was schön und ausbaufähig erscheint und was man nicht weiterführen will.

Eine Testleserin monierte meine Aussage, dass dauerhaftes Single-Sein wesentlich durch zu frühes Aussortieren verursacht wird. Sie schreibt: *„Herr Mary, Sie sagen, es ginge Singles vor allem darum, eine Beziehung zu finden, die genau den eigenen Vorstellungen entspricht. Das ist nicht meine Erfahrung. Ich stelle da eher sehr großes Entgegenkommen bei Frauen fest, vielleicht ja eher der Grund, warum es dann auch wieder auseinander gehen muss, dass man sich in eine Partnerschaft hineinbiegt und sich auf Dinge einlässt, nur aus dem Grund, eine Partnerschaft zu haben und damit als normal zu gelten."*

Meine Antwort: Wenn sich Partner in eine Beziehung hineinbiegen, verhalten sie sich nicht authentisch. Sie verstellen sich, aber wie der Einwand schon andeutet, gelingt ihnen das nicht auf Dauer, sie trennen sich bald. Die Trennung hat als Motiv dennoch, dass der Partner trotz Anpassung schließlich nicht den Vorstellungen entsprach. Sie haben sich umsonst verleugnet.

Solche Umwege kann man sich ersparen, indem man dem anderen auch Unterschiede und das Anderssein zumutet. Indem man zeigt, wie es in einem aussieht.

Näher kommen

Wir sprechen vom Näherkommen. Woran will man sich annähern? An der Innenwelt des Anderen! Wozu will man nah sein? Dazu, wie er die Welt sieht, was ihn freut, was ihn ängstigt, wonach er sich sehnt, was ihn stört, wovon er träumt, was er begehrt, was er erreichen möchte, was ihn erfüllt; und der Andere soll der eigenen Innenwelt nahe sein. Da liegt auch die Angst vor Ablehnung nahe.

Doch es ist gleichgültig, ob es sich bei dem, was man zeigt, um für den Partner angenehme oder unangenehme Mitteilungen handelt. Beides kann zu mehr Nähe führen. Wie im folgenden Beispiel.

Zwei haben sich schon soweit angenähert, dass sie einen Kurzurlaub miteinander verbringen. Sie machen eine Städtereise und schauen sich Museen an, besuchen Restaurants und bummeln durch Stadtteile. Sie unterhalten sich über Gott und die Welt. Irgendwann sagt die Frau:

„Es ist schön mit dir hier zu sein, aber ich fühle mich neben dir ziemlich allein."

Der Mann ist getroffen. Statt sich zu rechtfertigen oder der Frau ein Problem zuzuschieben, fragt er:

„Was fehlt?"

„Ich weiß nichts von dir. Und wenn ich dir von mir erzähle, wechselst du das Thema."

„Ja, das stimmt. Ich öffne mich nicht so schnell. Ich habe in den letzten Jahren nicht viel über mich gesprochen. Es hat ja auch niemanden interessiert, was mit mir ist. Wenn du magst, gib mir etwas Zeit."

Die Frau fühlt sich allein, weil kaum Persönliches ausgetauscht wird. Erst durch ihre schonungslose Offenheit kommen sich die beiden ein Stück näher. Wie ist das passiert? Sie hat sich gezeigt (was sie fühlt) und er hat sich gezeigt (was ihm schwerfällt), und dadurch ist mehr Intimität entstanden.

Psychische Nähe entsteht nicht nur, indem man das Schöne teilt, sondern auch durch das Mitteilen des Störenden, der wunden Punkte, des Schmerzlichen, der Enttäuschungen oder Sehnsüchte - wenn die jeweiligen Mitteilungen frei von Vorwürfen und Schuldzuweisungen geschehen.

Die beste Möglichkeit, Intimität zu verpassen besteht daher darin, über das zu schweigen, was einen emotional betrifft und was einen bewegt. Legt man seine Karten auf den Tisch, ergibt sich die Chance, dass sich mehr Gefühle füreinander entwickeln. Wie im folgenden Beispiel.

Zwei kennen sich schon einige Monate. Sie sprechen darüber, ob sie ein Paar sein könnten. Der Mann drängt, er wäre bereit, den Versuch zu unternehmen. Die Frau bremst:

„Das wird mit mir nicht einfach sein. Ich habe in den letzten Jahren alles mit mir selbst ausgemacht, niemandem Rechenschaft ablegen müssen, meinen Alltag für mich geplant. Ich finde dein Angebot reizvoll, aber ich will erst warten, bis ich ein ganzes Ja von dort bekomme." (Sie zeigt auf ihr Herz).

Der Mann zögert, dann nickt er.

„Du hast recht, es hat keinen Sinn, Druck zu machen. Es ist wohl noch zu früh."

Obwohl der Mann durch die Worte der Frau ausgebremst wurde, obwohl er eine „kalte Dusche" erhalten hat, sind sich die beiden näher gekommen: weil sie aufeinander eingegangen sind. Er hat gezeigt, dass er zum nächsten Schritt bereit ist, sie hat gezeigt, dass sie ein Ja, wenn auch noch kein ganzes Ja, für ihn hat, er hat gezeigt, dass er Rücksicht auf ihre Gefühle nimmt, beide gingen offen und ehrlich miteinander um.

Intimität entsteht selten von allein, außer zwei verlieben sich Hals über Kopf, dann allerdings tauchen ihre Unterschiede einfach nur später auf. Dauerhaft suchende Singles verlieben sich selten derart. Daher ist es für sie besonders wichtig, nicht auf Nähe zu warten, sondern aktiv zu sein, indem sie einander Persönliches offenbaren, Dinge, die sie in dieser Art mit niemand anderem teilen.

Eine Testleserin bemerkt zum Thema: *„Mir ist durch das Lesen aufgefallen, dass ich mich lange Zeit im Oberflächlichen bewege und mich erst sehr spät etwas öffne. Ich dachte immer es sei anders. Doch mein Schutz besteht darin, erst nach langer Zeit über meine Verletzungen und vermeintlichen Fehler zu sprechen. Und dadurch bekomme ich auch sehr spät erst tiefergehende Informationen von meinem Gegenüber."*

Natürlich gibt es keine Gewähr dafür, dass der potentielle Partner eine Einladung zu mehr Intimität annimmt. Vielleicht gefällt ihm nicht, was man offenbart. Vielleicht stellt sich heraus, dass er ganz andere Bedürfnisse oder Lebensträume hat, vielleicht mag er sich den offenbarten Sehnsüchten nicht zuwenden, vielleicht wendet er sich von psychischen Eigenarten ab. Das ist okay, denn so geschieht das Aussortieren von selbst. Man hat sich gezeigt, der andere hat das Interesse an Nähe verloren. Was sollte man mit ihm anfangen?

Wenn zwei die Phase der Annäherung allerdings durchschritten haben und bereit sind, sich aufeinander einzulassen, ist die Sache noch nicht in trockenen Tüchern. Denn dann geht es darum, die entstehende Beziehung zu gestalten. Das wird Thema des 4. Bandes dieser Single-Reihe sein.

Soviel sei vorausgeschickt. Die meisten dauerhaft suchenden Singles denken, sie würden eine „ganz normale" Beziehung suchen. Soweit die Vorstellungen, die sich in ihren Köpfen befinden. Tatsächlich will ihr Bauch meist etwas anderes. Nämlich eine Beziehung, die ihnen entspricht, und die ist nicht unbedingt „normal".

Einwände und Hinweise

Zum Ende des 3. Bandes möchte ich mich noch zu einigen Einwänden und Hinweisen äußern, die Testleser-/innen erhoben haben und auf die ich im Text nicht eingegangen bin.

Hinweis zur Passung

„Herr Mary, was ist mit Leuten, die sich selbst infrage stellen? Die glauben, zu dick, zu dünn, nicht schön genug, nicht interessant genug etc. zu sein. Die sich fragen: passe ich zum anderen?"

Die Frage ist nicht, ob man zu dick, zu dünn oder nicht schön genug ist, sondern *für wen* man zu dick, zu dünn oder nicht schön genug ist. Man muss sich denjenigen zuwenden, die akzeptieren, wie man ist. Wenn es wahr wäre, dass man keinen Partner finden kann, weil man zu dick, zu dünn oder nicht schön genug ist, dann würde die ganze Partnersuche keinen Sinn ergeben und man könnte sie einstellen. Dann bleibt nur eine Frage offen: Wie haben all die anderen, die zu dick, zu dünn oder nicht schön genug sind, ihren Partner gefunden?

Selbstbeobachtung

Welches sind mögliche Konsequenzen aus diesem dritten Band der Reihe „Kann denn Single Zufall sein?". Wenn Sie mögen, beschäftigen Sie sich mit den folgenden Fragen und führen Sie eine Art „Partnersuche-Tagebuch", in das Sie Notizen schreiben. Wenn Sie das Tagebuch regelmäßig führen, können Ihnen mit der Zeit Muster auffallen, denen Sie bei der Partnersuche unbewusst folgen.

- Mit welchen Erwartungen habe ich den Kontakt belastet?

- Wo habe ich versucht, den Partner durch Kritik, Belehrung etc. zurechtbiegen zu wollen?

- Wie habe ich auf Verletzungen reagiert? Defensiv oder offensiv?

- Wo und wie habe ich mich aus Angst vor Ablehnung angepasst?

- Was bedeutet es, mich authentisch zu zeigen?

- Habe ich Intimität gewagt?

Band 4

Sich einlassen und die entstehende Beziehung gestalten

Sich einlassen

Im 3. Band dieser Reihe habe ich unter anderem typische Fehler beschrieben, die von Singles in der Annäherungsphase gemacht werden. Dabei ging es um Verhaltensweisen, mit denen potentielle Partner ein Näherkommen erschweren oder verhindern. Etwa, indem sie Erwartungen zu früh und zu massiv äußern. Oder indem sie sich den Partner zurechtbiegen wollen. Oder weil sie meinen, unverletzt durch verminte Gebiete gelangen zu können. Oder sich auf ungeschickte Weise schützen. Oder weil sie aus Angst vor Tiefe die intime Verbindung zum Partner verpassen.

In diesem 4. Band gehe ich nun davon aus, dass zwei Singles die ersten Klippen der Annäherung umschifft haben. Sie sind jetzt bereit, sich aufeinander einzulassen.

Diese Bereitschaft zeigt sich vor allem daran, dass sie die Suche nach weiteren Kandidaten einstellen und sich auf den einen Partner konzentrieren. Spricht man sie darauf an, ob sie einen neuen Partner haben, reagieren sie verständlicherweise noch zurückhaltend. Sie sprechen davon, eine Affäre zu haben oder sagen, dass da „etwas läuft".

Diese Zurückhaltung hat ihren guten Grund, denn an diesem Punkt der Entwicklung haben sich die beiden längst noch nicht zum Paar erklärt. Mancher eilige Single wähnt sich seinem Ziel zwar nahe und geht davon aus, dass er bald einen Partner oder eine Beziehung hat. Doch das Abenteuer fängt erst an. Sich einlassen bedeutet an diesem Punkt der Entwicklung im Grunde lediglich: Lass es uns versuchen!

Die möglichen Partner sind nicht zusammen, sie gehen sozusagen erst in eine Art Testphase. So weit, so gut. Jetzt wird vor allem ein langer Atem gebraucht. Wozu? Um eine Beziehung *aufzubauen*.

Allerdings erliegen Singles, die lange gesucht haben, auch in dieser Phase manchem Irrtum. In erster Linie dem Irrtum, dass beide eine vergleichbare Vorstellung von einer Beziehung haben und daher etwas Ähnliches anstreben.

Tatsächlich gibt es zwei unterschiedliche, nicht deckungsgleiche Vorstellungen davon, wie die ersehnte Beziehung aussehen soll.

In dieser Asymmetrie der Beziehungsvorstellungen liegt bereits ein großer Teil der kommenden Problematik begründet.

Unterschiedliche Vorstellungen von einer Beziehung

Jeder Partner bringt eigene Gedanken, Empfindungen, Sehnsüchte und Befürchtungen mit in den Kontakt. Im Extrem ersehnt ein Partner eine nahe, beinah symbiotische Verbindung, will viel Zeit mit dem anderen verbringen, ist bereit, sein bisheriges Leben weitgehend aufzugeben und sich auf den zukünftigen Partner einzustellen. Hingegen möchte der andere seinen unabhängigen Lebensstil möglichst weitgehend erhalten, viel Zeit für sich allein haben und es reicht ihm, sich ein paar Mal in der Woche oder an Wochenenden zu treffen. Unterschiedlich sind auch Hobbys, Gewohnheiten, Vorlieben etc.

Es liegt nahe, dass in der Testphase jeder Partner versucht, die Bedingungen klar zu machen, unter denen er bereit wäre, sich auf eine feste Beziehung einzulassen. Schließlich soll die Sache möglichst bald in trockene Tücher kommen und dabei will man keine Zeit verlieren.

Ein Mann sagt, dass er auf keinen Fall sein Einfamilienhaus verlassen will (das er mit der Expartnerin bewohnt hatte).

Eine Frau betont, dass ein Umzug in eine andere Stadt für sie „unter gar keinen Umständen" infrage kommt (weil sie beruflich gebunden ist).

Ein Mann erklärt, dass er auf keinen Fall mehr heiraten wird (er war bereits 2. verheiratet).

Eine Frau macht klar, dass sie „auf jeden Fall" ein Kind möchte (weil ihre biologische Uhr tickt).

Eine Testleserin schreibt: *„Ich lernte einen Mann kennen, der zur Finanzierung seines Anwesens eine Mitbezahlerin suchte. Sie sollte ihn lieben, ihm einen Stammhalter schenken und natürlich zum Umzug bereit sein."*

Solche Vorstellungen werden oft auf harsche Weise präsentiert. Eine Sehnsucht wird nicht als Sehnsucht mitgeteilt, eine Vorstellung nicht als Vorstellung formuliert, sondern dem Anderen als Bedingung vorgesetzt. Insofern wird der potentielle Partner aus der beginnenden, noch sehr fragilen Beziehung quasi ausgeblendet. Doch der hält dagegen und macht das Gleiche. Wenn zwei sich mögen und wenn beide gleichzeitig auf ihren Vorstellungen beharren, besteht die Gefahr, gleich zu Beginn in einen Machtkampf zu geraten.

Daher sind an diesem Punkt der Entwicklung harte Bedingungen überzogen und kontraproduktiv. An der Schwelle zum Einlassen ist das Meiste unverhandelbar. Warum? Weil für ein großes Entgegenkommen längst nicht genügend emotionale Bindung vorhanden ist.

Entgegenkommen ist *Ergebnis* und nicht Voraussetzung einer emotionalen Bindung.

Sich einzulassen bedeutet im Klartext, sich auf die Andersartigkeit des Anderen einzulassen, sich quasi auf unbekanntes Terrain zu begeben. Es bedeutet nicht, ihm Bedingungen vorzusetzen. Ohne emotionale Bindung beharrt jeder auf seinen Positionen, aber wenn zukünftig eine solche Bindung entstehen sollte, weichen oft auch scheinbar feste Positionen auf.

Das Gegenteil einer harten Bedingung ist ebenfalls möglich. Dann werden Vorstellungen zurückgehalten oder geleugnet und einer passt sich - scheinbar und meist vorübergehend - an. Vorstellungen zu verschweigen ändert nichts daran, dass sie vorhanden sind und sich irgendwann später bemerkbar machen. Auch in diesem Fall ist der Partner aus den vorhandenen Beziehungs-Vorstellungen ausgeblendet.

An dem Punkt, an dem eine erste emotionale Verbindung entsteht, ist noch völlig offen, welche der vorhandenen Vorstellungen erfüllt und welche frustriert werden. Es gilt also, geraume Zeit abzuwarten und festzustellen, wie sich die Beziehung *tatsächlich* entwickelt, unabhängig von den Vorstellungen der beiden Beteiligten.

Die Formulierung, die Beziehung würde *sich* entwickeln, ist nicht zufällig gewählt. Wie ich im Folgenden zeigen werde, kann weder der eine noch der andere Partner einer Beziehung vorgeben, wie sie künftig aussehen soll. Eine Beziehung wird weniger von den Absichten der Partner bestimmt, als die meisten Singles das glauben. Eine Beziehung führt im Gegenteil ein gewisses Eigenleben.

Das Eigenleben einer Beziehung

Partner sind gemeinhin davon überzeugt, sie könnten eine Beziehung willentlich und ihren Absichten entsprechend *steuern*. In diesem Machbarkeits-Gedanken werden sie von der Ratgeberliteratur eifrig unterstützt, dort wird der Begriff der „Beziehungsgestaltung" ausgiebig benutzt. Dadurch wird der Eindruck erweckt, man könne eine Beziehung lenken, man könne sozusagen festlegen, wohin sie sich bewegt und was darin geschieht oder nicht geschieht.

An dieser Überzeugung sind Zweifel mehr als angebracht. Denn wenn eine Beziehungssteuerung, die diesen Namen verdient, möglich ist, wie erklärt man dann, dass sich so viele Paare trennen? Oder dass Singles gar nicht erst zum Paar werden, weil sich die Beziehung ihrem Gestaltungswillen widersetzt?

Diese unerwünschten Phänomene erklärt man durch ein angebliches Versagen der Partner. Sie haben Gestaltungsfehler begangen, und daher entwickelt sich die Beziehung nicht wie gewünscht. Daher wird ihnen ans Herz gelegt, Nachhilfeunterricht in Sachen Liebe und Beziehung zu nehmen.

Dabei liegt die Sache völlig anders. Lassen Sie mich die Behauptung, dass man Beziehungen steuern und willentlich gestalten kann, kritisch betrachten, zuerst am Beispiel normaler Freundschaftsbeziehungen.

Jeder kennt das folgende Phänomen: Man hat verschiedene Freunde, und wenn man die Beziehung zu jedem dieser Freunde vergleicht, stellt man fest, dass jede verschieden ist. Mit einem Freund kann man gut lachen, die Beziehung zu ihm ist humorvoll. Mit einem anderen Freund kann man gut philosophieren, die Beziehung zu ihm hat Tiefgang. Mit einem anderen Freund kann man gut in Urlaub fahren, die Beziehung zu ihm ist entspannt. Mit einem anderen Freund kann man gut Museen und Konzerte besuchen, die Beziehung zu ihm ist anregend etc.

Jede dieser Freundschaftsbeziehungen ist unterschiedlich, obwohl der eine Teil davon - man selbst - stets die gleiche Person zu sein scheint. Es sieht so aus, als wären die Unterschiede in den Beziehungen durch die Verschiedenheit der Freunde, durch deren unterschiedliche Persönlichkeiten und Verhaltensweisen, geprägt.

Allerdings täuscht dieser Eindruck. Denn genau genommen ist man selbst für jeden seiner Freunde eine „andere Person". Man verhält sich jedem Freund gegenüber verschieden. Für den einen bringt man Geduld auf und fordert nichts von ihm, den anderen spornt man an, beim nächsten ist man verständnisvoll, mit einem anderen wetteifert man in gewisser Hinsicht und so weiter.

Dieses unterschiedliche Verhalten ist keinesfalls beabsichtigt, es ergibt sich. Gleiches gilt für den Freund, auch er kann sein Verhalten nicht steuern, es ergibt sich schlicht und einfach - aus dem Kontakt, genauer: aus der Kommunikation der Beteiligten.

Bei keiner seiner Freundschaftsbeziehungen würde ein Beteiligter behaupten, er habe die jeweilige Beziehung gestaltet. Diese Beziehungen haben sich ergeben, aus dem Interesse aneinander, aus der Sympathie füreinander und aus der Faszination an den jeweiligen Eigenarten des Freundes. Es ist geradezu absurd sich vorzustellen, dass man einen Freund findet und sich dann vornimmt, wie die Beziehung zu ihm auszusehen hat.

Wie sollte so etwas funktionieren? Man lernt jemand Netten kennen und nimmt sich beispielsweise vor, mit diesem eine von sportlichen Interessen geleitete Freundschaft zu führen? Oder eine mit kulturellem Tiefgang? Oder eine mit anregenden Gesprächen über soziale und politische Themen? Kein Mensch würde derartig absurde Pläne schmieden, weil jeder weiß, dass Freundschaften *sich* im Zusam-

167

menspiel der jeweiligen Verhaltensweisen bilden.

Weiterhin unterliegen Freundschaften einem Wandel. Mal ist man sich näher, mal ist man weiter voneinander entfernt, mal sucht man engeren Kontakt, mal lässt man die Freundschaft schleifen. Auch dieser Wandel ergibt sich nicht aus absichtlichen Gestaltung, er ist vielmehr von Gefühlen bestimmt. Es ist zweifelsfrei richtig, dass man Freundschaften pflegen muss, wenn man sie auf Dauer erhalten will, aber auch von dieser Pflegeanleitung macht man nur Gebrauch, wenn es für einen passt. Wenn die Freundschaft nicht mehr stimmt, lässt man sie austrocknen, und bei schwerwiegenden Konflikten bricht man sie womöglich ab - ohne dass man sich solche Entwicklungen vorgenommen hätte.

Bewusste Beziehungsgestaltung?

Von einer Gestaltung - im Sinne einer *bewussten* Gestaltung - und von Lenkung von Freundschaften kann nicht die Rede sein. Bei Paarbeziehungen scheint eine zielgerichtete Beziehungsplanung merkwürdigerweise möglich zu sein. Zumindest geht jeder Partner davon aus, dass er sämtliche seiner Vorstellungen in der Liebesbeziehung verwirklichen kann. Doch dahinter stehen eher massive Wünsche als reale Möglichkeiten.

Betrachten wir den Begriff der Gestaltung näher. Damit ist zweifellos eine absichtliche und zielgerichtete Gestaltung gemeint. So wie man einen Garten gestaltet oder ein Haus, oder wie man einen Gegenstand designt. Das ist machbar. Allerdings lassen sich nur tote Dinge gestalten, anordnen, stellen, arrangieren. Dinge, die nicht antworten, die nicht mitspielen. Sie müssen sich fremde Absichten gefallen lassen und dem fremden Willen unterwerfen. Aber eine Beziehung? Gar eine Paarbeziehung?

Eine Beziehung zwischen Menschen ist etwas Lebendiges. Sie besteht aus Kommunikation, das heißt, aus der *Reaktion* des einen Partners auf den anderen. Eine Beziehung ist eine

Kette gegenseitiger Reaktionen. Daher lebt eine Beziehung nur, solange zwei Menschen aufeinander reagieren. Stellen sie ihre Reaktionen aufeinander ein, beispielsweise, indem sie sich trennen, hört ihre Beziehung auf zu existieren.

Eine Liebesbeziehung wiederum erfordert spezifische Reaktionen. Sie besteht aus der *intimen* Kommunikation zweier emotional eng verbundener Partner. Diese Kommunikation meint etwas scheinbar sehr Einfaches: dass die beiden nicht als irgendwer, sondern *als Liebespartner* aufeinander reagieren.

Eine Beziehungsgestaltung würde voraussetzen, dass zwei die Art und Weise, in der sie aufeinander reagieren, kontrollieren können.

Um eine Liebesbeziehung ständig bei hoher Qualität lebendig zu halten, müssten die Partner jederzeit als Liebespartner handeln. Dazu müssten sie allerdings in der Lage sein, sich selbst - ihre individuellen Bedürfnisse, ihre Sehnsüchte, ihre Erwartungen, ihre Emotionen und die Gefühle für den Partner - zu kontrollieren. Alles müsste stets mit dem Partner übereinstimmen, und dessen Bedürfnisse, Sehnsüchte, Erwartungen, Emotionen und Gefühle auch mit denen des anderen.

Diese Vorstellung ist ein ziemlicher Witz. Wäre das möglich, gäbe es keine Konflikte in Beziehungen. Es gäbe keine Differenzen, man würde stets das Gleiche wollen. Es gäbe keine Machtkämpfe, man würde immer auf den anderen eingehen. Es gäbe keine Gleichgültigkeit, man würde ständig einander zugewandt sein. Es gäbe keine abflauende Sexualität, man würde uneingeschränktes Begehren zeigen. Es gäbe keine Rosenkriege, man würde Altruismus praktizieren. Es gäbe kein Leid in der Liebe. Die Partner würden schlicht und einfach auf liebevolle Weise aufeinander beziehen und ihre Beziehung lebenslang bei höchster Qualität lebendig erhalten.

Leider ist es unmöglich, das eigene Verhalten entsprechend zu lenken. Das eigene Verhalten wird von Kräften gesteuert, die dem Unbewussten zugeordnet werden. Was man mag, was man ersehnt, wovon man träumt, was einen erfüllt, was man begehrt, ebenso, was man ablehnt, was einen abschreckt oder sogar abstößt, darüber kann man nicht willentlich entscheiden, das bekommt man von sich selbst vorgesetzt. Das stammt aus psychischen Bereichen, zu denen weder Wille noch Absicht einen Zutritt finden. Und es ist Grundlage für die Reaktionen, die man dem Partner gegenüber zeigt.

Insofern lassen sich in einer Beziehung eigene Absichten nur verwirklichen, wenn und solange der Partner entsprechend bejahend auf das eigene Verhalten reagiert. Das ist allerdings nicht immer der Fall. Im Gegenteil sind die Bedürfnisse oft unterschiedlich.

Im Kleinen: Der eine will im Urlaub gemeinsam wandern gehen, der andere möchte auf einer Liege liegen und einen Stapel Bücher lesen. Das hat sich weder der eine noch der andere so vorgestellt.

Im Größeren: Der eine will öfter Sex, der andere will öfter seine Ruhe haben. Weder der eine noch der andere erhalten eine passende Reaktion auf das eigene Verhalten.

Im Großen: Der eine will ein drittes Kind, der andere will sich sterilisieren lassen. Die Bedürfnisse passen nicht zueinander.

Wenn die Reaktionen (das Verhalten) der Partner nicht zueinanderpassen, hat weder der eine noch der andere die Beziehung, die er sich wünscht. Das ist oft der Fall, zumindest weicht eine Beziehung immer wieder gehörig von den Wünschen der Partner ab.

Manches klappt, anderes nicht

Insofern können sich Singles, die den Schritt in eine Beziehung wagen wollen, die Vorstellung abschminken, dass sämtliche oder zumindest die meisten ihrer Erwartungen darin erfüllt werden. Das bedeutet nicht, eine Beziehung würde dann nichts taugen und es erfordert auch nicht, sich vorschnell aus Frust und Enttäuschung abzuwenden.

Wer sich einlässt, wird sowohl gute als auch schwere Zeiten durchmachen, und gerade zu Anfang wird die im Aufbau befindliche Beziehung oft auf der Kippe stehen.

Gestaltung und Planung von Beziehungen sind Wunschvorstellungen. Aber man kann und sollte sensibel sein für das, was miteinander gut klappt und ebenso wahrnehmen, was nicht so gut klappt. Dann kann man sich darauf einstellen, was miteinander möglich ist und was - jetzt oder überhaupt - nicht gelingen will.

Wer die Reihe seiner ehemaligen Partner durchgeht, kann recht genau beschreiben, mit wem beispielsweise die erotische Beziehung am besten klappte, mit wem am meisten Begehren entstand oder mit wem die Sexualität eher eine Nebenrolle spielte. Absichtlich gestaltet wurde keine dieser Situationen. Sie ergaben sich aus Reaktionen auf Reaktionen, aus einer langen Kette von Reaktionen namens Beziehung, die sich über Jahre oder gar Jahrzehnte hinziehen können.

Was man sich vornimmt ist eine Sache, was miteinander entsteht eine andere.

Aus dem Gesagten lässt sich ein Schluss ziehen: Weder „Ich" noch „Du" kann *bestimmen*, was in unserer Beziehung geschieht. Aber es geht noch weiter. Selbst wenn beide gemeinsam die gleiche Absicht verfolgen und das gleiche Ziel anstreben, gibt es keine Garantie, dass ihnen die Beziehung so gelingt, wie sie das wünschen.

Nehmen wir an, zwei potentielle Partner lernen sich näher kennen und erfahren, beide aktive Läufer zu sein. Sie freuen sich über diese Gemeinsamkeit und stellen sich vor, dass gemeinsames Laufen zu ihrer Beziehung gehören soll. Nachdem sie einige Male miteinander gelaufen sind, zeigt sich allerdings, dass sie statt in Spaß und Freude in Anspannung und Gereiztheit geraten. Es liegt ganz einfach an der Art und Weise, in der jeder läuft. Der eine läuft im Intervall, er bleibt öfter stehen, kontrolliert seinen Puls, macht Dehnübungen, redet nicht beim Laufen, folgt konzentriert und ernsthaft einem festen Programm. Der andere läuft stetig und locker, er schwatzt gern dabei und genießt die Umgebung. Es liegt auf der Hand, dass die beiden beim Laufen nicht zusammen kommen. Das liegt nicht an der fehlenden Bereitschaft, sich auf den anderen einzustellen, sondern an den unterschiedlichen persönlichen Vorlieben. Diese sind nicht veränderbar, denn darüber, *wie* ihm Laufen Spaß bereitet, hat keiner der beiden Kontrolle. Daher schadet das gemeinsame Laufen der Beziehung, statt ihr zu nutzen. Wenn die beiden schlau sind, kommen sie zu dem Schluss, dass miteinander Laufen nicht „unser Ding" ist.

Das Beispiel zeigt: Der Gestaltung einer Beziehung werden auch beim besten Willen und bei gleichen Zielen Grenzen gesetzt. Das gilt schon für Hobbys, aber erst recht für wesentlich intimere Belange wie beispielsweise Sexualität oder Lebensträume. Man kann sich vornehmen, was man will, ob man es miteinander hinbekommt, bleibt abzuwarten. Womöglich spielen das eigene Unbewusste oder das des Partners nicht mit.

Die Beziehung als Drittes

Weil eine Beziehung sich weder nach *meinen* noch nach *deinen* noch nach *unseren* Absichten richtet, ist es sehr hilfreich, sich die Beziehung wie ein eigenes Wesen vorzustellen. Dann gibt es *dich*, *mich* und *die Beziehung* als dritten Mitspieler. Die Beziehung liegt zwischen den Partnern. Sie wird von beiden Seiten her, durch das jeweilige Verhalten jedes Partners, beeinflusst.

Man kann sich die Beziehung als ein Feld vorstellen, das seine Farbe aus der Reaktion der Farben bezieht, die von den seitlichen Feldern (den Partnern) ausgesendet werden.

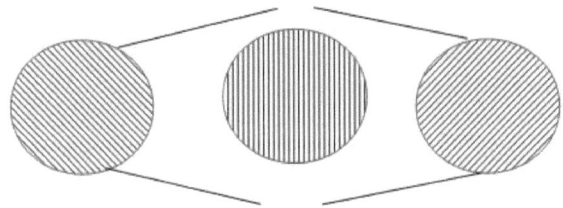

Wenn von der linken Seite Rot kommt und von rechts Blau, wird die Beziehung violett. Verändert sich die eine Seite und sendet statt Rot nun Grün aus, verändert sich auch die Farbe der Beziehung in Gelb. Die Beziehung verändert sich also auch dann, wenn die andere Seite unverändert blau bleibt. Die Beziehung verändert ihren Zustand je nach dem Verhalten der Partner, und kein Partner kann den Zustand der Beziehung festlegen, indem er sein Verhalten festlegt, weil er sowohl auf sein Unbewusstes als auch auf den Partner angewiesen ist.

Wenn die Beziehung gerade noch innig war, kann sie blitzschnell distanziert werden. Dazu genügen ein falsches Wort des einen Partners und eine beleidigte Reaktion des anderen.

Die Beziehung war gerade noch harmonisch, dann hat ein Partner einen Satz gesagt, auf den der andere empfindlich reagierte, und schon ist die Beziehung angespannt.

Die Beziehung war gerade noch angespannt und distanziert, dann hat einer den anderen berührt, jetzt ist die Beziehung nah und liebevoll.

Wenn man bedenkt, dass keiner der Partner über sich

selbst, über sein Verhalten und die dahinter liegenden unbewussten Motive frei verfügen kann, dann wird klar, wie unberechenbar Beziehungen verlaufen können. Dass sie überhaupt funktionieren, liegt wohl an dem unverzichtbaren Bedürfnis der Menschen nach Liebe und der daraus resultierenden Bereitschaft, immer wieder aufeinander zuzugehen.

Wenn potentielle Partner die hier angebotene Perspektive annehmen und eine Beziehung wie ein eigenes Wesen und als dritten Mitspieler betrachten, hat dies einen positiven Effekt. Sie gehen achtsamer mit der Beziehung um und sind vorsichtiger dabei, ihre Vorstellungen durchsetzen zu wollen.

Übrigens: Das Gesagte bedeutet nicht, dass Partner nichts tun können, wenn ihre Beziehung „aus dem Ruder" läuft und sich anders als vorgestellt entwickelt. Natürlich kann man versuchen, das eigene Verhalten zu verändern, nicht zuletzt, um vom Partner eine andere Reaktion zu erhalten.

Wenn einer sich egoistisch verhält und der andere sich daraufhin zurückzieht, wird die Beziehung distanziert und kühl. Da beide an dieser Beziehung leiden, besteht durchaus die Möglichkeit, Verhalten zu ändern. Beispielsweise kann sich der eine entschuldigen oder der andere kann eine Auseinandersetzung suchen.

Verhaltensänderungen sind möglich, aber eines ist ebenso gewiss: Es gibt keine Garantie darauf, dass das veränderte Verhalten die Beziehung in den erwünschten Zustand versetzt.

Zusammengefasst bedeutet das Gesagte: Die Beziehung ist nicht das, was du willst, oder was dein Partner will, sie ist nicht einmal das, was ihr beide übereinstimmend wollt.

Ihre Beziehung ist das, was zwei tatsächlich und beim besten Willen miteinander hinbekommen.

Was man will und was man hinbekommt, das sind oft genug zwei Paar Schuhe.

Worin besteht die Konsequenz aus den Thesen dieses Abschnittes, in dem ich vorschlage, die Beziehung wie ein eigenständiges Wesen anzusehen?

Die Konsequenz aus dieser Sichtweise lautet, nicht nur auf die eigenen Absichten zu schauen oder auf die des Partners, sondern ebenso darauf zu achten, was die Beziehung will, was ihr schadet und was ihr gut tut.

Sich auf die Beziehung einstellen

Viele Leser mögen die Empfehlung, darauf zu achten, was die Beziehung will, als merkwürdig empfinden.

Natürlich hat eine Beziehung keinen Willen im Wortsinn, sie ist auch kein Wesen. Aber weil sie dem Bewusstsein gegenüber wie ein eigenständiges Wesen *erscheint,* ist es überaus hilfreich, ihr einen Willen zu unterstellen. Dann fällt es den Partnern leichter, sich auf ihre Beziehung einzustellen. Mit anderen Worten: Sie können sich auf das einstellen und konzentrieren, was ihnen miteinander gelingt und was miteinander funktioniert sowie von dem Abstand nehmen, was ihnen beim besten Willen nicht gelingen will.

Sich auf die Beziehung einzustellen bedeutet, das zu tun, was der Beziehung gut tut und das zu lassen, was ihr schadet. Beides lässt sich feststellen.

Nehmen wir an, ein Partner ist Segler, der andere wird schon auf einem Binnensee seekrank. Der Segler kann nun darauf bestehen, dass gemeinsam gesegelt wird und dass der andere Tabletten gegen Seekrankheit einnimmt. Der andere mag sich auf den Versuch einlassen, schließt das auf Dauer aber aus. Da jetzt nach jedem Törn Spannung und Streit statt Harmonie ausbrechen, ist es sinnvoll zu sagen, dass zusammen segeln der Beziehung nicht gut tut. Man kann ebenso formulieren: Die Beziehung spielt nicht mit.

Nehmen wir an, ein Partner tanzt leidenschaftlich gern

und der andere möchte es lernen. Der Tänzer bietet sich als Tanzlehrer an, aber im Laufe der Übungen wird die Luft zwischen beiden immer dicker. Der Tanzlehrer erweist sich als ungeduldig, der Lehrling will sich nichts sagen lassen. Der Tanzunterricht schadet der Beziehung. Man kann ebenso sagen: Wir bekommen das nicht miteinander hin, oder man sagt: Die Beziehung gibt das nicht her.

Was der Beziehung schadet, sollte man ihr nicht zumuten, und was ihr gut tut, darauf sollte man sich einstellen.

Zwei stellen fest, dass ihnen die besten persönlichen Gespräche auch über heikle Themen auf langen Spaziergängen gelingen. Keiner empfindet sich eigentlich als Spaziergänger, die gemeinsamen Spaziergänge haben sich beim Kennenlernen so ergeben. Der Beziehung aber tun sie gut.

Wie eine Beziehung reagiert, daran sind immer beide Partner beteiligt. Wer die Schuld für den Zustand der Beziehung bei *einem* der Partner sucht, läuft ins Leere. Denn jederzeit wäre von jedem Partner eine andere Reaktion - zumindest theoretisch - vorstellbar.

Der Tanzlehrer könnte mehr Geduld aufbringen, wenn er könnte. Der Tanzlehrling könnte sich mehr sagen lassen, wenn er das ertragen würde. Der Segler könnte aufhören, Druck auszuüben, wenn ihm das gelänge. Der Seekranke könnte dauerhaft Tabletten nehmen, wenn er wollte. Jemand, dem die ständige Nähe zu viel wird, könnte sein Empfinden ändern, wenn er könnte. Wer sich abgewiesen fühlt, könnte weniger empfindlich sein, wenn er könnte.

Natürlich könnte man den Anspruch stellen, jeder Partner sollte seine Möglichkeiten erweitern und dazulernen. Die Frage ist allerdings, ob sich dieser Aufwand lohnt. Denn gerade bei persönlichen Vorlieben, die sich quer durch ein Leben entwickelt und gefestigt haben, bestehen relativ wenig

Veränderungsmöglichkeiten. In den meisten Fällen ist es leichter, einen Umgang mit Unterschieden zu finden als sie einebnen zu wollen.

Der bewussten Beziehungsgestaltung sind enge Grenzen gesetzt. Man hat nicht alles im Griff, oft genug sich selbst nicht und natürlich nicht die eigene Reaktion. Das ist kein Beinbruch. Und gerade bei Partnern, die lange Zeit Single waren, gestaltet sich der Beziehungsaufbau meist schwieriger, als das in jungen Jahren der Fall war. Daher sollten diese Partner besonders darauf achten, was der im Entstehen befindlichen Beziehung gut tut, was sie braucht und was sie will.

Übrigens: Wer sich auf die Beziehung einstellt, passt sich nicht an den Partner an. Da besteht ein gewaltiger Unterschied. Wer sich an den Partner anpasst, nimmt sich zurück oder verleugnet sich. Wer sich an die Beziehung anpasst, berücksichtigt hingegen sowohl die eigenen Möglichkeiten und Grenzen als auch die Möglichkeiten und Grenzen des Partners.

Eine Beziehung erzwingen wollen

Meine Erfahrung aus der Singleberatung sagt mir, dass vielen Singles der Gedanke, sich auf eine Beziehung einzustellen, fremd ist. Sie erliegen statt dessen oft der Versuchung, eine bestimmte Beziehung erzwingen zu wollen.

Zwei haben sich verliebt, können im Alltag aber relativ wenig Zeit miteinander verbringen. Sie sehnen sich nach mehr Nähe und fahren deshalb zusammen in Urlaub - in einen vierwöchigen Urlaub. Zuerst erfüllen sich ihre Sehnsüchte und sie erleben viel Nähe. Doch nach zwei Wochen stellt sich, zuerst unmerklich, eine gewisse Distanz ein. An wem liegt das? Es liegt an beiden. Der Frau wird die tägliche Nähe zuviel, sie fühlt sich durch die ständige Präsenz des Mannes eingeengt und nimmt innerlich mehr Abstand ein. Der Mann wiederum hält es schwer aus, sich in der körperlichen Nähe zur Frau allein zu fühlen, auch er hält jetzt mehr Abstand. Die beiden streiten nicht, sind sich ihrer Beziehung aber nicht mehr so sicher wie vor dem Urlaub. Nachdem der Urlaub beendet ist, treffen sie sich wieder im gewohnten Abstand von zwei bis drei Tagen. Gleich entsteht wieder mehr Nähe zueinander. Die beiden stellen fest: Lange aufeinanderzuhocken tut unserer Beziehung nicht gut.

Man könnte es auch so formulieren: Die Beziehung braucht (will) einen gewissen Abstand. Natürlich ist es möglich, dass sich die beiden sich im Laufe der Zeit näher kommen, vielleicht können sie eines Tages sogar den Alltag miteinander teilen. Aber erzwingen lässt sich das nicht, und schon gar nicht an diesem Punkt der Entwicklung.

Das Beispiel deutet an, worauf beim Aufbau einer Beziehung ein besonderes Augenmerk liegen sollte: Darauf, wie sich Nähe und Distanz entwickeln.

Nähe und Distanz

Wer längere Zeit Single war, hat sich darauf eingestellt, sein Leben selbst zu organisieren, unabhängig davon, ob er das bereitwillig oder notgedrungen tat. Sein Alleinsein hatte Vor- und Nachteile.

Die Nachteile sollen durch eine Beziehung aufgehoben werden, das heißt aber nicht, dass man auf die Vorteile verzichten will.

Zu den Vorteilen des Singleseins gehört, dass man niemandem Rechenschaft ablegen und auf niemand Rücksicht nehmen muss. Man kann seine Wohnung nach dem eigenen Geschmack einrichten, so lange am Computer sitzen, wie man mag, einladen, wen man möchte, essen, wonach einem ist, das Hobby pflegen, das einem liegt, sein Geld ausgeben, wofür man will, dahin in den Urlaub fahren, wohin man möchte und so weiter.

Der bedeutsamste Vorteil am Singlesein besteht darin, dass man ganz und frei über seine Zeit und seinen Raum verfügen kann.

Mit Raum meine ich den inneren Raum. Der gehört einem ganz allein. Man muss für niemanden mitdenken, niemanden einplanen, niemanden abwehren, wenn er sich einmischt, sich mit niemand auseinandersetzen. Man hat sehr viel Raum zur Selbstwahrnehmung, dazu wahrzunehmen, wer man *unabhängig von einem Beziehungspartner* ist.

Diese innere Unabhängigkeit gerät mit einer entstehenden Beziehung in Gefahr. Entweder, weil man selbst glaubt, sie aufgeben zu müssen oder weil der Partner will, dass man sich vorwiegend auf ihn einstellt. Wenn da, wo vorher aufgrund des Singledaseins viel Distanz war, jetzt ausschließlich Nähe sein soll - nur die Beziehung zählt - wird die Lage schnell heikel.

Das zeigt beispielhaft der folgende Text. Er stammt von

einer Frau, die eine E-Mail-Beratung in Anspruch nahm: *„Seit einem Monat bin ich in einer neuen Beziehung, zumindest fühlt es sich so an, ob es hält, weiß ich nicht. Ich habe in langen Singlejahren mühsam gelernt, gut allein zu leben. Dadurch fühle ich mich erstmals trotz des Verliebtseins nicht so ausgeliefert wie früher. Ich liebe natürlich das Zusammensein, brauche aber auch meine Zeit für mich allein. Mein Freund äußert öfter, er wolle am liebsten nur noch mit mir zusammensein, 24 Stunden rund um die Uhr. Für ihn sind zwei Abende die Woche allein schon ein großes Zugeständnis an mich. Für ihn kommt langfristig nur ein Zusammenziehen infrage, getrenntes Wohnen geht gar nicht. Im Falle des Zusammenlebens in einer Wohnung, bereitet ihm der Gedanke an zwei getrennte Zimmer Panik. Er bekämpft solche Ideen regelrecht, auch das Thema getrennte Hobbies wird gleich weggeschoben. Den Gedanken, ich könnte mal mit meiner Tochter oder Freundin ein paar Tage allein verbringen, schließt er aus. "*

Hier braut sich etwas zusammen. Der Mann möchte Nähe erzwingen, und wenn es der Frau nicht gelingt, ihr Distanzbedürfnis *in der Beziehung* durchzusetzen, stehen die Chancen für diese Beziehung schlecht. Selbst wenn sie sich an die Vorstellungen des Mannes anpasst, wird sie innerlich auf Abstand gehen, und damit schwindet die Nähe zwischen den Partnern. Schließlich wird sie aus der Beziehung ausbrechen, wie aus einem Gefängnis.

Wenn man Paare, die Jahrzehnte zusammen sind, nach dem „Rezept" ihrer Beziehung fragt, bekommt man gewöhnlich folgende Antwort: „Man kann den Partner nicht verändern, man muss ihn lassen, wie er ist." Diese Paare haben im Laufe der vielen Jahre ihres Zusammenseins eine Lektion gelernt: dass man trotz Beziehung ein eigenständiger Mensch bleibt und das auch bleiben will, und dass die Beziehung nur hält, wenn dieses Bedürfnis respektiert wird.

Manchem Single mag so viel Unabhängigkeit als Zumutung erscheinen, bestimmt ergeht es dem Mann so, von dem die Frau in der oben zitierten E-Mail berichtet. Aber Singles sollten sich nicht einbilden, ihnen bliebe die Lektion erspart, die langjährige Paare meist mühsam lernen mussten. Diese Lektion besteht darin, Distanz *in der Beziehung* zuzulassen.

Distanz *in* der Beziehung

Zum Thema Distanz in Beziehungen ist grundsätzlich festzuhalten, dass es zwei verschiedene Distanzformen gibt. Es gibt psychische, also innerliche und räumliche, also äußerliche Distanz.

Psychische Distanz meint, sich innerlich vom Partner abzugrenzen. „Man muss den Partner lassen, wie er ist" bedeutet, man muss ihm seine Eigenarten lassen und diese respektieren. Es bedeutet, ihm seine Meinung zu lassen, auch wenn sie einem nicht gefällt, statt ihn überzeugen zu wollen. Es bedeutet, ihm seine Hobbys zu lassen, auch wenn man sie nicht teilt, statt ihn davon abbringen zu wollen. Es bedeutet, ihm seine Freunde zu gönnen, auch wenn man diese nicht mag, statt ihm diese madig zu machen. Es bedeutet, sich nicht in Entscheidungen einzumischen, die der Partner für sich alleine treffen will, statt Druck auf ihn auszuüben. Es bedeutet, ihn den Kontakt zu Menschen pflegen zu lassen, die ihm am Herzen liegen, beispielsweise zu Kindern oder Expartnern. Es bedeutet, ihm seine Geheimnisse zu lassen. Und anderes mehr.

Eine Testleserin schreibt hierzu: „*Ich hatte extreme Angst, emotional abhängig zu werden und bei einer erneuten Trennung viel Kraft zu verlieren und mich mühsam wieder im Single-Leben einrichten zu müssen. Als die Beziehung mal wieder auf der Kippe stand, habe ich angefangen, meine eigenen Freundschaften zu pflegen. Das wirkte sich sehr gut auf die Beziehung aus. Man muss nicht alles gemeinsam machen. So kann man seine*

Unabhängigkeit ein großes Stück behalten und ist freier, man ist emotional weniger abhängig in der Beziehung und kann sich besser darauf einlassen."

Wer gut psychischen Abstand halten kann, der sucht keine Symbiose, der braucht nicht - wie im 3. Band beschrieben - um Bestätigung zu kämpfen und darum, mit seiner Sichtweise der Dinge recht zu haben, der stört seine Beziehung weniger.

Räumliche Distanz. Psychische Distanz zu halten und sich dennoch immer wieder auf Intimität einzulassen, stellt einen relativ hohen Anspruch dar, im Alltag manchmal einen zu hohen Anspruch. Daher wählen viele dauerhafte Singles die Option, räumliche Distanz zu halten. Das hängt sicherlich damit zusammen, dass es vielen schwerfällt, sich in der Gegenwart des Partners psychisch zu distanzieren. Eine räumliche Distanz hat den Vorteil, zugleich psychischen Abstand zu ermöglichen.

Dazu schreibt eine Frau in einem Internet-Forum: *"Meine letzte Beziehung ist an zu viel Nähe und Alltag zerbrochen, so dass ich nicht sonderlich erpicht bin, mit jemandem zusammenzuziehen. Ich habe meinen Freiraum schätzen gelernt".*

Sicher kann man darüber spekulieren, ob die Beziehung an zu viel Alltag und Nähe oder an zu wenig psychischer Distanz zerbrochen ist, aber die Lösung, die die Frau für sich ins Auge fasst, ist gerade dann passend für sie.

Räumliche Distanz ist in verschiedenen Formen möglich. Die klarste Form besteht in getrennten Wohnungen. Auf diese Weise kann jeder seinen Lebensstil weitgehend behalten, weil diesbezüglich wenig Regelungsbedarf anfällt. Man trifft sich ein paar Mal die Woche, an Wochenenden und verbringt vielleicht gemeinsame Urlaube miteinander. Kontakt ist jedoch kein Selbstläufer, weil man sich stets neu verabreden muss. In den Tagen, in denen man sich nicht trifft, kann sich das Nähebedürfnis aufbauen, was den Treffen dann eine besondere Intensität verleihen kann.

Auf solche Weise sorgen viele Ex-Singles sowohl für ihre Individualität als auch für die Beziehung. Die Botschaft dahinter ist klar: Meine Unabhängigkeit ist mir mindestens genau so viel wert wie die Beziehung zu dir!

Eine Testleserin schreibt: *„Ich bin sehr für getrenntes Wohnen, denn viele Konflikte tauchen in Alltagssituationen auf, wie Geld, Putzen usw. Mir persönlich wäre das nach einer 18-jähriger Ehe viel zu anstrengend!"*

Eine weitere Form räumlicher Distanz besteht darin, in der gemeinsamen Wohnung getrennte Zimmer und damit getrennte Betten zu haben. Die Botschaft ist auch hier klar: Ich brauche Zeit und Raum für mich, ich brauche einen gewissen Abstand. Zugleich lässt sich durch das Zusammenwohnen mehr Alltagsnähe praktizieren.

Eine weitere Distanzform besteht in rechtlicher und finanzieller Distanz. Längst nicht alle Ex-Singles streben eine Heirat an, und selbst wenn, halten sie finanzielle Dinge[7] zumindest teilweise getrennt, indem sie getrennte Konten führen. Die Botschaft ist auch hier klar: Ich mache mich nicht abhängig.

Hierzu schreibt eine andere Frau im Internet: *„Ich war lange verheiratet und fand das auch schön. Finanziell aber bleibe ich zukünftig unabhängig, und räumlich möchte ich auch nicht unbedingt verschmelzen. Aber vielleicht könnte er in meine Nähe ziehen, dann könnten wir uns spontan besuchen und jeder hätte auch die Möglichkeit, sich zurückzuziehen und für sich zu sein."*

Ein Mann schreibt: *„Natürlich will ich mit einer Frau viel Zeit verbringen. Zusammenwohnen wäre schön, muss aber nicht sein. Wenn man nahe beieinander wohnt, kann man sich unkompliziert treffen."*

Wie man sieht, kommt dem Thema Distanz in der Beziehung bisher dauerhafter Singles eine besondere Bedeutung zu. Denn nur aufgrund von Distanz ist es möglich, dass jeder Partner *er selbst* sein kann.

In der Beziehung man selbst sein

Wer bereits längere Zeit einen Partner sucht, wer bereits etliche potentielle Partner aussortiert hat, weil sie nicht zu seinen Vorstellungen gepasst haben, der legt offenbar großen Wert darauf, *er selbst* zu sein. Man kann demnach unterstellen, dass gerade Partner, die lange Zeit als Single gelebt haben, einen besonderen Wert auf ihre individuelle Identität legen.

Frühere negative Beziehungserfahrungen, die meist mit einer mehr oder weniger umfangreichen Selbstaufgabe verbunden waren, sollen nicht wiederholt werden. Daher sind Singles besonders vorsichtig, wenn es ums Einlassen geht. Viele betonen, sie würden - obwohl sie beispielsweise über Partnerbörsen Kontakte aufnehmen - nicht unbedingt eine Beziehung suchen. Damit meinen sie eine Beziehung der Art, die sie einst verlassen haben, meist aus dem Grund, um wieder „zu sich" zu finden.

Dauerhafte Singles legen viel Wert auf ihre individuelle Identität.

Die individuelle Identität ist die Vorstellung, die man von sich selbst, unabhängig von einem Beziehungspartner oder anderen Menschen, hat. Durch sie erfährt man sozusagen, *wer man ist*; und wie man sich als dieser verhält und was man nicht tun sollte, um man selbst zu bleiben.

Es versteht sich, dass die individuelle Identität durch eine Beziehung potentiell gefährdet wird. Entweder übt man Anpassungsdruck auf sich selbst aus, oder der Partner macht das. Auf diese Weise gerät man leicht in einen Konflikt zwischen dem Bedürfnis, man selbst zu bleiben und dem nach einer intimen Beziehung.

Wenn man seine individuelle Identität behalten und gleichzeitig eine Beziehung führen will, dann gibt es nur einen Weg: Man muss auch *in der Beziehung* man selbst bleiben.

Dies stellt eine Herausforderung dar, denn natürlich versucht jeder Partner, seine Bedürfnisse so gut wie möglich durchzusetzen und den anderen zu einem gewünschten Verhalten zu veranlassen. Dabei kommt es oft zu Reibereien oder Konflikten. Weil das unvermeidlich geschieht, gilt es, diese Konflikte durchzustehen und dem anderen zu zeigen, wer man im Unterschied zu ihm ist.

Der Partner kann schließlich nur erfahren, wer man ist, wenn man sich ihm zeigt, und zwar auch mit den Seiten, die ihm vielleicht nicht gut passen.

Nochmal: Konflikte sind auch in beginnenden Beziehungen unvermeidbar. Statt bei Differenzen und Meinungsverschiedenheiten gleich ans Ende einer Beziehung zu denken oder gar mit Abbruch zu drohen, kann man konsequent die Haltung vertreten: „Ich will das *und* ich will eine Beziehung".

Ich will die Beziehung und meine Wohnung behalten.

Ich will die Beziehung und meine finanzielle Unabhängigkeit bewahren.

Ich will die Beziehung und meinen eigenen Freundeskreis pflegen.

Ich will die Beziehung und meine Interessen pflegen.

Gibt es einen Weg um die Herausforderung, in der Beziehung man selbst zu sein, herum? Wohl kaum, und am wenigsten bei denjenigen, die lange Zeit Single waren. Es gibt Dinge, die sich als unverzichtbar erweisen. Dafür kann und sollte man einstehen.

Einer schläft gern lange. Einer liest im Urlaub am liebsten. Einer fährt gern allein in den Urlaub. Einer geht am liebsten allein auf Partys. Einer schaut prinzipiell kein Fernsehen. Einer liebt Konzerte. Einer hat bestimmte sexuelle Vorlieben.

Es versteht sich beinah von selbst, dass sich der Anspruch, man selbst zu sein, nicht mit ausufernden Symbiosesehnsüchten verträgt. „Eins" mit dem Partner zu werden erscheint bisherigen Langzeit-Singles wenig attraktiv, umso mehr, je älter sie sind. Herauszufinden, wie man Unterschiede Unterschiede sein lassen kann, was klappt und was nicht klappt, kann viel Zeit in Anspruch nehmen.

Daher wird es unter Umständen viele Monate oder gar einige Jahre dauern, bis zwei Singles guten Gewissens sagen können, dass sie „zusammen" sind und eine Paarbeziehung „haben".

Hierzu schreibt eine Testleserin: *„Das habe ich so noch nie gesehen und doch trifft es genau auf meine Beziehung zu. Ich dachte, das müsse schneller gehen und aus diesem Missverständnis heraus dachte ich, die Beziehung wär nichts Gescheites."*

Wenn zwei darauf Wert legen, eine Beziehung zu haben und gleichzeitig in der Beziehung man selbst zu sein, bildet sich nach und nach die für sie passende Form ihrer Beziehung heraus.

Die Beziehung nimmt eine Form an

Zu Beginn dieses vierten Bandes habe ich betont, dass die Vorstellungen, die Partner sich von einer Beziehung machen, teils sehr unterschiedlich sind. Dann habe ich das Eigenleben von Beziehungen beschrieben und bin auf die besondere Bedeutung von Nähe und Distanz und den Wert individueller Identität eingegangen.

Zusammenfassend lässt sich sagen, dass, damit bisher dauerhaft suchende Singles eine Beziehung haben können und jeder gleichzeitig er selbst sein kann, dreierlei erforderlich ist:

- Ich muss „mein Ding" machen.

- Du musst „dein Ding" machen.

- Wir müssen „unser Ding" machen.

Wenn diese drei Bedingungen als gleichwertig angesehen werden, ergibt sich in den meisten Fällen eine neue Vorstellung davon, wie eine Beziehung beschaffen sein soll. Dann gilt: „Früher habe ich mir eine Beziehung anders vorgestellt als heute. Heute stelle ich mir eine Beziehung anders vor als früher".

In den meisten Fällen wurde in früheren Beziehungen die Sehnsucht nach Gemeinsamkeit vor die Notwendigkeit, man selbst zu sein, gestellt. „Unser Ding" schien wichtiger zu sein als „mein Ding" und „dein Ding". Die Beziehung schien wichtiger als die Partner. Die Familie schien wichtiger als die Individuen. Nicht selten führte das zu Selbstverleugnung und trug zum Ende einer Beziehung bei.

Wer glaubt, seine heutige Beziehungsvorstellung wäre über die Zeit unverändert geblieben oder wer an einer alten Beziehungsvorstellung festhält, ignoriert die Gründe, warum frühere Beziehungen auseinander gingen. Wer an einer alten Beziehungsvorstellung festhält, übersieht zudem, dass er selbst inzwischen eine andere Person geworden ist.

Diese andere Person kann nicht die gleiche Art von Beziehung führen, wie das früher der Fall war. Sie wird einer Beziehung keine Priorität vor dem Selbst einräumen. Sie wird Beziehung nicht als wichtiger als die eigene Identität erachten. Sie wird sich einer Beziehung zuliebe nicht verbiegen. Und sie wird dem Partner zugestehen, das Gleiche für sich in Anspruch zu nehmen.

Da sie unabhängig voneinander leben können, kann die Beziehung bisher dauerhafter Singles schwerlich exakt die gleiche Form annehmen, die durch feste Rollenteilung und die damit verbundene Abhängigkeit entsteht. Den Satz: „Mir geht es rundum gut, ich fühle mich in allen Lebensbereichen wohl, nur etwas fehlt mir", den man sogar in der Single-Werbung hört, muss man ernst nehmen. Das „Etwas" darf die Unabhängigkeit nicht zu stark beeinträchtigen.

In gewisser Weise kann man dauerhafte Singles daher als Pioniere im Projekt betrachten, Beziehungsformen auf der Basis von materieller Unabhängigkeit zu entwerfen.

Die große Bedeutung, die dauerhaft suchende Singles ihrer individuellen Identität verleihen und die gleichzeitige Sehnsucht nach einer Beziehung beantworten die Frage, wie sich die Form einer Beziehung ergibt: indem beides, sowohl die individuellen Unterschiede als auch die Gemeinsamkeiten, formuliert und auch gelebt werden.

Eine Anweisung zur Beziehungsgestaltung

Die folgende Anweisung zur Beziehungsgestaltung ist gar keine. Sie fordert nicht zur Gestaltung einer Beziehung auf, sondern soll dazu dienen, die Form nachzuvollziehen, die eine Beziehung gegenwärtig angenommen hat. Die Anweisung ist in drei Teile gegliedert.

Teil 1: Formuliere die folgenden Aussagen in kurzen, klaren Worten:

189

„Mein Ding ist ..."

„Dein Ding ist ..."

„Unser Ding ist ..."

Diese Formulierungen zu finden ist sehr aufschlussreich. Für manche zugleich ernüchternd, weil sie noch nicht wissen, was unter diesen Umständen aus der Beziehung wird. Für andere befreiend, weil sie sich vorstellen können, was vielleicht möglich sein wird.

Teil 2: Fülle die drei oben genannten Formulierungen mit Leben. Mach dein Ding, lass deinen Partner sein Ding machen und tut gemeinsam, was euer Ding ist.

Man selbst sein zu wollen hat den Vorteil, die eigene Identität zu bewahren, der Nachteil besteht darin, dass man dem Partner ebenfalls Andersartigkeit zugestehen muss. Doch daran führt kein Weg vorbei.

Teil 3: Benenne die Beziehung. Wenn Teil 2 über einen längeren Zeitraum hinweg praktiziert wird, gewinnt die Beziehung ihre eigene Form. Benenne diese Beziehung, indem du ihr einen beschreibenden Namen gibst.

Wie lassen sich Beziehungsformen benennen? Beispielsweise kann man eine Beziehung bezeichnen als:

- unsichere, wechselhafte Beziehung.

- warme, prickelnde Beziehung,

- belastende, unzuverlässige Beziehung,

- eine intensive erotische, aber wenig partnerschaftliche Beziehung,

- eine lebendige und wechselhafte Beziehung,

- eine spannungsreiche und gefährdete Beziehung,

- eine verlässliche, vertraute Beziehung ... usw.

Eine Beziehungsform ist natürlich nicht in Stein gemeißelt, sie mag sich im Laufe der Jahre verändern. Sie mag anfangs erotisch sein, später partnerschaftlich und irgendwann lebendig. So oder anders.

Ich habe bereits erwähnt, dass man Singles durchaus als Pioniere beim Versuch, neue Beziehungsformen zu entwickeln, betrachten kann. Dabei geht es auch darum, eigene Möglichkeiten und Grenzen zu berücksichtigen. Was sich dabei als Lösung herausstellt, weicht von landläufigen Beziehungsvorstellungen teils gehörig ab.

So schreibt eine Testleserin: *„Ich habe in zwei Ehen insgesamt 22 Jahre in fester Partnerschaft verbracht. Beide Trennungen waren schmerzlich. Die Unschuld verloren trifft meine Erfahrungen gut. Insgesamt stellte und stellt Bindung für mich ein schwieriges, stark angstauslösendes Thema dar. Ich habe dies derzeit für mich so gelöst, dass ich eine körperliche Beziehung zu einem verheirateten Mann pflege, dessen Frau dies akzeptiert. Diesen habe ich sehr lieb und schätze ihn als wundervollen Menschen, möchte aber nicht mit ihm leben. Mit Herz und Seele liebe ich einen Mann, der mir freundschaftlich tief verbunden und zugewandt ist, für den eine Partnerschaft mit mir aber nicht in Frage kommt. Er lässt sich geduldig lieben, und mir reicht es, ihn lieben zu dürfen. Keiner von beiden wird mir je gefährlich zu Nahe kommen, aber einer ist immer da. So halte ich meine Angst in Schach.“*

Diese Frau hat das Problem ihrer Bindungsunsicherheit für sie passend gelöst. Sie führt eine „körperliche, liebevolle" Beziehung zu einem Mann und daneben eine „freundschaftlich, seelische" Beziehung zu einem anderen. Auch wenn eine solche Lösung natürlich nicht verallgemeinerbar ist, so nimmt die Bandbreite möglicher Beziehungsformen doch spürbar zu.

Zum Thema Gestaltung wendet ein Testleser ein: *„Herr Mary, Beziehungsgestaltung ist in Ihren Ausführungen* *ein Synonym für bewusstes, willentliches, zielgerichtetes, planvolles und kontrolliertes Vorgehen. Ihre Beispiele passen dazu. Sie illustrieren anschaulich und meiner Meinung nach richtig, was eine Beziehung gefährdet oder zum Scheitern verurteilt. Aber Sie zeigen doch nur die negativen Gestaltungsmöglichkeiten für eine Beziehung auf, und das lässt sich nicht mit Gestaltung an sich gleichzusetzen. Wenn ich Ihre Ausführungen nutze und meine Erkenntnisse für eine Beziehung nutzbar mache, dann ist das doch Aspekt einer Beziehungsgestaltung. Wenn ich einer Beziehung ermögliche, sich dort zu entfalten, wo sich Gemeinsamkeiten ergeben und so eine Form gewinne, dann ist das doch auch ein willentlicher Gestaltungsversuch von mir und/oder von uns."*

Meine Antwort: Wenn Sie Erkenntnisse aus dem Buch oder aus Ihrem Leben nutzen, ist das auf jeden Fall ein Gestaltungsversuch. Die Frage ist nur, ob er wunschgemäß verläuft. Das hängt ja nicht von einem alleine ab, sondern auch von der Reaktion des Partners, auf die man dann wiederum reagieren muss usw. Insofern gewinnt man eine Form nicht absichtlich, sondern diese ergibt sich, und wie sie sich im Laufe der Zeit entwickelt, das ist nicht abzusehen. Zu sagen, man hätte etwas gestaltet, auf das man wenig Einfluss hat, ergibt für mich keinen Sinn. Das wäre so, als würde man behaupten, man habe sein Glück gestaltet[8] oder seinen Lebensweg bestimmt. So etwas lässt sich immer nur hinterher behaupten. Man hat zwar bei allem seine Finger im Spiel gehabt, aber wie sich der eigene Anteil auswirkt, das hängt von Faktoren ab, die man nicht beeinflussen kann.

Wenn zwei sowohl ihren Unterschieden als auch ihren Gemeinsamkeiten zustimmen, kommen sie zu einer realistischen Einschätzung dazu, wie ihre Beziehung an diesem Punkt und unter den gegebenen Umständen beschaffen ist. Was sie miteinander haben und was nicht; und dann fällt es ihnen leichter, ihrer Beziehung und deren Entwicklung folgen.

Die Fähigkeit, der Beziehung zu folgen, statt ihr Vorgaben zu machen, ist der wesentlichste Faktor zum Aufbau einer Beziehung. Was eine Beziehung allerdings schon zu Anfang gefährdet, ist, ihr vorauszueilen.

Der Beziehung folgen
statt ihr vorauszueilen

Im allgemeinen Sprachgebrauch wird oft gesagt, man lasse sich auf einen Partner ein. So fühlt es sich jedenfalls an. Aber stimmt das auch? Ich halte es für passender davon zu sprechen, man lasse sich auf eine Beziehung ein. Aus diesem Blickwinkel hat man mehr inneren Spielraum, den Partner sein zu lassen, wie er ist.

Sich auf eine Beziehung einzulassen bedeutet, ihr zu folgen. Wenn es schlecht möglich ist, gemeinsam ins Kino zu gehen, weil einer das genießt, der andere es aber erleidet, erzwingt man diese Gemeinsamkeit nicht. Wenn einer keine kulturellen Interessen hat, versucht man nicht, ihn zu animieren. Wenn einer sich problematisch verhält, versucht man nicht, ihn zu erziehen, sondern verhält sich zu diesem Verhalten, wie im 3. Band beschrieben.

Einer Beziehung zu folgen bedeutet: Man geht mit den Gemeinsamkeiten. Man ermöglicht ihr, sich dort zu entfalten, wo sich Gemeinsamkeiten ergeben.

Ein guter Gärtner nimmt sich nicht vor, einen ganz bestimmten Garten zu gestalten. Er achtet vielmehr darauf, an welcher Stelle die Sonne einfällt, wo sich Schatten bildet, welcher Boden bestimmten Pflanzen beste Bedingungen bietet, welche Sträucher an welchen Plätzen gedeihen usw. Der Gärtner stellt sich auf den Garten ein. Am Ende ist nicht feststellbar, wer die Gestaltung zu verantworten hat. War es der Garten oder der Gärtner?

Eine ähnliche Haltung ermöglicht es, der Beziehung zu folgen. Was das bedeutet, lässt sich plastisch am Gegenteil dessen erläutern: am Vorauseilen. Viele Partner eilen nämlich ihrer Beziehung voraus und schaden ihr damit.

Vorauseilen

Einer Beziehung vorauszueilen meint, Entwicklungen vorwegzunehmen, die noch nicht stattgefunden haben. Man verhält sich, als wäre das Erhoffte oder Ersehnte bereits geschehen. Solches Vorauseilen ist von Anfang an möglich, beim ersten Date oder sogar schon vor dem ersten Date, wie im folgenden Beispiel.

Eine Frau hat in einem Online-Portal ein Profil von sich veröffentlicht. Nach Monaten erst meldet sich ein Mann, der sie kennenlernen will. Er schickt ihr ein Bild von sich. Der Mann gefällt ihr, die beiden schreiben sich wochenlang tolle E-Mails, stellen sich vor, was sie alles miteinander unternehmen können. Die Frau zeigt einer Freundin das Bild des Mannes und verkündet: *„Das ist mein zukünftiger Freund, mit dem werde ich in Urlaub fahren."* Als sich die beiden zum ersten Date treffen, wird sie unsanft auf den Boden der Realität zurück geholt. Der Mann ist 20 Kilo schwerer als angegeben, sie selbst hat sich 10 Jahre jünger dargestellt. Alle Funken sind schlagartig erloschen, die beiden können nichts miteinander anfangen. Der Frust ist entsprechend groß.

Was war passiert? Die Frau war auf den Schwingen ihrer Sehnsucht der Beziehung vorausgeeilt. Damit ist sie nicht allein.

Eine Testleserin schreibt: *„Allerdings sehe ich wesentlich mehr Singles (meist Frauen), die zu geringe Ansprüche an Männer stellen, die eigentlich alles nehmen, nur damit sie sich an ein Mannsbild hängen können."*

Was ist das Problem dabei, wenn man „den Erstbesten/die Erstbeste" nimmt? Die Betreffenden reden sich ein, sie würden den Partner später ändern können, oder das Ersehnte würde sich von alleine ergeben, oder sie selbst kämen irgendwann mit den Eigenarten des Partners klar. Auch das sind Formen des Vorauseilens.

Man hängt sich an Hoffnungen, statt Gegebenheiten zu erkennen und sein Verhalten danach auszurichten.

Viele Single-Frauen schildern, dass Männer ihnen nach wenigen Dates versichern, sie wäre „die Frau ihres Lebens". Sie äußern im Brustton der Überzeugung „wir gehören zusammen" oder beschwören „wir sind füreinander bestimmt". Wenn dahinter kein Kalkül steckt, im Sinne von: „Sag ihr, was sie hören will, dann bekommst du sie ins Bett", eilen auch diese Männer einer Beziehung voraus, und zwar meilenweit.

Ein Testleser schreibt: *„Ich habe vor einigen Wochen eine ehemalige Nachbarin auf Facebook wiedergefunden. Wir haben uns geschrieben und schließlich verabredet. Irgendwann wurden die E-Mails vertrauter und mittlerweile ist klar, dass wir mehr als Freundschaft für einander empfinden. Zum Teil fühlt es sich so vertraut an, dass ich direkt über ein gemeinsames Leben nachdenke. Dann gibt es wieder Momente in denen ich zweifle und nahezu abgeschreckt bin, weil ich die gewonnene Freiheit nicht hergeben will."*

Der Kontakt ist erst wenige Wochen alt, die Beziehung ist ganz am Anfang, und schon denkt der Mann über ein gemeinsames Leben nach. Das ist Vorauseilen in Reinform. Damit schafft er ein Problem mit sich selbst, denn ein anderer Teil von ihm reagiert bereits mit Zweifel und Schrecken auf den hausgemachten Druck.

Vorauseilen hat oft zur Folge, dass man oft Fakten schafft, die sich bald als unerträglich erweisen. Dann muss man womöglich nach kurzer Zeit, nach Wochen oder Monaten, eine Beziehung beenden.

Davon berichtet eine weitere Testleserin: *„In diesem Winter haben mein Freund und ich (seit einem Jahr zusammen) eine gemeinsame Wohnung angemietet, jetzt sind wir gerade dabei, die Koffer zu packen, wir trennen* *uns. Rückblickend muss ich sagen, dass Single-Sein nicht in allen Fällen aus „zu schnellem Aussortieren" resultiert, sondern manchmal auch aus „zu spätem Aussortieren", aus zu viel Idealismus und zu wenig Pragmatismus, aus zu wenig Menschenkenntnis und den daraus resultierenden Fehlentscheidungen."*

Ich würde in einem solchen Fall nicht von fehlender Menschenkenntnis oder zu spätem Aussortieren ausgehen, sondern davon, dass zwei ihrer Beziehung vorausgeeilt sind. Wahrscheinlich haben sie die eigenen Wohnungen aufgegeben und sich aufs gemeinsame Wohnen eingelassen, ohne ein Zusammenleben erprobt zu haben. Wahrscheinlich sind sie partnerschaftliche Verbindlichkeiten eingegangen, bevor sich ihre Beziehung als partnerschaftlich erwiesen hat.[2] Was wäre geschehen, wenn sie sich mehr Zeit gelassen hätten?

Liegt es an fehlender Menschenkenntnis? Wäre mit mehr Menschenkenntnis ein früheres Aussortieren möglich gewesen? Bestimmt nicht. Wer glaubt, er könne aufgrund sogenannter Menschenkenntnis voraussehen, wie ein Partner sich zukünftig verhalten wird und welche Beziehung mit ihm möglich sein wird, der macht sich etwas vor. Und selbst wenn es an fehlender Menschenkenntnis läge, was würde das ändern? Müsste man dann Kurse in Menschenkenntnis besuchen, bevor man sich auf eine Beziehung einlässt?

Statt vorauszueilen ist es wesentlich besser, zu erkennen, wie die Beziehung gegenwärtig tatsächlich ist. Auf dieser Grundlage lassen sich dann passende Entscheidungen treffen. Dann heißt es womöglich: „Lass uns mit dem Zusammenwohnen warten, bis wir uns als Lebenspartner fühlen." Oder: „Lass uns erst einmal zur Probe wohnen". Oder: „Wie genau stellen wir uns das vor? Wer nimmt welche Möbel mit, wer kümmert sich um welchen Bereich etc." Solche Erörterungen machen deutlich, wo man tatsächlich miteinander steht und sind zu einer fundierten Entscheidungsfindung unerlässlich.

Der Gefahr, ihrer Beziehung vorauszueilen, unterliegen viele Partner. Allerdings nimmt diese Gefahr bei dauerhaft suchenden Singles, die sich plötzlich und unerwartet verlieben, in besonderem Ausmaß zu. Sie wähnen, sich zu 100% zu verstehen. Wer sich dann Hals über Kopf in Verbindlichkeiten stürzt, wird seine Eile womöglich bereuen, wie das folgende Paar.

Die beiden haben sich über eine Online-Vermittlung kennengelernt. Nach einigen Wochen sind sie schwer verliebt. Nach einem halben Jahr gibt die Frau ihren Job auf und zieht zum Mann in eine andere Stadt. Sie heiraten sogleich. Nach einem Jahr der Schock. Der Mann will nachträglich einen notariellen Ehevertrag abschließen, in dem beide auf alle Ansprüche, auf Zugewinn, Rentenausgleich und Versorgungsansprüche, verzichten sollen. Die Frau fällt aus allen Wolken. Sie sagt: *„Ich habe es für selbstverständlich gehalten, dass man füreinander sorgt, wenn man heiratet."* Der Mann sagt: *„Ich habe dich aus Liebe geheiratet, nicht um dich zu versorgen."*

Beide Partner sind ihrer Beziehung vorausgeeilt. Warum? Weil sie zwar eine emotional-leidenschaftliche, aber keine partnerschaftliche Beziehung miteinander hatten. Schon die Heirat war ein Vorauseilen, denn sie haben es vermieden, miteinander über die partnerschaftlichen Aspekte (Versorgung, Geld, Lebensführung) zu sprechen, und das rächt sich jetzt.[10]

Wer aus einer emotional-leidenschaftlichen Liebe mutwillig eine partnerschaftliche machen will, der eilt voraus. Bevor man Verpflichtungen teilt, sollte die Beziehung sich als partnerschaftlich erwiesen haben. Wer aus einer partnerschaftlichen Liebe mutwillig eine emotional-leidenschaftliche Liebe machen will, der eilt ebenfalls voraus. Leidenschaft lässt sich nicht planen. Auch eine freundschaftliche Liebe lässt sich nicht planen, sie muss sich im gegenseitigen Geben und Nehmen erweisen.

Besser als vorauszueilen ist es, der Beziehung zu folgen. Wer beispielsweise mit einem unverbindlichen Partner zusammen ist, wird eine wechselhafte Beziehung haben. Dann wäre es riskant, mit ihm zusammen eine verbindliche Zukunft zu planen. Wer sich beispielsweise in einer vorwiegend erotischen Beziehung befindet, muss sich überlegen, ob er mit dem Partner eine Familie gründen sollte.

Halten wir fest

- Die vielleicht größte reale Gefahr bei der Beziehungsgestaltung liegt darin, in Gedanken, Gefühlen und Handlungen der Beziehung vorauszueilen, statt dort zu sein, wo man miteinander ist.

- Wie sich die Beziehung entwickelt, lässt sich nicht planen. Das ergibt sich aus den Gemeinsamkeiten, durch welche die Partner verbunden sind.

- Gemeinsamkeiten lassen sich nicht willkürlich erzielen. Was miteinander möglich ist, wenn zugleich jeder Partner „sein Ding" macht, bleibt abzuwarten.

Das Ideal des AMEFI, des „Alles Mit Einem Für Immer",[11] lässt sich kaum umsetzen, auch wenn es sich oft so anfühlt, als könne man mit einem Menschen alles haben. Aber Beziehung ist in sehr vielen Fällen auch dann möglich, wenn es neben Gemeinsamkeiten auch Unterschiede gibt, die entsprechend berücksichtigt werden.

Ob die Beziehung, die zwei miteinander hinbekommen, einen entsprechenden Wert hat, ob sie es wert ist, erhalten zu werden, das muss jedes Individuum für sich selbst entscheiden.

Der Wert einer Beziehung

Wenn eine Beziehung anfängt, ist offen, was daraus wird. Dass eine Beziehung mit einem bestimmten Partner möglich ist, sagt jedoch nichts über deren Qualität und Wert für den Einzelnen aus.

Wert und Qualität sind keine objektiven Maßstäbe, diese Messlatten sind zutiefst individuell. Daher ergibt sich der Wert einer Beziehung aus der individuellen Bedeutung, die die Beziehung für den Betreffenden hat. Was man mit dem andern hat, das mag, selbst wenn man es mit anderslautenden Hoffnungen und Sehnsüchten vergleicht, bedeutsam sein.

Das beschreibt eine Testleserin: *„Mit Peter verbinden mich so wichtige Dinge, dass ich bereit bin, dafür Einiges hinzunehmen. Zum Beispiel, dass wir nicht zusammen wohnen und uns nur alle paar Tage sehen. Oder dass er nicht gern über seine Seelenlage spricht. Jahrelang war ich deshalb latent wütend und bin es manchmal immer noch. Das ist nicht einfach, aber die Beziehung ist es wert."*

Jemand anderem mag eine vergleichbare Beziehung zu wenig sein, für ihn bedeutet sie nicht viel. Ebenso kann eine Beziehung dem einen Partner viel, dem anderen wenig bedeuten. Das ist eine Frage der persönlichen Wertung.

Die jeweilige Wertung ist jedoch nicht auf die Person des Partners bezogen, sondern auf die Beziehung, die sich zwischen den Beteiligten ergeben hat. Dass die Beziehung zu einem Menschen nichts taugt bedeutet nicht, dass derjenige nichts taugt. Denn - ich kann es nur wiederholen - an der Beziehung sind immer beide beteiligt.

Daher ist es durchaus fair und ehrlich, wenn jemand den anderen wissen lässt: „Was wir miteinander hinbekommen, ist mir zu wenig. Es genügt mir nicht. Ich möchte eine andere Beziehung, und daher will ich diese beenden."

Man kann es pragmatisch sehen: Der Wert einer Beziehung ergibt sich daraus, was sie zum Leben beiträgt. Wenn das Leben mit ihr besser ist als ohne sie, dann hat die Beziehung einen Wert. Wenn das Leben ohne sie besser ist als mit ihr, dann hat sie wenig Wert.

Welche Form für ihn passend ist, diese Bewertung muss jeder für sich alleine treffen.

Fazit zum 4. Band

Zusammenfassend möchte ich zu diesem Band betonen:

- Partner, die sich auf eine Beziehung miteinander einlassen wollen, sollten wach sein dafür, was tatsächlich miteinander passiert. Tatsächlich meint, unabhängig von Plänen und Absichten.

- Was miteinander gelingt ist oft weniger, als vorstellbar ist oder ersehnt wird. Insofern sollte jeder der Beteiligten darauf vorbereitet sein, dass weder die Vorstellungen des Einen noch die des Anderen gänzlich erfüllt werden, weil jeder zugleich Wert auf seine individuelle Identität legt.

- Nicht alles zu bekommen ist ein Preis, den viele Ex-Singles für eine Beziehung zahlen müssen. Der Gewinn darin besteht, dass jeder „er selbst" sein und bleiben kann.

Was miteinander gelingt ist zugleich oft wertvoll. Die Beziehung muss nicht perfekt sein, sondern gut. Aber: gut genug!

Selbstbeobachtung

Welches sind mögliche Konsequenzen aus diesem 4. Band der Single-Reihe? Wenn Sie mögen, beschäftigen Sie sich mit den folgenden Fragen und tragen Sie die Antworten in Ihr „Partnersuche-Tagebuch" ein. Wenn Sie das Tagebuch regelmäßig führen, können Ihnen mit der Zeit Muster auffallen, denen Sie bei der Partnersuche unbewusst folgen.

Eigenleben der Beziehung

- Was klappt gut?
- Was gelingt nicht oder nicht gut?
- Was will ich erzwingen?

Ich selbst sein

Was kann ich in der Gegenwart des Anderen nicht, was fällt mir schwer?

Worauf fürchte ich verzichten zu müssen, wenn ich mich weiter einlasse?

Der Beziehung folgen

Was ist mein Ding?

Was ist das Ding meines Partners?

Was ist unser Ding?

Wie benenne ich die gegenwärtige Beziehung?

Was ist mir die Beziehung zu diesem Partner wert?

Band 5

Was tun,
wenn ein Partner
gefunden ist

Eine Beziehung haben

Ich habe quer durch diese Single-Reihe betont, dass man eine Paarbeziehung nicht *finden* kann und es daher wenig Sinn macht, eine zu suchen. Eine Beziehung will *aufgebaut* werden. Dieser Aufbauprozess fängt mit ergebnisoffenen Begegnungen an, und wenn Sympathie vorhanden ist und Nähe entsteht, kommt es darauf an, sich weiter einzulassen. Möglicherweise beginnt dann ein intimer Austausch, der Liebesgefühle hervorbringt und zu einer Paarbeziehung führt.

An diesem Punkt befinden wir uns jetzt. Ich gehe in diesem 5. Band davon aus, dass sich zwei Singles aufeinander eingelassen haben und davon sprechen, zusammenzusein. Sie meinen, jetzt eine Beziehung zu haben.

Mit diesem Irrtum begeben sie sich in gefährliches Fahrwasser, denn so nehmen subtil etliche der Komplikationen ihren Anfang, die sich im Laufe der Zeit zu echten Konflikten auswachsen können.

> Partner können weder „zusammensein" noch eine Beziehung „haben". Sie können einander lediglich nahe kommen, indem sie eine Beziehung aufnehmen beziehungsweise führen.

Wir sprechen von einer Paarbeziehung, wenn zwei sich in einer spezifischen Weise aufeinander beziehen. Das Spezifische liegt darin, sich intimen, sehr persönlichen Belangen zuzuwenden. Liebende öffnen sich und wenden sich einander in einer Weise zu, wie sie das niemand anderem gegenüber tun. Ihre Blicke, Gesten, Worte, Berührungen sind exklusiv. *So* schauen nur sie sich an, *so* berühren nur sie sich, *das* tun nur sie miteinander, *das* erzählen sie nur sich. Allerdings gilt:

> Ihre Liebesbeziehung besteht nur, solange die Partner sich auf diese spezifische Weise austauschen. Stellen sie

den Austausch oder Teile davon ein, wird die Liebesbeziehung unterbrochen oder eingeschränkt.

In der Praxis kommt beispielsweise ein Paar in die Beratung, das erzählt, eigentlich wäre alles gut. Sie würden sich gut unterhalten können, sie würden die Familie gut managen, sie wären ein gutes Team. Aber eben nicht mehr! Was vermissen solche Paare? Sie haben den spezifischen Austausch eingestellt, der sie zu einem Liebespaar macht. Sie begegnen sich nicht mehr auf emotional intime oder erotische Weise. Sie haben etwas aus den Augen verloren. Was? Ihr Innerstes, die Welt ihrer Bedürfnisse und Sehnsüchte, die Anteilnahme an innersten Vorgängen. Daher fühlen sie sich vom Liebespartner allein gelassen.

Wie gesagt, man kann eine Beziehung nicht haben, man kann sie nur führen. Es mag vielleicht lapidar klingen, wenn ich das betone, aber viele - vielleicht die meisten - Partner verhalten sich, nachdem sie sich zum Paar erklärt haben so, als ob sie eine Beziehung besäßen. Sobald man glaubt, einen Partner oder eine Beziehung zu *haben*, besteht die Gefahr, etwas, nach dem man sich lange gesehnt hat und das alles andere als selbstverständlich ist, als selbstverständlich hinzunehmen.

Selbstverständlichkeiten

Erscheint der Partner erst einmal als selbstverständlich, wirkt sich das auf das Verhalten ihm gegenüber aus. Man braucht sich nicht mehr besonders um den Bezug zu bemühen, man *hat* die Beziehung einfach. Daraus ergeben sich verschiedene Ansprüche. Manche waren schon vor der Beziehung bewusst, etwa der Anspruch, viel Zeit miteinander zu verbringen, Interessen miteinander zu teilen oder gute Sexualität zu erleben. Andere Ansprüche treten jetzt erst ins Bewusstsein. Beide Arten, bewusste und bisher unbewusste Ansprüche, drängen nun auf Einlösung und werden dem Partner präsentiert. Infrage gestellt werden sie selten. Das hört sich dann beispielsweise so an:

- „Klar will ich mit meinem Partner zusammen wohnen. Wozu habe ich sonst eine Partnerschaft?"

- „Natürlich schlafen wir immer im gleichen Bett. Sonst könnte man ja gleich Single bleiben."

- „Es ist doch ganz normal, dass man mit seinem Partner in Urlaub fahren möchte. Wozu hat man sonst einen Partner?"

- „Ich will mich mit meinem Partner sehen lassen können, da kann er nicht zu jedem Anlass anziehen, was er will."

- „Du fängst zu rauchen an? So haben wir nicht gewettet!"

- „Wenn man jemanden liebt, ist man für ihn da. Das ist doch normal."

Was ist normal? Was ist selbstverständlich? Was bedeutet es, für jemanden da zu sein? Worauf besteht in einer Paarbeziehung ein Anspruch? Darüber können äußerst unterschiedliche Auffassungen bestehen. Und Tatsache ist, dass sich die Ansprüche des Einen oftmals nicht mit den Erwartungen und Auffassungen des Anderen decken.

Wenn Unterschiede zutage treten, erkennen Partner erschrocken, ernüchtert, ängstlich, ärgerlich oder auf sonst eine unschöne Weise, dass die Beziehung anders als gewünscht ist. Zumindest was die jeweilige Differenz betrifft, zumindest was den Bereich betrifft, in dem sich die betreffende Differenz auswirkt.

Partner müssen sich also darauf einstellen, von Zeit zu Zeit nicht die Beziehung zu haben, die sie sich vorstellen. Insofern sind Beziehungen potentiell gefährdet. Kein Grund, die Flinte ins Korn zu werfen.

Beziehungen sind gefährdet

Eine Beziehung ist Himmel, solange zwischen den Partnern innige Verbundenheit besteht. Sie kann aber zeitweise ebenso als Hölle erscheinen. Das ist der Fall, wenn sich der Eindruck von Getrenntheit einstellt. Insofern sind Beziehungen immer potentiell gefährdet.

Die Gefährdung einer Paarbeziehung ist in ihrer Konstruktion begründet. Denn es tun sich zwei *Unterschiedliche* zusammen. Zwei, die nicht gleich, sondern in etlichen Bereich anders ticken. Die größte Gefahr für ihre Beziehung sind daher die Partner selbst, und zwar in ihrer Eigenschaft als Individuen.

Was kann sich bei den Partnern alles unterscheiden? Das wären beispielsweise:

- das Ordnungsempfinden,
- die sexuellen Vorlieben,
- der Umgang mit Geld,
- emotionale Empfindlichkeiten,
- persönliche Eigenarten,
- eigene Interessen,
- eingefleischte Gewohnheiten,
- gegenwärtige Bedürfnisse,
- das Kapitalvermögen,
- das Alter,
- die politische Einstellung,
- die religiöse Orientierung,
- der Gesundheitszustand
- der Einrichtungsstil,
- die Lebenspläne
- und noch viel viel mehr.

Manche dieser Unterschiede sind grundsätzlicher Art, sie waren schon vor der Beziehung vorhanden und wurden mitgebracht. Andere Unterschiede ergeben sich in bestimmten Phasen und aufgrund veränderter Umstände. Manche Unterschiede waren den Partnern von Anfang an deutlich, andere rücken erst allmählich ins Bewusstsein. Mit anderen Worten: Differenzen sind in Paarbeziehungen unvermeidlich, sie tauchen früher oder später mit Sicherheit auf.

Unvermeidbare Differenzen

Viele Partner glauben, sie könnten durch harmonisches Verhalten verhindern, dass Unterschiede ihre Beziehung belasten oder gefährden. Sie passen sich an, halten sich zurück oder verleugnen sich teilweise. Das schadet einer Beziehung jedoch mehr als es ihr nutzt. Da es in einer heutigen Beziehung darum geht, sich als der geliebt zu fühlen, der man ist, muss man sich als dieser zeigen. Man muss zeigen, was sich verändert hat, wie es gegenwärtig um einen bestellt ist, was man vermisst oder ersehnt oder auch, was man nicht mehr ertragen will.

Ist mit dem Zeigen alles gut? Sind durch einen effektiven Austausch alle Gefahren beseitigt? Nein, denn was man zeigt, dafür kann man geliebt werden, aber ebenso kann man dafür abgelehnt werden. Die Gefahr ist aus einer Paarbeziehung nicht zu verbannen, jedenfalls nicht aus der heutigen, von Gefühlen bestimmten Paarbeziehung.[12]

Paare bleiben nicht zusammen, weil sie etwas richtig machen. Paare bleiben zusammen, solange sie die Schwierigkeiten bewältigen wollen, die in ihrer Beziehung auftauchen.

Weil Unterschiede unvermeidbar sind, ergeben sich unvermeidbar auch Schwierigkeiten. Selbst wenn ein Unterschied zu Beginn klar war und handhabbar erschien, kann er später für Schwierigkeiten sorgen.

Ein Paar streitet sich, weil die Frau kein gemeinsames Schlafzimmer mit dem Partner möchte. Sie sagt: *„Ich hab dir doch gesagt, dass ich viel Wert auf meine Unabhängigkeit lege"*. Er wendet ein: *„Ja, das hast du, aber du hast nicht gesagt, was du damit meinst."*

Beide haben recht. Es ist unmöglich, jede mögliche Bedeutung einer Aussage von vornherein klarzumachen. Was bedeutet Unabhängigkeit? Was bedeutet es unter veränderten Umständen? Jeder gibt den Worten und Ereignissen eine andere Bedeutung, und daher zieht jeder andere Schlüsse und Konsequenzen daraus, und das konnte man vorher nicht wissen.

Ein Mann verliert seinen Job. Er bewirbt sich erfolglos bei zahlreichen Firmen, seine Stimmung sinkt auf einen Tiefpunkt, er wird gereizt und trinkt mehr, als ihm guttut. Nach einiger Zeit distanziert sich seine Freundin von ihm. Er beschwert sich: *„Du hast mir versprochen, für mich da zu sein, wenn ich dich brauche."* Sie wendet ein: *„Ja, aber da habe ich nicht gewusst, dass du mich ständig brauchst. Du lässt dich hängen und ich habe keine Lust, dich aus deinem Sumpf zu ziehen."*

Anfangs waren einige Unterschiede durchaus reizvoll. Wie sollte man sich auch gegenseitig anregen, wenn es keine Unterschiede gäbe? „Gegensätze ziehen sich an" sagt der Volksmund. In dem Fall fühlt man sich zum anderen hingezogen, *weil* er anders ist. Nach einer Weile allerdings können die positiven Seiten von Differenzen in den Hintergrund treten, während deren negative Seiten nach vorne rücken.

Am Anfang ist die Frau von der Sorglosigkeit ihres Freundes stark beeindruckt. Sie nimmt an seiner Spontaneität und Lebensfreude teil. Aber er lebt über seine Verhältnisse. Nachdem seine Ersparnisse aufgebraucht sind, übernimmt sie viele der Kosten für gemeinsame Unternehmungen - und ist jetzt von seiner Sorglosigkeit genervt. Sie wirft ihr vor, verantwortungslos zu sein, sich nicht genug um seinen Verdienst zu kümmern und sich auf ihre Kosten ein schönes Leben zu machen.

Anfangs war der Mann von der sexuellen Aktivität seiner Freundin mehr als angetan. Einem Freund erzählt er begeistert: *„Sie will manchmal zweimal am Tag mit mir schlafen."* Als der Freund nach einigen Monaten nachfragt, ob sie immer noch sexuell so aktiv sei, erhält er zur Antwort: *„Leider ja."*

Man kann es drehen wie man will, gegen Unterschiede und deren Folgen ist kein Kraut gewachsen, und vorbeugende Maßnahmen dagegen sind nicht möglich. Weder Menschenkenntnis noch eine bedachte Partnerwahl schützen davor, dass jeder Partner ein Individuum ist und bleibt und dass er sich verändert. Brechen Unterschiede auf, bringen sie die Getrenntheit der Partner ins Bewusstsein. Man fällt aus dem Himmel und fühlt sich bedroht.

Durchgreifen - Unterschiede wegmachen wollen

Unterschiede bedrohen. Sie bedrohen das bisherige Gleichgewicht, sie lösen bisher gut funktionierende Verhaltensrituale auf, sie stellen Vereinbarungen infrage. Zumindest trifft das für Unterschiede zu, die für die Partner weder selbstverständlich noch leicht zu handhaben sind.

Die verständliche Reaktion auf Unterschiede besteht darin, sie weghaben zu wollen. Der Partner soll sich wieder verhalten wie bisher, es war doch alles gut. Nur - wie soll dem Partner das gelingen? Seine Gefühlswelt mag sich verändert haben, seine Bedürfnisse mögen gegenwärtig andere sein, er mag Stress in der Arbeit erleben, er mag gesundheitliche Schwierigkeiten durchleben. Wie kann man ihn dazu bringen, zum gewohnten Verhalten zurückzukehren?

Ein verbreitetes Mittel dazu besteht im Durchgreifen auf die Liebe beziehungsweise das Verhalten des Anderen. Damit ist gemeint, dass ein Partner auf das Verhalten des anderen Einfluss nehmen, es quasi bestimmen will. Man erklärt das problematische Verhalten zu einem falschen Verhalten und macht gleichzeitig klar, wie ein richtiges Verhalten aussieht. Richtig im Sinne eigener Erwartungen.

Durchgreifen führt unweigerlich zu Diskussionen, Rechthaberei und anderen vergebliche Anstrengungen, beispielsweise zu Erpressungsversuchen: „Wenn du nicht tust, was ich will, dann werde ich ...!"

Durchgreifen beschreibt den Versuch, das eigene Liebesgefühl zu erhalten, im Sinne von: „Du sollst dich so verhalten, dass ich mich weiterhin geliebt fühlen kann!" Wie das erwünschte Verhalten konkret auszusehen hat, weiß der betroffene Partner recht genau. Es soll seinen Erwartungen entsprechen und sich so verlässlich und bestätigend verhalten, wie er es bisher tat. Abweichungen werden kritisiert, eine Korrektur wird verlangt. „Kannst du nicht pünktlicher sein?" - „Musst du immer mit anderen flirten?" - „Wieso begehrst du mich mittlerweile weniger?" - „Hilf mir mehr, ich kann nicht alles alleine tun." - „Du lässt dich gehen, mach dich attraktiver!"

Man kann offensiv durchgreifen, durch Angriff, Vorwurf oder Forderung. Oder defensiv durch Verweigerung, Schweigen oder Rückzug. Jeder greift auf die Weise durch, die ihm näher liegt, die er im Laufe seines Lebens kultivierte. Durchgreifen ist in jedem Fall ein Akt der Aggression, gleichgültig ob es sich um offensiv aggressives oder passiv aggressives Verhalten handelt; und durchgreifen wirkt sich in jedem Fall destruktiv aus. Es leuchtet ein, dass mit Druck und Gewalt, mit Distanz und Blockade keine Liebe ausgelöst werden kann. Selbst wenn es gelingt, den Partner vorübergehend zur Anpassung zu drängen, so fehlt die Freiwilligkeit, auf welche die Liebe nicht verzichten kann. Wozu man sich genötigt fühlt, was man nicht gerne schenkt, das gibt man widerwillig, das nimmt man übel, das schafft Distanz.

Machtkämpfe

Mit Durchgriffsversuchen löst man zwar etwas aus, allerdings keine Zuneigung, sondern Ablehnung, Widerstand und Gegenwehr. Es entsteht ein Machtkampf, in dem sich die Partner gegenseitig hochtreiben. Ein Verhalten bedingt das andere, beispielsweise: Je mehr der eine drängt, desto verschlossener wird der andere, und je verschlossener der andere wird, desto drängender wird der eine. So wie sich anfangs positive Reaktionen gegenseitig hervorriefen, so bedingen sich im einem Machtkampf problematische Reaktionen. Schauen wir uns die Merkmale eines solchen Machtkampfes näher an.

Kampfbereitschaft. Damit ein Machtkampf toben kann – gleichgültig ob er subtil oder offen geführt wird – bedarf es von beiden Seiten der Bereitschaft zum Kampf. Streiten und kämpfen kann nie nur einer, das tun *immer* beide. Diese schlichte Logik wird allerdings nur von Außenstehenden bestätigt. Die betroffenen Partner erleben die Sache anders. Jeder Partner ist fest davon überzeugt, dass der andere kämpft, er selbst aber nicht. Es ist nicht leicht, den eigenen Anteil am Kampf zu erkennen, während das Verhalten des Partners einem buchstäblich ins Auge springt.

Die Kampfbereitschaft der Partner ergibt sich aus zwei Motiven. Einerseits aus dem Empfinden, ein Recht auf das erworbene Liebesgefühl zu haben. Schließlich wäre alles gut, wenn der Partner sich wie erwartet verhalten würde. „Ich liebe dich doch, wie kannst du da X oder Y tun?„ Andererseits verteidigt jeder seine persönliche Integrität gegen die Durchgriffe von der anderen Seite, im Sinne von „Ich bin ich und will so anerkannt werden„. Aufgrund dieser beiden schwer wiegenden Motive steht für kleine und große Machtkämpfe viel Energie zur Verfügung.

Oberflächlichkeit. Ein wichtiges Merkmal von Machtkämpfen besteht darin, dass sie an symbolischen Schauplätzen stattfinden. Den Partnern geht es angeblich um eine bestimmte „Sache" oder um ein „Thema". Das ist Schattenboxen an der Oberfläche.

Es geht beispielsweise um Sex, ob man zwei oder fünf Mal in der Woche miteinander schläft. Es geht um Interessen, etwa wohin man im Urlaub fährt. Darum, wer mit einer bestimmten Ansicht recht hat. Darum, was mit dem gesparten Geld gemacht wird. Darum, wer welche Bedürfnisse des anderen ignoriert. Die Partner geraten in Bezug auf diese Sachen oder Themen auseinander.

Eine Einigung misslingt, weil jeder vorgeblich um die Sache, in Wahrheit jedoch um etwas anderes kämpft: um ein Gefühl. Im Kern geht es um den Erhalt des Liebesgefühls, das durch den Unterschied bedroht wird. Von dieser tieferen emotionalen Dimension, die in einer Liebesbeziehung immer mitspielt, bekommen die Kampfhähne im Eifer des Gefechtes allerdings nichts mit, und daher können sie den Kampf nicht einstellen. Zumindest nicht, solange ihnen das Interesse für die emotionale Tiefenlage des anderen fehlt.

Desinteresse. Ein weiteres Merkmal vom Machtkämpfen besteht im ausgeprägten Desinteresse den Beweggründen des Partners gegenüber. Dieses Desinteresse liegt in der Logik des Kampfes begründet. Um das Eigene durchzusetzen, darf man sich nicht auf den Partner einlassen. Was er anführt, wird folgerichtig ignoriert. Wenn es nicht zu ignorieren ist, wird es weggewischt oder zumindest abgewertet.

Besserwisserei. Ein weiteres Merkmal von Machtkämpfen besteht ist der Anspruch auf Deutungshoheit. Wer liegt richtig? Wer hat Recht? Die Antwort scheint klar zu sein: was der Partner sagt und empfindet, ist objektiv falsch. Mit seiner Wahrnehmung stimmt etwas nicht. Was er fühlt, bräuchte er nicht zu fühlen. Was er denkt, bräuchte er nicht zu denken. Was er tut, bräuchte er nicht zu tun. Es wird endlos diskutiert und jeder will Recht mit seiner Sicht der Lage be-

213

kommen. Wer in einem solchen Kampf scheinbar „siegt" und in der Sache Recht behält, steht dennoch mit leeren Händen da. In der Liebe kann man nicht siegen. Wenn einer siegt, verlieren beide.

Respektlosigkeit. Als letzte Waffe in Machtkämpfen, als scheinbar letzte Möglichkeit, den anderen zu der gewünschten Verhaltensänderung zu bewegen, wird schweres Geschütz aufgefahren. Der Partner wird moralisch bewertet, verurteilt, verachtet und niedergemacht. Die Partner folgen der Empfindung: „Er/sie achtet mich nicht – wozu soll ich ihn/sie achten?" Sie entwickeln Ärger und zeitweise sogar Hass aufeinander, worin sich eigentlich ihre Liebessehnsucht ausdrückt. Denn hassen kann man nur, von wem man anerkannt und geliebt werden möchte. Aber das zu zeigen, gelingt an diesem Punkt nicht mehr.

Respektlosigkeit offenbart ihre tragischen Züge wenn man bedenkt, dass sie eigentlich Zuwendung herbeiführen soll. Es versteht sich allerdings, dass Respektlosigkeit, Verachtung und Hass keine positiven Reaktionen auf der anderen Seite hervorrufen, sondern Ablehnung und Distanzierung.

Fazit zur Gefährdung

In einer Beziehung tun sich zwei Unterschiedliche zusammen, hieraus ergeben sich unvermeidbare Differenzen und Gefahren für die Beziehung. Der Versuch, Unterschiede wegmachen zu wollen, gefährdet die Beziehung noch weiter, denn er führt zu Machtkämpfen. Dabei hat jeder seine eigene Sichtweise, seine eigenen Bedürfnisse und seine eigenen Interessen im Blick. Das kann nicht funktionieren.

Die einzige wirkliche Lösung besteht darin, Unterschiede nicht wegmachen zu wollen - sondern damit umzugehen.

Mit Unterschieden umgehen

Das Wortbild mit Unterschieden „umgehen" beschreibt das glatte Gegenteil vom Wegmachen-wollen. Mit ihnen - nicht ohne sie. Mit Unterschieden umzugehen bedeutet bildlich gesprochen, sie an die Hand zu nehmen und sich ihnen zuzuwenden. Da sich eine Differenz in erster Linie im Verhalten eines Partners bemerkbar macht, gilt das Gleiche ihm gegenüber: man muss ihn an die Hand nehmen und sich seiner Situation und Gemütslage zuwenden. Nur so kann eine angemessene Lösung gefunden werden.

Was die Sache schwierig macht, ist die Tatsache, dass Unterschiede oftmals erst anhand der Konflikte auffallen, die sie nach sich ziehen. Man bemerkt den Unterschied nicht, man merkt nur, dass irgendetwas schief läuft. So wie bei einem Paar, das in meine Beratung kam.

Das Paar lebte seit zwei Monaten zusammen. Er ist Frühaufsteher, sie schläft gern lang, vor allem an Wochenenden. Der Mann wurde unzufrieden, schließlich brach er einen Streit vom Zaun. Er warf seiner Freundin vor, ihm aus dem Weg zu gehen. Sonst würde sie ja nicht ständig länger schlafen als er. Sie sagte, sie brauche nun einmal mehr Schlaf. Er wendete ein, das könne nicht sein, schließlich tauche sie immer wenige Minuten, nachdem er aufgestanden ist, zum Frühstück auf. Sie versuchte ihm klarzumachen, dass sie müde aufsteht, weil sie ihn nicht alleine frühstücken lassen will.

Der Konflikt ist da. Der Mann versucht, auf das Verhalten der Frau durchzugreifen, ein Kampf deutet sich an. Keiner ist mit der Situation zufrieden. Das verwundert nicht, denn jeder versucht, den Unterschied zwischen ihnen wegzumachen, statt sich ihm zuzuwenden. Er macht Vorwürfe und will sie dazu bringen, früher wach zu werden, damit er morgens auch körperliche Nähe mit ihr erleben kann. Sie steht früher auf, obwohl sie noch müde ist. Dem Unterschied, der hinter dem Konflikt liegt, wird so nicht Rechnung getragen. Er besteht schlicht und einfach darin, dass er ein Tag- und sie ein Nachtmensch ist. Das wussten beide, aber was es konkret bedeutet, machte sich erst bemerkbar, nachdem sie zusammenwohnten.

Der Konflikt ist auf die beschriebene Weise nicht zu lösen, weil jeder versucht, den Unterschied zu entschärfen. Eine Lösung kommt erst in Sicht, wenn ein Paar den betreffenden Unterschied erkennt und *anerkennt*. Wenn das Paar sagt: „Ja, da sind wir unterschiedlich, daran ist nicht zu rütteln, *das ist so!*"

Was dann? Wenn etwas so ist, wie es ist, bleibt eine einzige Frage, die beantwortet werden muss, um den Konflikt zu lösen. Diese Frage lautet: Wie wollen wir *mit* diesem oder jenem Unterschied umgehen? Wie können wir uns verhalten, wenn wir den Unterschied berücksichtigen, ihn vielleicht sogar bestehen lassen?

Bezogen auf das obige Beispiel fand das Paar folgende Lösung. Er steht an Wochenenden auf, wenn ihm danach ist. Sie schläft, solange ihr danach ist. Wenn sie wach wird, lädt sie ihn ein, wieder zu ihr ins Bett zu kommen. Mit dieser Lösung waren beide zufrieden.

So einfach ist die Lösung des „Problems Unterschied" nicht immer. Zum Beispiel kann jemand feststellen, etwas an seinem Partner nicht zu mögen. Aber auch als wenig liebenswert oder problematisch betrachtete Eigenschaften lassen sich schlicht als Unterschiede sehen. Ein Paar kann sie wie alle anderen Unterschiede behandeln, indem es sagt: „So ist es. Wie wollen wir damit umgehen?"

Das Paar ist seit 3 Monaten zusammen. Der Mann erweist sich als eifersüchtig, er versucht, seine Freundin zu kontrollieren. Sie versucht, ihm klarzumachen, dass er keinen Grund zur Eifersucht hat. Sie sagt, er bräuchte keine Angst zu haben. Er hat aber Angst. Hier besteht ein

Unterschied im Vertrauen, das in die Beziehung gesetzt wird. Die Frage lautet nun: „Wie können wir damit umgehen, dass du eifersüchtiger bist als ich?". Hierzu kann das Paar Regeln entwerfen. Möglich, dass der Mann nach und nach Vertrauen aufbaut.

Das Beispiel zeigt: Selbst wenn nur ein Partner ein Problem hat, ist der andere davon betroffen. Es ist nicht sein Problem, aber er hat damit zu tun, und beide müssen mit dieser Lage umgehen.

Wenn einer beispielsweise aufgrund einer Flugangst nicht ins Flugzeug steigt, sind gemeinsame Fernreisen nicht möglich. Mit diesem Unterschied umzugehen kann verschiedene Lösungen bedeuten. Beide fahren getrennt in Urlaub. Oder sie machen nur Reisen, die mit dem Auto oder Zug möglich sind. Oder sie nehmen sich für eine Fernreise viel Zeit, fahren mit dem Schiff.

Manchmal ist es nicht einfach, eine Lösung zu finden, und nicht alle Lösungen sind glatt, sondern verlangen einen gewissen Verzicht.

Eine Testleserin merkt hierzu an: *„Ich meinte, dass es selbstverständlich sei, die Eltern des anderen kennenzulernen. Nur mein Partner will das nicht. Ich habe es dann geschluckt. Laute Musik, tanzen gehen mit Partner, das geht gar nicht. Habe es irgendwann akzeptiert, da ich das ja mit Freundinnen machen kann."*

Nicht alles ist miteinander möglich, das muss auch nicht sein. Wichtiger ist, dass jeder seine individuelle Identität und unverzichtbare Eigenarten bewahren kann. Dem Partner seine Eigenarten zu lassen kann sich durchaus positiv auf die Beziehung und sogar auf sich selbst auswirken. Das ist im nächsten Beispiel der Fall.

Ein Testleser erzählt hierzu. *„Beim Tanzen war mir schon länger eine schlanke Frau aufgefallen, doch ich schätzte sie als zu jung für mich ein und unterließ eine*

Kontaktaufnahme. Ein Jahr später ergab sich eine locke-
re Möglichkeit zu einem Drink in einem Lokal. Wir ha-
ben uns sofort außerordentlich gut verstanden, geredet
und geredet und so sprach ich auch das Thema Altersun-
terschied an: sie 42 Jahre und ich 58 Jahre. Der Alters-
unterschied war für sie kein Problem, so ließen wir uns
aufeinander ein. Für mich war allerdings ein Punkt an-
fangs schwer zu verkraften: Sie war seit Jahren in einer
Kochgruppe, bestehend aus drei Frauen und einem
Mann. Diese Gruppe unternahm auch Urlaubsreisen.
Darin sah ich die Gefahr, dass unsere gemeinsame Ur-
laubszeit beschnitten würde. Da sie aber darauf bestand,
auch weiterhin Urlaub mit der Kochgruppe zu unterneh-
men, hätte dieser Umstand unser kleines Pflänzchen Be-
ziehung fast verkümmern lassen, durch meine Einstellung
und auch durch meine Eifersucht. Da sie aber bezüglich
der Urlaubsplanung standhaft war, lag es nun an mir,
meine Einstellung zu ändern oder die Beziehung aufs
Spiel zu setzen. Ein Freund hatte mich schon darauf hin-
gewiesen, nicht zu klammern, also schluckte ich die Krö-
te. Nach einiger Zeit spürte ich selbst eine Erleichterung.
Ich nahm mein Leben in die Hand und stärkte den Kon-
takt zu Freunden und Freundinnen. Ich hatte das Gefühl,
dass mein Leben und unsere Beziehung wieder in Balan-
ce kam. Heute bin ich froh, dass ich noch lernfähig war.
Sicherlich ein Grund dafür, dass wir seit zwei Jahren in
einer schönen, gemeinsamen Wohnung leben, sehr har-
monisch und mit innigen Gefühlen. "

Fazit zum Thema Unterschiede

Veränderungen auf Seiten des einen oder anderen Partners
sind oft kaum unmittelbar zu bemerken. Entweder rechnet
man nicht damit, dass der Partner sein Verhalten verändert,
oder man bemerkt selbst nicht, wie sich das eigene Verhalten verändert hat. Woran sich allerdings Veränderungen immer bemerkbar machen, sind die Konflikte, die dann unver-

meidbar ausbrechen. Wenn einer sein Verhalten ändert, ist es nicht möglich, auf bisher gewohnte Weise auf ihn zu reagieren. Insofern ist eine Haltung von Offenheit und Neugier den auftauchenden Konflikten gegenüber sehr hilfreich.

Konflikte weisen darauf hin, dass sich etwas verändert hat, entweder auf der einen oder auf der anderen Seite der Beziehung. Darauf muss der Umgang der Partner miteinander angepasst werden.

Insofern stellen Konflikte Wegweiser für notwendige Anpassungen an veränderte äußere oder innere Umstände dar.

Endlich angekommen
oder ständig unterwegs?

Betrachtet man eine Liebesbeziehung als die Geschichte der Reaktionen zweier sich sehr nahestehender Menschen aufeinander, dann leuchtet sofort ein, dass jede Beziehung ständigen Entwicklungen unterworfen ist.

Bei jedem Partner können sich äußere und innere Umstände verändern. Einer kann die Arbeit verlieren und im Extremfall mutlos werden oder sich hängen lassen. Wohin wird sich die Situation entwickeln? Bei einem kann sich sein Bedürfnis nach Sexualität verändern, aufgrund emotionaler oder körperlicher Veränderungen. Wie wird sich das auf die Beziehung auswirken? Die Möglichkeiten unvorhersehbarer Veränderung sind zahllos. Und auch, ob die dadurch eingeleiteten Entwicklungen zum Guten oder zum Schlechten verlaufen, ist ebenso wenig vorhersehbar.

Wenn jeder Partner darauf wert legt, „sein Ding" zu machen und dem anderen das Gleiche zugesteht, verändert sich unter Umständen auch „unser Ding". Beziehungen sind ständig in Bewegung. Das bedeutet gleichzeitig, dass man nicht irgendwo ankommen kann.

Zweifellos enthält die Sehnsucht von Singles, die lange Zeit einen Partner beziehungsweise eine Beziehung gesucht haben, oft auch die Sehnsucht, *endlich anzukommen*. Diese Sehnsucht scheint sogar erfüllt zu sein, wenn ein Partner gefunden ist. Dann aber stellt sich heraus, dass man doch an keinem festen Punkt bleiben kann.

Die heutige Liebe legt viel Wert auf Individualität, und nur Getrennte, nur Individuen, können auf diese Weise lieben. Insofern kann man Begleitung haben. Lebensbegleitung, eine kurzes oder ein sehr langes Stück weit. Intime Begleitung. Emotional und leidenschaftliche Begleitung. Aber an einem festen Punkt anzukommen, dieses Sehnsucht erfüllt sich nur zeitweise. Danach heißt es: weitergehen.

Weitergehen meint, mit den Entwicklungen einer Beziehung mitzugehen. Mit den Phasen von Nähe und Distanz, und vor allem mit dem Bezug aufeinander fortzufahren. Gerade dann, wenn sich zeigt, dass sich die Beziehung in einer schwierigen Entwicklung befindet.

Liebe Auslösen

Ich habe betont, dass es nicht möglich ist, auf die Liebe und das Verhalten des Partners durchzugreifen. Doch sobald der Eindruck der Ganzliebe gestört ist, kann jeder Partner versuchen, die Liebe erneut auszulösen.

Wie haben die Partner zu Beginn ihre Liebe ausgelöst? Indem sie sich einander öffneten und einander zuwendeten. Darin fortzufahren besteht eine nicht endende Notwendigkeit für diejenigen, die mit den Entwicklungen ihrer Beziehung mitgehen möchten.

Das folgende Beispiel zeigt, was beinah zwangsläufig geschieht, wenn etwas zurückgehalten wird, das zum Auslösen der Liebe beitragen könnte.

Ein Testleser berichtet: *„Ich hatte eine tiefe Affäre mit einer verheirateten Frau für über zwei Jahre. Emotional und erotisch war es sehr schön. Aber die Außenwelt durfte nichts wissen. Sie war in Ihrer Familie gebunden. Das haben wir auch viel diskutiert. Sie erklärte mir ihre Lage und ich verstand; und sie verstand meinen Wunsch, mit ihr zu leben und das auch öffentlich. Trotzdem habe ich vieles zurückgehalten, vor allem meine Sehnsüchte und meine Not. Ich hätte sagen müssen: „Wenn ich mein Haus verkaufe und mit dir zusammen etwas Neues aufbaue, wärst du dann bereit?" Oder: „Ich halte das nicht mehr lange aus, ich gehe kaputt." Dann ist mehr und mehr in mir zerbrochen, ich habe mich innerlich abgewendet und das mit mir selbst ausgemacht. Ihr habe ich*

wohl einen gleichgültigen Eindruck vermittelt. Im Nach-
hinein hat mir diese Frau gesagt: „Wenn du mir so klar
gesagt hättest, was du bereit wärst zu tun und wenn ich
gewusst hätte, dass du dich immer mehr abwendest, wäre
vieles anders geworden."

Der Mann hat sich nicht geöffnet, er hat nicht gesagt, wozu er bereit ist. Die Frau hat sich nicht geöffnet, sie hat nicht gesagt, dass sie mehr Bereitschaft von ihm braucht. Eine Zuwendung zu tiefsten Sehnsüchten konnte daher nicht eintreten. Was nicht geteilt wird, kann nichts auslösen.

Wenn Liebe eine Form intimer Kommunikation darstellt, wenn diese intime Kommunikation auf jeder Seite Liebesgefühle hervorruft, dann ist das Fortbestehen der Liebe an das Fortbestehen intimer Kommunikation gebunden.

Nun möchte ich die Haltungen des Auslösens darlegen, die eine fruchtbare Kommunikation ermöglichen und damit eine Chance auf den Erhalt der Liebesbeziehung eröffnen.

Fruchtbare Kommunikation

Im Abschnitt „Beziehungen sind gefährdet" habe ich die Haltungen beschrieben, die zum Versuch führen, auf die Liebe beziehungsweise das Verhalten des Partners durchzugreifen. Durchgreifen-wollen beschädigt Liebesbeziehungen, weil dabei der Partner ausgeblendet wird. Nun geht es um die Möglichkeiten fruchtbarer Kommunikation. Die dazu benötigten Haltungen ergeben sich aus einer Umkehrung der in Machtkämpfen gezeigten Haltungen.

Es geht:

- statt um Kampfbereitschaft um Auseinandersetzungsbereitschaft,
- statt um Oberflächlichkeit darum, Forschergeist zu zeigen,
- statt um Desinteresse darum, ehrliches Interesse zu bekunden,
- statt um Besserwisserei um das Anerkennen von Unterschiedlichkeit, und
- statt um Respektlosigkeit darum, zu Achten und Wertzuschätzen.

Das mag selbstverständlich klingen, es zu praktizieren ist im Alltag der Paarbeziehung jedoch oftmals schwer, jedenfalls dann, wenn Konflikte ausbrechen. Konflikte und Kämpfe weisen im Gegenteil darauf hin, dass die benötigten produktiven Haltungen nicht angewendet werden.

Auseinandersetzungsbereitschaft. Zwischen einer Auseinandersetzung und einem Kampf besteht ein großer Unterschied. Wenn Partner kämpfen, sind sie - bildlich gesprochen - ineinander verwickelt, sie bilden ein Knäuel und ringen distanzlos miteinander. Daher kommt es für einen guten Umgang mit Unterschieden im ersten Schritt darauf an, Abstand zueinander herzustellen.

Die Notwendigkeit von Abstand ist in der Formulierung „sich auseinander setzen" sehr treffend festgehalten. Es geht um die Differenzierung der Standpunkte. Anstatt den anderen im Nahkampf überzeugen oder zwingen zu wollen, kann jeder seine eigene Position beziehen und von dort aus die Position des anderen betrachten und anerkennen, dass dieser eine andere Position, ein anderes Erleben, andere Motive und Absichten hat.

In einem Kampf geht es ums Gewinnen, ein Ego will ein anderes Ego besiegen. In einer Auseinandersetzung geht es darum, die eigenen Interessen und Beweggründe darzustellen und die des Partners aufzunehmen. Im Kampf geht es darum, das Eigene durchzusetzen. Bei einer Auseinandersetzung stehen sich zwei Gleichwertige gegenüber, von denen sich jeder dem anderen fair entgegenstellt.

Forschergeist. Ich habe erwähnt, dass Machtkämpfe sich vorwiegend um „Themen" oder „eine Sache" drehen. Diese befinden sich meist an der Oberfläche der Auseinandersetzung. Wer Forschergeist zeigt, wendet sich der Tiefe eines Konfliktes zu, er nimmt an, dass wichtige Motive und Gefühle hinter einem Verhalten stehen.

Forschergeist ist insofern anspruchsvoll, als er nicht auf schnelle Lösungen aus ist, sondern zuerst einmal die Unterschiede zwischen den Partnern verdeutlichen und erkennen will. Eine schnelle Suche nach Lösungen - ohne vorher das Problem verstanden zu haben - steht Lösungen im Weg.

Es geht vielmehr darum, bisher wenig beachtete Aspekte in den Blick zu nehmen, die Innenwelt beider Partner auszuleuchten und Entdeckungen zu machen. Eine spannende Angelegenheit, die allerdings Geduld braucht und auch die Bereitschaft, ungelöste Dinge im Raum stehen zu lassen.

Interesse. Interesse am Erleben des Partners zu zeigen gehört zu den unverzichtbaren Merkmalen einer Liebeskommunikation. Gerade im Problemfall geht es darum, Interesse auch für das Unverständliche aufzubringen, denn ein Problem besteht im Kern ja darin, dass sich eine Veränderung auswirkt, die nicht genügend verstanden, nicht genügend beachtet oder nicht akzeptiert wird. Wieso fühlt jemand, was er fühlt? Wieso vermisst jemand, was er vermisst? Welche Anteile seiner Persönlichkeit äußern sich in seinem bisher ungewohnten Verhalten?

Anerkennen von Unterschiedlichkeit. Die moderne Liebesbeziehung hat die Aufgabe, Individuen eine gegenseitige Anerkennung auf intimster Ebene zu verschaffen. Wer diese Anerkennung verweigert, leugnet gewissermaßen, dass der andere ein eigener, ein anderer Mensch, ein Individuum ist. Diese Anerkennung bedeutet beispielsweise, dem Partner zuzugestehen: „Ich glaube dir, dass du das so erlebst„ oder „Ich sehe, dass du die Sache anders erlebst„.

Die Wahrnehmung und das Erleben des Partners anzuerkennen erfordert nicht unbedingt, sie nachvollziehen zu können. Wer die Unterschiedlichkeit seines Partners auch dann anerkennt, wenn er sie nicht versteht, der sorgt allein dadurch für ein Stück der ersehnten Bestätigung. Er respektiert quasi: „Du kannst so sein wie du bist, auch wenn ich das nicht nachvollziehen kann, werde ich es achten.„

Achten und Respekt zeigen. Im Liebeskampf fühlt sich keiner der Partner vom anderen respektiert. Dieser symmetrische Eindruck ist durchaus stimmig, denn die Partner wollen einander tatsächlich manipulieren. Der Partner wird bewertet, verachtet und beleidigt. Er soll sich schlecht und falsch fühlen und nachgeben.

Respektlosigkeit ist stets verletzend, weil die Partner das Gegenteil eines solchen Verhaltens erwarten, nämlich Anerkennung statt Abwertung. Der Respektlose will aber verletzen, auch wenn ihm diese Absicht nicht bewusst sein mag. Warum will er verletzen? Man kann sicher sein, dass jemand, der den Partner verletzt, sich selbst verletzt fühlt und

225

durch sein Zurückschlagen die angeschlagene Selbstachtung wieder herstellen will. Den Partner achten bedeutet: auch wenn es mir nicht passt, respektiere ich seine Motive.

Werkzeuge einer fruchtbaren Kommunikation

Die geschilderten Haltungen können auf entsprechende „Werkzeuge" zurückgreifen. Damit sind Kommunikationstechniken gemeint, die Offenbarung und Bestätigen unterstützen und damit das Auslösen der Liebe.

Neugier. Ein erstes Werkzeug ist die Neugier. Diese ist Fremden gegenüber selbstverständlich. Wer sich beispielsweise in einem Land aufhält, dessen Gebräuche und Sitten er nicht kennt, ist auf Neugier geradezu angewiesen, um dort klarzukommen. Wenn unerwartete Unterschiede deutlich werden, wird der Partner ebenfalls zu einem Fremden. Nur mit Neugier kann man ihm sinnvoll begegnen, so wie ein Journalist jemandem begegnet, dessen Standpunkte er verstehen will.

Wenn ein Partner beispielsweise sagt, er wäre erschöpft, zeugt es nicht von Neugier, zu sagen: „Aber du warst doch gerade erst in Urlaub." Neugier würde zumindest sagen: „Hast du dich im Urlaub nicht erholt?" oder „Wie kommt das?"

Staunen. Ein weiteres Werkzeug ist das Staunen. Partner glauben ja, sich gegenseitig zu kennen. Wenn Unterschiede zum Problem werden ist das allerdings ein Beweis dafür, dass sie sich *nicht* kennen, zumindest nicht, was den jeweiligen Punkt betrifft. Neugier bringt daher allerhand Unerwartetes zum Vorschein. Dem Unerwarteten gegenüber ist unangemessen, es infrage zu stellen. Die angemessene Form, ihm zu begegnen, ist das Staunen.

Wenn einer beispielsweise sagt, er wäre unzufrieden, dann würgt man ihn ab, indem man meint, er hätte keinen Grund dafür. Zu staunen bedeutet zu sagen: „Das erstaunt mich, ich habe gedacht, du wärst zufrieden. Da war mein Eindruck wohl falsch."

Wundern. Neben Unerwartetem gibt es Unverständliches. Das ist schwerer anzunehmen als Unerwartetes. Insofern ist Wundern ein weiteres Werkzeug, mit dem man auf angemessene Weise äußern kann, dass man mit etwas anderem gerechnet hat.

Wenn einer beispielsweise eine Abmachung aufkündigt, ist es nicht gut zu sagen: „Aber du hast doch versprochen ...". Besser ist es, zu sagen: „Das wundert mich, ich habe fest damit gerechnet, dass ..."

Statt den anderen an seine Verpflichtung zu erinnern ist es sinnvoller, das eigene Unverständnis mitzuteilen.

Verstehen. Ein sehr wichtiges Werkzeug fruchtbarer Kommunikation ist die Prüfung dessen, was man glaubt, verstanden zu haben. Ebenso kann man prüfen, wie man verstanden wurde. Partner sind sich meist sicher, richtig zu verstehen, auch dann, wenn sie ihren eigenen Deutungen erliegen. Und allzu schnell sagt ein Partner: „Ich verstehe ...", ohne dass feststeht, was er zu verstehen glaubt.

Eine solche Prüfung beinhaltet beispielsweise einen solchen Ablauf:

„Ich bin mir nicht sicher, ob ich richtig verstehe. Meinst du ...„

„Ja ... bzw. Nein ...„

„Okay, das verstehe ich.„

„Was hast du verstanden?„

„Ich habe verstanden, dass ....„

„Ja ... bzw. Nein ...„

und so weiter, bis auf beiden Seiten der Eindruck eines gleichen Verständnisses entstanden ist.

Verlangsamen. Ein äußerst effektives, sehr einfaches aber

schwer anzuwendendes Werkzeug ist das Verlangsamen des Austauschs. Wenn es um einen Konflikt geht, reagieren die Partner gewöhnlich sehr schnell aufeinander. Das ist ein Zeichen dafür, dass sie sich auf gewohnte Deutungen verlassen und eben nicht forschen und kaum neugierig sind. Daher ist es sehr hilfreich, vor einer Antwort einige Sekunden verstreichen zu lassen. Das können fünf, zehn oder gar zwanzig Sekunden sein. Ganz sicher antwortet jemand nach solch einer kleinen Pause anders, als wenn er spontan reagiert. Verlangsamen bedeutet, hitzige Reaktionen auf Reizworte und Reizgesten durch Zeitregeln zu unterbrechen.

Die Liebe riskieren

Wenn Kommunikation wie beschrieben praktiziert wird, aufgrund der beschriebenen Haltungen und mit Hilfe der Werkzeuge, bestehen große Chancen darauf, dass Selbstoffenbarung und Zuwendung der Partner eine Bestätigung „auch dafür" auslösen. Man kann auf Liebe nicht durchgreifen, aber Liebe kann ausgelöst werden, indem man sich einander zeigt.

Das Risiko einer Ablehnung ist nicht zu vermeiden, aber wie schon betont: Nur wer sich zeigt, wie er ist, kann als dieser geliebt werden. Aus dieser Lage ergibt sich eine paradoxe Anforderung an die Liebespartner: Um das Gefühl Liebe zu bewahren, müssen sie es von Zeit zu Zeit riskieren!

Wenn Partner erneut den Eindruck des Verstehens erzeugt haben, fühlen sie sich wieder „ganz" geliebt. Der Konflikt ist gelöst und die Beziehung wird quasi auf Anfang gestellt, alles ist gut, bis zum nächsten Konflikt.

Kompromisse funktionieren nicht

Noch einige Worte zum Thema Kompromisse. Partner glauben allgemein, in Konfliktfällen käme es darauf an, Kompromisse zu schließen. Dahinter versteckt sich der Wunsch, das Risiko der Offenbarung und Ablehnung durch

Kompromisse zu mindern.

Kompromisse haben in einer Liebesbeziehung allerdings kurze Beine. Sie machen nur dort Sinn, wo man verhandeln kann, wo es um Leistungen, um Rechte und Pflichten geht. Das betrifft Themen der Alltagsbewältigung und somit die partnerschaftlichen Aspekte einer Beziehung. In Bezug auf die freundschaftliche, emotionale und leidenschaftliche Liebe[13] sind Kompromisse allerdings sinnlos, weil sich Liebesgefühle nicht verhandeln lassen.

Es macht viel Sinn darum zu schachern, wer den Müll rausbringt und wer den Einkauf macht und was jemand dafür haben will, dass er einen Teil der gemeinsamen Pflichten übernimmt. Aber es ist sinnlos, über individuelle Interessen und Vorlieben zu verhandeln, im Sinne von: „Wenn du meine Eigenart X bestätigst, bestätige ich dein Eigenart Y". Sinnlos sind auch Verhandlungen auf der emotional-leidenschaftlichen Paarebene, etwa so: „Wenn du mich diese Woche begehrst, dann begehre ich dich nächste Woche".

Natürlich kann man dem anderen einen Gefallen tun, und natürlich kann man ihn begehren. Dann handelt es sich aber um ein Geben oder ein Geschenk. Die Liebe lässt nicht mit sich feilschen. Sie will freiwillig geschenkt sein. Sie ist Geschenk, nicht Pflicht und nicht Leistung.

Selbstbeobachtung

Welches sind mögliche Konsequenzen aus diesem 5. Band der Single-Reihe? Wenn Sie mögen, beschäftigen Sie sich mit den folgenden Fragen und tragen Sie die Antworten in Ihr „Partnersuche-Tagebuch" ein. Wenn Sie das Tagebuch regelmäßig führen, können Ihnen mit der Zeit Muster auffallen, denen Sie in einer Beziehung unbewusst folgen.

- Welche Spannungen bestehen zwischen uns?

- Welche Konflikte sind aufgetreten?

- Welche Unterschiede stehen dahinter?

- Was sollten wir miteinander klären?

- Was sollten wir stehen lassen und nicht klären?

- Ist unser Austausch fruchtbar?

- Welche Lösungen bieten sich an?

- Worauf einigen wir uns?

Die Lösungen von heute können unter Umständen die Probleme von morgen sein. Insofern können sich Partner immer wieder die Bereitschaft zeigen, erneute Probleme miteinander zu bewältigen.

Endnoten

Die Hintergründe einer dauerhaft erfolglosen Partnersuche

[1] Siehe zu diesem Thema *Wie Männer und Frauen die Liebe erleben*, Verlag Henny Nordholt

Hinderliche Erwartungen

[2] Siehe zur emotional-leidenschaftlichen Liebe im Gegensatz zu freundschaftlicher oder partnerschaftlicher Liebe vom Autor: *Liebe will riskiert werden*, München 2016

Sich beziehen

[3] Lothar Laux, 2003

Intelligente Dummheit

[4] Link (wikipedia.org/wiki/Dummheit) zur Begriffsdefinition

Den ganzen Koffer auspacken

[5] Zum Erleben der Liebe im Kontext von Enge und Mangel siehe vom Autor *Wie Männer und Frauen die Liebe erleben*, Verlag Henny Nordholt, als Ebook oder Print.

Intimität wagen

[6] Zur Bedeutung der heutigen Liebe siehe von Michael Mary *Liebe will riskiert werden*, Ariston 2016

Nähe und Distanz

[7] Dazu siehe vom Autor das Buch *Liebesgeld* (als Taschenbuch ab 2018 unter dem Titel Die Liebe und das liebe Geld), Piper 2016

Die Beziehung nimmt eine Form an

[8] Zum Thema Glück siehe vom Autor *Die Glückslüge*, Verlag Henny Nordholt

Der Beziehung folgen statt ihr vorauszueilen

[2] Zur Unterscheidung von partnerschaftlicher, freundschaftlicher und emotional-leidenschaftlicher Bindung siehe vom Autor *Liebe will riskiert werden*, Ariston 2016

[10] Zum Thema Geld in Paarbeziehungen siehe vom Autor das Buch *Liebesgeld* (als Taschenbuch ab 2018 unter dem Titel *Die Liebe und das Liebe Geld*, Piper 2016

[11] Siehe hierzu vom Autor *Lebt die Liebe, die ihr habt*, Verlag Henny Nordholt

Beziehungen sind gefährdet

[12] Siehe hierzu *Liebe will riskiert werden*, Ariston 2016

Fruchtbare Kommunikation

[13] Siehe zur Beschreibung der drei Liebesformen *Liebe will riskiert werden*, Ariston 2016

Index

Sich in Verbindlichkeiten stürzen

Eigenleben der Beziehung

Beziehungen benennen
Der Willen einer Beziehung
Eine Beziehung erzwingen zu wollen
Eine Beziehung ist ...
Einer Beziehung folgen
Pioniere der Beziehungsformen
Was der Beziehung schadet

Einwände

Phänomen der verschlossenen Tür

Gebrannte Kinder

Beziehungsgedächtnis
Liebesalarm
Trennungsschmerz
Unschuld verloren

Gnade der Blindheit

Selektive Wahrnehmung
Vertrauen vorschießen

Intelligente Dummheit

Bereitschaft erfordert
Definition "Intelligente Dummheit"
Dumme Intelligenz - Definition
Dummheit - Definition

Intimität

Authentisch sein
Gefühl der Ganzliebe
Näherkommen
Psychische Nähe

Man selbst sein

Individuelle Identität

Nähe und Distanz

Distanzformen
Psychische Distanz
Räumliche Distanz

Partnersuche

Kommunikative Suche
Strategische Suche

Passung

Am Verhalten des anderen beteiligt sein
Passung als Kommunikation
Unterstellungen

Sich beziehen

Bezug meint in Kurzform:
Faustregel fürs Kontakthalten
Flache und tiefe Kommunikation
Gute Begegnungen herbeiführen
Höchstpersönliche Kommunikation
Passung
Störendes aushalten

Sich zum Verhalten des anderen verhalten

Rechtfertigungsverhalten
Unzuverlässigkeit

Verletzungen

Defensiver Umgang mit Verletzungen
Offensiver Umgang mit Verletzungen
Schuld

Störenden Verhalten
Vorbeugung